RETTER IN DER NOT

KYLIE GILMORE

Übersetzt von
ANNA DRAGO

Übersetzt von
KATRIN DOLLE

1

Jared Reynolds raste schon sein ganzes Leben lang der Gefahr entgegen. Heute war keine Ausnahme. Er trat das Gaspedal seines Ford Pick-up durch und raste an einem Samstagmorgen um acht Uhr zum Haus seines Stiefbruders Vince, nachdem er von ihm eine Nachricht bekommen hatte, in der einfach nur stand, *Retter in der Not, du wirst gebraucht. Notfall.* Seine Brüder hatten ihm den Spitznamen Retter in der Not verpasst, weil er ein Typ war, der keiner schwierigen Situation aus dem Weg ging. Er lebte für solchen Mist. Sein Adrenalin rauschte durch seine Adern, und er schaffte die zehnminütige Fahrt durch die Stadt in schlappen fünf Minuten.

Er rüttelte am Knauf. Abgeschlossen. Er lehnte sich gegen die Türklingel und hoffte, dass nichts mit seiner Schwägerin Sophia war, die seit Kurzem schwanger war. Vorsichtshalber hatte er seinen Notfallkoffer mitgenommen, da er der Arzt in der Familie war. Er war zwar orthopädischer Chirurg, doch er war durchaus imstande, Erstversorgung zu leisten, bevor jemand ins Krankenhaus transportiert werden musste. Der Gedanke, etwas könnte dem Baby passiert sein, ließ ihn gegen die Tür hämmern.

„Komm schon, komm schon", murmelte er und wippte auf seinen Füßen auf und ab. Endlich öffnete sein fünf Jahre älterer Stiefbruder, Vince Marino, ein muskulös gebauter Bauarbeiter mit tiefer Stimme, der sich von niemandem etwas vormachen ließ, die Tür, warf einen Blick auf ihn und sagte: „Hast du Pfefferminzbonbons?"

Jared drängte sich an ihm vorbei und stürmte ins Wohnzimmer, wo er sich aufgeregt nach dem Notfall umsah. „Wo ist sie? Oben?" Er war bereits halb die Treppe hochgelaufen, als Vince ihn zurückrief.

„Sie ist in der Toilette neben der Küche."

Er drehte sich um und raste zu dem kleinen Gäste-WC zurück, wo er abrupt vor der verschlossenen Tür stehen blieb. „Sophia, Jared hier. Kann ich reinkommen?"

Er hörte gedämpfte Würgegeräusche.

„Nein!", schrie Sophia.

Er drehte sich zu Vince um, der in der kleinen Küche auf und ab ging. „Ist sie verletzt? Blutet sie?"

Vince blieb stehen und sah ihn mit gequälter Miene an. „Nein, sie muss sich nur so oft übergeben."

Da machte es Klick und Jared wurde klar, dass er es hier mit nichts anderem als einem nervösen Mann zu tun hatte, der zum ersten Mal Vater wurde. Es war nicht so, als hätte Vince keine Ahnung von Schwangerschaften – als er letztes Jahr gebeten worden war, Patenonkel zu werden, hatte er gleich einen Crashkurs belegt – der Unterschied war nur, dass es jetzt Sophia war. Vinces großes Herz konnte es nicht ertragen, sie leiden zu sehen. Jareds Adrenalinpegel senkte sich schlagartig, und er war plötzlich erschöpft und fragte sich, was zum Teufel er eigentlich an einem Samstagmorgen um acht hier machte. Das hatte sein freier Tag sein sollen.

„Himmel, Vince, ich bin Vollgas durch den Ort gerast. Schreib mir nicht, dass es ein Notfall ist, wenn das gar nicht stimmt."

Vince schob beide Hände in seine braunen Haare, wodurch seine dunkelbraunen Augen sogar noch größer und beunruhigter aussahen. „Sie wird den kleinen Vince noch verhungern lassen!"

„Sie ist jetzt in der siebten Woche, oder?", fragte Jared in seinem selbstbewussten Arzttonfall.

„Ja."

„Vollkommen normal. Das Baby bekommt, was es braucht, und Sophia geht es gut."

„Es geht ihr *nicht* gut!", blaffte Vince. „Da drin geht es zu wie bei *Der Exorzist*!"

Sophia kam in einem rosa Pyjama aus der Toilette, ihre sonst gebräunte Haut wirkte bleich, ihre langen, dunkelbraunen Haare hatte sie zu einem unordentlichen Pferdeschwanz hochgebunden. „Danke, Vince, es ist immer schön, mit jemandem verglichen zu werden, der besessen ist. Hi, Jared." Er hob grüßend eine Hand, und sie wandte sich Vince zu. „Ich habe dir doch gesagt, dass es mir gut geht. Du brauchtest Jared nicht zu rufen. Geh einfach."

„Ich werde dich nicht so alleinlassen", sagte Vince. „Jared wird das erledigen."

„Wird was erledigen?", fragte Jared.

Sophia ging ins Wohnzimmer nebenan, und Vince folgte ihr langsam, blieb aber abrupt stehen, als Sophia herumwirbelte. Sie zeigte wortlos auf ihre Stirn und dann auf Vince und ging weiter. Vince zog sich in die Küche zurück, wo Jared gegen die Arbeitsfläche gelehnt stand.

„Was hat es mit diesen Gesten auf sich?", fragte Jared.

„Ich will verdammt sein, wenn ich das weiß", sagte Vince. „Hier gehts zu wie bei PMS hoch zehn."

Jared warf ihm einen mitleidigen Frauen-was-soll-man-da-schon-tun?-Blick zu, während er sich bemühte, sich den Gedanken *Mann, bin ich froh, dass ich das nicht bin* nicht anmerken zu lassen. Vince drehte sich um und begann, in einem Schrank herumzuwühlen, während Jared ungeduldig darauf wartete, dass Vince ihm erklärte, was er von ihm wollte. Da er an seinem freien Tag nun schon so früh auf war, könnte er an der Veranda hinter seinem Haus weiterarbeiten. Er liebte es, mit Werkzeugen zu arbeiten, sei es nun an einem Haus, einem Auto oder einem menschlichen Körper.

Bei dem merkwürdigen Anblick vor sich neigte er den Kopf. Es schien, als machte Vince Tee. Er beobachtete, wie Vince den Teekessel füllte, ihn dann über einer großen Flamme auf den Herd stellte und Teebeutel auspackte.

„Ingwertee", sagte Vince, als erklärte das seine überraschenden häuslichen Fähigkeiten.

„Ähm, Vince?"

Vince sah kurz über seine Schulter, dann nahm er eine zierliche Teetasse mit rosa Blumen aus dem Schrank, dazu eine passende Untertasse. „Was?"

Heldenhaft verkniff sich Jared jegliche Prinzessinnenbemerkungen, die ihm gleich in den Sinn kamen, wenn auch nur aus reinem Selbstschutz. „Was soll ich für dich tun?"

Vince beendete seine Vorbereitungen für den Tee, darunter das Bereitlegen einer kleinen Zange und eines winzigen Löffels. Jared presste die Lippen fest aufeinander. Es lag ihm schon auf der Zunge, *Prinzessin Vince, ein Stück oder zwei?* zu sagen. Nur, dass Vince es vermutlich wörtlich nehmen und ihm zwei verpassen würde. Auf den Kopf.

Doch dann drehte Vince sich um, und was er sagte, war alles andere als lustig. „Du wirst Captain Cuddle sein."

Jared hob seine Hände. „Nein."

Captain Cuddle war ein Stachelschwein aus der bekannten Bilderbuchserie ihrer Mom, *Die Huddle-Cuddles.* Er war Vince an einem Samstag vor ein paar Jahren bei dessen Captain Cuddle-Besuch in der Abteilung für hämatologisch-onkologische Pädiatrie des Krankenhauses von Eastman (wo Jared arbeitete) über den Weg gelaufen. Weil er neugierig gewesen war, hatte er unbedingt mitgehen wollen, und Vince hatte es zugelassen, nachdem Jared hatte schwören müssen, niemals auch nur ein Wort darüber zu verlieren. Er hatte zugesehen, wie Vince ein rotes T-Shirt mit einem C aus Filz vorne drauf, eine rote Augenbinde, ein blaues Cape und, was am schlimmsten war, eine Strickmütze aus grauem Garn, das wie Stacheln überall auf seinem Kopf in die Höhe stand, angezogen hatte. Das war seine Superheldenversion des Stachelschweins aus dem Buch. Vince hatte die Rolle gespielt, seitdem bei Jaden, dem Sohn seines Freundes, Krebs diagnostiziert worden war (und hatte sogar nach Jadens Tod weitergemacht, da die Kinder Captain Cuddle liebten). Und obwohl Jared das, was Vince tat, respektierte, hatte er im Krankenhaus einen Ruf zu verlieren. Keine Schwester würde sich mehr auf ihn einlassen, wenn sie ihn in dieser Aufmachung sah. Und Schwestern waren seine Hauptquelle für Sex, nicht weiter verwunderlich, denn er verbrachte fast seine ganze Zeit bei der Arbeit.

Vince ließ nicht locker. „Doch. Ich kann die Kinder nicht enttäuschen, und du kannst das auch nicht."

Jared schüttelte vehement den Kopf. „Ich weiß gar nichts von Kindern. Ich weiß nicht, was ich sagen soll oder–"

„Sei einfach freundlich", bellte Vince. „Lies die verdammten Bilderbücher vor. Ist ganz einfach."

„Frag doch Angel." Sein Stiefbruder Angel war Sozialarbeiter in einer Schule. Er arbeitete die ganze Zeit mit Kindern. Jared kannte seine Stärken – komplizierte OPs, die seinen Patienten die Kontrolle über beispielsweise eine Hand zurückgaben, sein Haus renovieren, dafür sorgen, dass eine Frau befriedigt lächelte. Und nicht nur das, er machte seinem Spitznamen alle Ehre, er war der Retter in der Not, wie ein Clutch Player beim Baseball – zweite Hälfte letztes Inning, zwei Outs –, er legte immer den Siegeslauf hin. Es ging darum, unter Druck Leistung zu bringen, Erfolg zu haben, wenn man am meisten gebraucht wurde. Wie im letzten Jahr, als die ganze Familie durchgedreht war, weil bei seinem Stiefvater Vinny Krebs diagnostiziert worden war, da hatte Jared die Nerven bewahrt, *obwohl* er sich Sorgen gemacht hatte. Er hatte dafür gesorgt, dass Vinny die besten Ärzte bekam, hatte persönlich jede Untersuchung und jede Behandlungsmethode überprüft und sichergestellt, dass er zu Hause bestmöglich versorgt war. Es war zwar nicht allein sein Verdienst gewesen, dass Vinny sich erholt hatte, zum Teil war es die Stärke seines Stiefvaters, zum Teil die gute medizinische Versorgung gewesen, doch er wusste, dass er der Beistand gewesen war, den sein Stiefvater gebraucht hatte. Und jetzt war Vinny krebsfrei. Situationen, in denen es um Leben oder Tod ging, brauchten einen Retter in der Not. *Nicht,* wenn es um Leben oder Stachelschwein ging.

Vince grunzte. „Angel gibt samstagmorgens Nachhilfe. Das ist gut verdientes Geld. Du weißt ja, dass er für ein Haus spart."

Jared spürte plötzlich sein schlechtes Gewissen. Er und Angel waren beide dreißig, doch Jared war mit vierundzwanzig bereits in der Lage gewesen, sich ein Haus zu kaufen, als er von seinem biologischen Vater eine große Summe geerbt hatte. Angel hingegen lebte schon seit Jahren äußerst sparsam von seinem Gehalt als Sozialarbeiter. Er überlegte, ob ihm ein anderer Bruder einfiel, der ihn vertreten konnte. Es musste doch wenigstens einen unter seinen fünf Brüdern geben, der mit Kindern etwas anfangen konnte.

„Und was ist mit Gabe?", fragte Jared. Sein ältester Bruder hatte einen zehn Monate alten Sohn, Miles. Das machte ihn automatisch zur besseren Wahl.

Vince stieß ihm einen Finger gegen die Brust. „Niemand sonst wird über diesen Job etwas erfahren. Du bist der einzige, der davon weiß. Meinst du, ich möchte beim Abendessen am Sonntag Hohn und Spott über mich ergehen lassen?"

Noch bevor Jared vorschlagen konnte, dass Vince es doch genauso gut weiter selbst machen konnte, rannte Sophia an ihnen vorbei – eine Hand auf den Mund gepresst – ins Bad. Die Würgegeräusche waren unmissverständlich.

Vince hob eine Braue. „Siehst du? Ich bin der Daddy, und mein Job beginnt jetzt. Warte hier." Er stapfte aus dem Raum.

Jared überlegte, ob er die Flucht ergreifen sollte, doch er wusste, dass Vince ihn finden würde. Er wohnte ja nur zehn Minuten entfernt in derselben Stadt Eastman. Vince kam mit einer großen Reisetasche zurück, von der Jared vermutete, dass darin das Kostüm lag, und mit einem Stapel Huddle-Cuddle-Bücher.

Jared machte einen letzten verzweifelten Versuch. „Ich bin wirklich nicht der Richtige für den Job." Er war viel zu cool, um ein Stachelschwein zu sein.

Vince legte die Bücher auf die Arbeitsfläche und drückte die Tasche in Jareds Hände. „Wovor hast du denn Angst? Du springst regelmäßig aus Flugzeugen. Das hier sind kranke Kinder, die ans Bett gefesselt sind."

„Ein Fallschirmsprung ist nichts im Vergleich dazu, ein Stachel–"

„Mach's einfach", knurrte Vince in sein Gesicht.

Jared starrte in die ernsten dunkelbraunen Augen und überlegte ein weiteres Mal, wie er den Schwarzen Peter weiterreichen konnte.

„Du musst mich nicht bemuttern", erklärte Sophia, als sie in die Küche zurückkam.

Jared deutete auf Sophia. „Sie sagt es. Du musst sie nicht bemuttern."

Der Teekessel pfiff, wodurch er Vince kurz los wurde, als der sich umdrehte, um sich um den Tee zu kümmern. Ein paar Augenblicke später erfüllte der Geruch nach Ingwer die winzige Küche.

„Das hilft gegen die Übelkeit", sagte Vince zu Sophia.

Sie raste zurück zur Toilette.

Vince sah Jared mit hochgezogener Augenbraue an. „Siehst du?"

„Vollkommen normal", erklärte Jared.

Vince verengte seine Augen zu drohenden Schlitzen, eine klassische Großer-Bruder-Einschüchterungsstrategie, die tatsächlich funktionierte.

Sophia kam einen Augenblick später zurück. „Falscher Alarm. Vince, bitte, er will es doch offensichtlich nicht tun. Nicht jeder kann das. Hör auf, mich zu bemuttern, und mach das, was du am besten kannst. Mach diese Kinder glücklich."

„Kluge Frau", warf Jared ein.

„Ich bemuttere nicht dich!", rief Vince. „Ich bemuttere das Baby. Jemand muss ja dafür sorgen, dass der kleine Vince nicht verhungert!"

Sophia biss sich auf die Lippe, ihre Augen glänzten vor unvergossenen Tränen, die andeuteten, dass bald eine Menge Blumen, Schokolade und vielleicht Schmuck fällig sein würden.

„Und jetzt setz dich und trink deinen Ingwertee!", bellte Vince und schien die wässrigen Augen gar nicht zu bemerken. Er drehte sich zu Jared um. „Geh! Frag nach Schwester Emily Maguire. Sie wird dir zeigen, was du tun musst."

Sophia meldete sich mit zitternder Stimme zu Wort. „Ich

habe dir doch erzählt, dass ich davon geträumt habe, dass es ein Mädchen wird. Wirst du auch ein Mädchen lieben?"

„Natürlich", erwiderte Vince. „Ich werde sie ganz genauso behandeln." Er stieß einen Finger in die Luft und grinste. „Sie wird der erste weibliche Quarterback der NFL!"

Sophia verkrampfte sich und rannte aus dem Raum, und Jared schnitt eine Grimasse.

Vince drehte sich mit gerunzelter Stirn zu ihm um, als bräuchte er Hilfe in dieser verwirrenden Situation. „Was hab ich denn gesagt?"

Jared nahm die Reisetasche und den Stapel Bücher von der Arbeitsfläche. Vince hatte zu Hause alle Hände voll zu tun, so viel war sicher. „Na schön, ich mache es. *Ein einziges Mal.*"

Emily Maguire stand vor dem Zimmer ihres Patienten und blinzelte Tränen weg. Beim zehnjährigen Chris Messina war gerade zum dritten Mal Krebs diagnostiziert worden. Die Ärzte waren nicht gerade zuversichtlich. Sie schluckte den Kloß in ihrer Kehle herunter. Als Krankenschwester in der pädiatrischen Onkologie wusste sie, dass nicht all ihre Patienten überlebten, und doch konnte sie nicht verhindern, dass es sie traf. Sie hatte Jaden vor zwei Jahren, kurz, nachdem er auf die pädiatrische Intensivstation, die PI, verlegt worden war, verloren. Als es passiert war, war sie bei der Hochzeit ihrer Schwester gewesen, darum hatte sie sich seitdem nicht mehr freigenommen. Ihre Patienten brauchten sie einfach zu sehr.

Chris' Dad, Tony, war gerade losgefahren, um Chris einige Sachen von zu Hause zu holen, und sie hatte versprochen, sofort anzurufen, falls sich die Lage verschlechterte. Sie nahm sich einen Augenblick, um Chris' schlimme Prognose zu betrauern, dann atmete sie tief durch und ging zum Schwesternzimmer, um die Geschenketasche für Vinces Captain Cuddle-Besuch vorzubereiten. Sie musste stark sein für ihre Patienten. Captain Cuddle war der Höhepunkt der Woche für ihre Patienten und somit auch der Höhepunkt ihrer eigenen Woche. Sie warf gerade noch ein paar Kürbis-Knautschbälle und Halloween-Fingerpuppen in die Tüte, da am nächsten Tag Halloween war, als sie eine tiefe, unbekannte Stimme hinter sich hörte.

„Wo finde ich Emily Maguire, bitte?"

Sie drehte sich um und war sofort misstrauisch. Wer war denn dieser Hochstapler? Er trug das Captain Cuddle-Kostüm, das sie genäht hatte, aber der Mann war nicht so groß wie Vince und auch nicht so kräftig. Außerdem hatte er hellbraunes Haar, das unten aus der Mütze hervorschaute, helle Haut und grüne Augen. Vince war ein dunkelhaariger, dunkeläugiger Italiener. „Ich bin Emily. Wo ist Vince?"

Der Mann trat näher und sprach ihr direkt ins Ohr, sein Atem heiß an ihrer Haut, und ihre schon lange schlafende Libido wurde sich seiner schlagartig bewusst. „Er hat mich gebeten, heute für ihn einzuspringen."

Sie sah ihm durch die rote Augenmaske in seine umwerfenden grünen Augen, und ihre Kehle wurde trocken. Sie ermahnte sich, dass sie in erster Linie an die Kinder denken sollte und nicht an die Tatsache, dass sie überfällig war, sich sozusagen wieder in den Sattel zu schwingen. Seit sehr langer Zeit hatte kein einziges Pferd so viel Schwung in ihre … Herzfrequenz gebracht. Sie schluckte und bemühte sich, wie eine Autoritätsperson zu klingen. „Ich weiß immer noch nicht, wer Sie sind. Sie könnten ein Dieb sein oder–"

„Also bitte! Glauben Sie wirklich, dass irgendein Dieb, der auch nur eine Spur Selbstachtung besitzt, in diesem Outfit hier auftauchen würde?" Er senkte seine Stimme und sah sich um. Ein paar andere Schwestern sahen neugierig herüber. „Können wir es nicht einfach hinter uns bringen?"

„Nicht, ehe ich nicht weiß, wer Sie sind. Vielleicht muss ich den Sicherheitsdienst rufen." Sie nahm den Hörer von dem Schreibtisch in ihrer Nähe. Er legte seine Hand auf ihre, warm und stark. Sie ignorierte den elektrischen Schlag, der bei seiner Berührung ihren Arm empor schoss. Der plötzliche heiße Blitz und der pochende Puls waren etwas schwieriger zu ignorieren. Himmel, es war einfach viel zu lange her, wenn sogar Captain Cuddle sie schon antörnte. Der Mann war wie ein Stachelschwein gekleidet, Himmelherrgott!

Er schob sich die Maske auf die Stirn. „Ich bin Jared Reynolds. Ich arbeite oben in der Orthopädie. Vince ist mein Stiefbruder."

Sie zog ihre Hand aus seinem Griff. „Oh … ich habe von Ihnen gehört, Dr. Reynolds." Er genoss unter den Schwestern einen ganz ordentlichen Ruf. Jetzt, da sie wusste, wer er war, kühlte sie mächtig ab. Playboys hatte sie satt.

„Sie können mich Jared nennen." Er zwinkerte. „Also … was haben Sie denn gehört?"

Sie schürzte die Lippen. Sie nannten ihn „Dr. Rein-raus-und-weg." Alle wussten, dass er mit jeder nur einmal schlief und sich dann nie mehr blicken ließ. Dennoch umschwärmten die Schwestern ihn, denn das andere, was sie gehört hatte, war, dass es sich lohnte. Hm. Wenn sie ihn jetzt so hätten sehen können, wie selbstgefällig er daherkam, während er eine graue Strickmütze trug, deren „Stacheln" in alle Richtungen abstanden, würden sie ihn nicht mehr umschwärmen. Er sah absurd aus. Sie bemühte sich, an diese Absurdität zu denken, während sie seine breiten Schultern, die sich zu einer schmalen Taille verjüngten, und die musku-lösen Beine betrachtete, die in ausgewaschenen Jeans steck-ten. Sie zwang ihren Blick zurück zu seinen Augen, in denen Amüsement blitzte, als wüsste er, dass sie ihn begutachtete. Sein Ruf und seine Arroganz erinnerten sie daran, dass sie einen Mann wie ihn ungefähr genauso brauchte wie ein Loch in ihrem Herzen. *Hatte ich schon, erhole mich noch davon, schönen Dank auch.*

Er warf ihr ein Lächeln zu, bei dem Grübchen in seinen stoppeligen Wangen sichtbar wurden. „Sind es meine chirur-gischen Fähigkeiten oder … etwas anderes?"

Sie spürte, wie sie rot wurde. „Etwas anderes", antwortete sie knapp, und als er nur noch breiter lächelte, fügte sie hinzu: „Nichts Gutes."

Er hob eine Braue. „Wirklich? Ich habe nie Beschwerden gehört."

Das war nicht weiter überraschend. Er blieb ja nie lange

genug, um sich welche anzuhören. Sie schob den unfreundlichen Gedanken beiseite. Das Wichtige waren die Kinder. Dann fiel ihr etwas ein. „Geht es Vince gut?"

Sie hatte das Privileg gehabt, die vergangenen zwei Jahre lang mit Vince Marino als dessen Alter Ego, Captain Cuddle, zusammenzuarbeiten, und er war fabelhaft. So großzügig, so großherzig, so süß.

Dr. Reynolds, äh, Jared, schob seine Augenmaske wieder zurück und presste seine zu einer flachen Linie aufeinander. „Vince geht es gut. Er verhält sich wie ein hyperprotektiver Idiot wegen Sophias Morgenübelkeit. Ich habe ihm schon gesagt, dass alles vollkommen normal ist."

„Aww, er ist so süß. Er wird ein großartiger Dad werden."

Jared schnaubte. „Ja, süß. In Ordnung, wo fange ich an?"

Sie sah ihn an. „Haben Sie irgendwelche Erfahrung mit Kindern?"

„Sicher, ich habe einen Neffen, Miles."

Sie runzelte die Stirn. „Der ist ja noch ein Baby. Vince redet die ganze Zeit von seinem Patenkind. Mit älteren Kindern ist es anders." Sie reichte ihm die Geschenketüte. „Okay, fangen Sie mit Chris' Zimmer an. Er ist der kränkste hier auf der Station. Sie sollten immer zuerst zu den Kindern gehen, die vermutlich schnell einschlafen werden. Sprechen Sie fröhlich mit ihnen, lesen Sie eine Geschichte vor und bieten Sie ihnen etwas aus der Geschenketüte an. Meinen Sie, Sie kriegen das hin?"

„Alles klar", sagte er und ging los, dann blieb er abrupt stehen. „Welches Zimmer ist denn das von Chris?"

„Zweiundachtzig."

Er nickte und ging. Sie folgte ihm leise und lauschte an der Tür, um zu hören, wie sein erster Besuch lief.

„Hey", sagte Jared. „Was denkst du, haben die Sox eine Chance?" Sein Tonfall war nicht so heiter, wie sie ihm empfohlen hatte, sondern eher lässig, als unterhielte er sich mit jemandem in einem Aufzug.

Sie schloss die Augen und unterdrückte ein Ächzen. Doch dann hörte sie, wie Chris' leise Stimme antwortete: „Die Saison ist vorbei."

„Na na, wir sollten die Hoffnung aber noch nicht aufgeben", erwiderte Jared ernst. „Es gibt immer ein nächstes Jahr."

Ihre Kehle schnürte sich zu, als sie daran dachte, ob Chris das nächste Jahr wohl erleben würde, während sie gleichzeitig die Botschaft bewunderte, die Jared damit rüberbrachte: *Nicht aufgeben, Kumpel.*

Chris meldete sich zu Wort. „Hey! Sie haben ja grüne Augen. Captain Cuddle hat braune Augen."

„Ich bin sein Stiefbruder Captain Huddle. Er hat mich gebeten, dich heute zu besuchen, weil er sich um Mrs Cuddle kümmern muss. Ihr geht es nicht so gut."

„Oh", sagte Chris leise. „Aber auf Ihrem T-Shirt ist ein C! Huddle beginnt mit einem H."

„Das C steht für Captain. Ich werde dir *Die Huddle-Cuddle Schulkarambolage* vorlesen. Das war immer meine Lieblingsgeschichte, wegen der Schlägerei auf dem Spielplatz."

„War die blutig?", fragte Chris eifrig.

„Oh ja", sagte Jared begeistert.

„Cool!", rief Chris.

Sie schüttelte lächelnd den Kopf. Das stimmte nicht, das wusste sie, doch scheinbar schaffte Jared es, an Kleinigkeiten zu erkennen, was der Junge sich erhoffte. Vielleicht würde er es als einmalige Vertretung für Vince ja wirklich einigermaßen hinbekommen.

Jared beendete seinen dreistündigen Einsatz als, wie er sich selbst genannt hatte, Captain Huddle, und lehnte sich gegen den halbhohen Wandvorsprung am Schwesternzimmer, vollkommen erschöpft. Selbst, wenn sie im Bett lagen, bedeuteten Kinder eine Menge Arbeit. Sie wollten immer noch mehr Geschichten, hatten einen unendlichen Vorrat an Fragen und brauchten ewig, um sich ein Geschenk auszusuchen. Er war dazu übergegangen, jedem Kind einfach eine Handvoll Geschenke zu geben, bevor er ging. Und er musste zugeben, es war verdammt schwierig zu sehen, wie krank die Kinder aussahen, und selbst nicht in der Lage zu sein, ihnen zu helfen. Er war ein Arzt, der nicht heilen konnte – das war das Schlimmste. Seine eigenen Patienten waren meist gesunde Erwachsene, die Probleme mit ihren Gelenken oder irgendwelche Verletzungen hatten. Man musste schon ein besonderer Mensch sein, um tagein, tagaus mit unheilbar kranken Kindern zusammenzuarbeiten. Er musste auch Vince hoch anrechnen, dass er das hier nun schon seit zwei Jahren freiwillig jeden Samstag machte.

Er entdeckte Emily, die gerade den Flur hinunterging, und folgte ihr. Dabei gönnte er sich einen Moment, um ihre Rückansicht zu genießen, wie ihre Hüften sich wiegten und ihre langen, glänzend braunen Haare beim Gehen ein wenig nach rechts und links wippten. Selbst in ihrer schlichten blauen Uniform sah er, dass sie einen mordsmäßigen Körper hatte. Er war schon irgendwie ein Experte in dem Was-versteckt-sich-unter-diesem-Kittel-Spiel. Ihr Gesicht war schön, wenn sie ihn nicht gerade finster anblickte – herzförmig mit glatter Haut und einem Hauch Rosa auf den Wangen, einer niedlichen Stupsnase und süßen rosa Lippen. Das hier war definitiv eine Schwester, die er besser kennenlernen wollte. Ihm war die Chemie zwischen ihnen beiden, angesichts derer sie rot angelaufen war, nicht entgangen, auch nicht die Tatsache, dass sie ihn begutachtet hatte, obwohl sie versuchte, ihr Interesse hinter schnippischen Bemerkungen zu verstecken.

„Hey, Emily!", rief er.

Sie drehte sich um, und einen Augenblick sah es so aus, als würde sie ihn anlächeln, doch genauso schnell verschwand es auch wieder, und sie betrachtete ihn ernst. „Was?"

Er schob sich die Augenmaske hoch und holte sie ein. „Hier", sagte er und reichte ihr die leere Geschenketüte. „Die kleinen Racker haben jedes einzelne Geschenk genommen."

Ihre braunen Augen wurden groß. „Das sollte für zwei Wochen reichen!"

Er zuckte die Schultern. „Sie haben ewig gebraucht, um sich zu entscheiden, darum habe ich jedem eine Handvoll gegeben."

Sie verzog das Gesicht. „Jeder kriegt eins. Ich kann Vince nicht bitten, mir jedes Mal mehr Geld zu geben."

„Vince bezahlt dafür?"

„Ja. Die Geschenketüte war seine Idee. Ich kaufe alles ein, und er bezahlt."

Er holte seinen Geldbeutel heraus und zog mehrere Zwanziger hervor. „Hier, tut mir leid."

Sie schob das Geld zurück. „Nein, mir tut es leid. Sie wussten das ja nicht. Ich mach das schon." Sie rieb sich die Stirn. „War ein schlimmer Morgen." Sie sah wirklich ein wenig ausgelaugt aus, und jetzt, da er die Station kennengelernt hatte, konnte er sich denken, dass dieser Job seinen Tribut forderte.

„Hey, brauchen Sie eine Pause? Ich könnte Sie zum Essen einladen."

Ihre Lippen zuckten. „Nein, danke, Captain Cuddle."

Er riss sich die Stachelmütze und die Augenmaske vom Kopf. Er hatte fast vergessen, dass er sie getragen hatte. Hitze kroch seinen Hals empor. Verdammt. Er wurde nie rot. Dennoch versuchte er es noch einmal, denn er wollte ihr die schwere Last ihres Jobs von ihren Schultern nehmen, wollte sie lächeln sehen. „Auf einen Drink?"

„Ich fürchte, Ihr Ruf eilt Ihnen voraus, also nein", erwiderte sie unverblümt.

Er schmunzelte. „Dann sollten Sie aber ja sagen. Mit mir kann es ganz ordentlich Spaß machen." Er wusste, dass die Schwestern sicherlich in höchsten Tönen von ihm sprachen, denn nach den ersten glücklich-zufriedenen Bettgeschichten hatte sich das herumgesprochen, und seitdem kamen die Frauen zu *ihm*, wenn sie Spaß haben wollten. Er verhütete auch immer, um sicherzustellen, dass es für alle Beteiligten Spaß blieb. Doch in letzter Zeit war es irgendwie langweilig geworden. Wenn er so sah, dass seine älteren Brüder sesshaft geworden und wahnsinnig glücklich waren, kam ihm langsam der Gedanke, dass es mit der richtigen Frau vielleicht sogar … irgendwie nett sein konnte.

Oder auch nicht. Es konnte genauso gut in die andere

Richtung gehen und ein vollkommenes Desaster werden, was er nur zu gut wusste.

Sie starrte auf seine Brust und dann auf seinen Bizeps, bevor sie ihren Blick losriss und ihm in die Augen blickte. „Für Spaß bin ich nicht zu haben." Obwohl er merkte, dass sie darüber nachdachte. „Grüßen Sie Vince von mir." Sie drehte sich um und ging davon.

Ihm ging die Luft aus. Das war das erste Mal, dass er seit langer Zeit ein *Nein* bekommen hatte, und er wusste beinahe nicht, was er jetzt mit sich anstellen sollte. „Hey, Emily!", rief er.

Sie drehte sich um. „Was?"

„Welcher Mensch mag denn keinen Spaß?"

Sie hob eine Hand über den Kopf und zeigte auf sich selbst, dann winkte sie ab und verschwand im Zimmer eines Patienten.

„Ihr Verlust", murmelte er vor sich hin und ging zur Toilette, um sich das Kostüm auszuziehen. Er wollte für die Kinder die Superheldenillusion nicht kaputtmachen, wenn sie ihn dabei erwischten, wie er sich wieder in einen normalen Typen verwandelte. Er fühlte sich sofort besser, als er wieder wie er selbst gekleidet war, verließ das Krankenhaus und fuhr geradewegs zu Vinces Haus. Zumindest war jetzt diese demütigende Captain Huddle-Erfahrung vorbei. Er würde das Ganze hinter sich lassen und so tun, als wäre es nie passiert.

Als Vince die Tür öffnete, hielt Jared ihm sofort die Kostümtasche hin.

Vince trat zurück, außer Reichweite, und die Tasche fiel zu Boden. „Oh nein. Solange wir nicht im zweiten Trimester sind, gehört sie dir. Sie wird den kleinen Vince verhungern lassen, wenn ich nicht ein Auge auf sie werfe."

„Isabella!", schrie Sophia irgendwo im Haus.

Vince deutete mit dem Daumen hinter sich. „Da siehst du mal, womit ich es jetzt zu tun habe." Er verdrehte die Augen, dann schrie er über seine Schulter: „Das wissen wir erst, wenn wir in der zwanzigsten Woche den Ultraschall machen!" Er drehte sich zurück zu Jared. „Wegen meiner

Vorbereitung zum Patenonkel weiß ich mehr als sie." Er schrie wieder über seine Schulter: „Lies das Buch, Soph! Dann hast du wenigstens eine Ahnung, worüber du mit mir sprichst." Leise fügte er hinzu: „Und bist nicht so planlos."

Jared knirschte mit den Zähnen. „Wie lange meinst du?"

Vince zuckte die Schultern. „Im besten Fall? Sechs, sieben Wochen."

„Sieben Wochen!"

„Was ist denn schon dabei? Haben die Kinder dir solche Angst eingejagt?" Er warf ihm die Kostümtasche zu, und Jared fing sie mit einer Hand an der Brust auf. „Sei nicht so ein Weichei. Du bist ein verdammter Arzt."

Jared straffte seine Schultern. „Ich weiß, dass ich ein verdammter Arzt bin. Aber mich als Stachelschwein zu verkleiden steht nicht in meiner Arbeitsplatzbeschreibung."

„Sollte aber." Vince sah über seine Schulter und wandte sich ihm dann wieder zu. „Ich werde ihr Salzstangen und ein Gingerale bringen. Du hast das im Griff, okay? Du bist mein Retter in der Not."

Der Spitzname, der sich sonst immer wie ein Kompliment anfühlte, war jetzt wie eine verdammte Zwangsjacke. Es war nicht nur das demütigende Kostüm. Es war das furchtbare Bewusstsein, den Kindern nicht helfen zu können. Er half seinen Patienten immer.

„Vince, die Kinder–"

Vince schlug ihm die Tür vor der Nase zu.

„Mögen dich mehr", brummte Jared gegen die Tür. Verdammt. Er drehte sich zu seinem Truck um und knurrte auf dem ganzen Rückweg etwas über nervtötende Brüder und Brünette mit sexy Körpern, die keinen Spaß mochten.

2

———

Emily kehrte an jenem Nachmittag in ihr ruhiges Einzimmerapartment in Clover Park zurück und zog sich schnell einen Pullover und Jeans an. Dann ließ sie sich aufs Sofa fallen und streckte sich mit einer violetten Häkeldecke und der Neuerscheinung ihrer Lieblingsautorin in der Hand darauf aus. *Man sollte meinen, ich bin von jeder Romanze geheilt.* Doch bei ihrem Job brauchte sie eine süße Ablenkung.

Ihr Handy vibrierte auf dem Beistelltisch in ihrer Nähe, und sie nahm es. Mist. Eine Nachricht von Michael. Ihr Ex-Mann hatte seit zwei Jahren nicht angerufen, ihr keine SMS, keine Mail geschickt. *Wir müssen reden.*

Ha! Sie schrieb sofort zurück. *Nein, müssen wir nicht.*

Es ist wichtig.

Sie legte das Handy weg. Vergiss es. Sie hatten nichts mehr zu bereden. Die Zeitungen, die Nachrichtensender und Klatschmagazine hatten sich darum gekümmert. Was gab es noch mehr zu sagen? Michael war eine Ratte. Sie war die Idiotin, die–

Ihr Handy klingelte. Sie nahm es erneut. „Woher hast du überhaupt meine Nummer?"

„Ich behalte dich im Auge", erwiderte Michael unbekümmert.

Sie beendete das Gespräch. Dann schaltete sie das Handy aus.

Jemand klopfte an die Tür. *Nein. Das konnte nicht sein.*

Sie blickte durch den Spion. Sie stieß einen ganzen Strom von Flüchen aus und wünschte sich, sie hätte einen Baseballschläger griffbereit. Nicht, weil sie fürchtete, Michael könnte ihr wehtun. Nur, weil sie ihn windelweich schlagen wollte.

Er klopfte erneut. Sie seufzte. Er stand mit einem Strauß roter Rosen da. Das waren nicht ihre Lieblingsblumen. Sie mochte Tulpen, aber Michael entschuldigte sich immer mit roten Rosen. In ihrer Vergangenheit hatte es viele rote Rosen gegeben.

„Verschwinde!", rief sie durch die Tür.

„Emily, es ist wichtig. Ich bin eine Stunde gefahren, um dich zu sehen." Sie war eine Stunde weit weggezogen, um von vorn anzufangen, weg von ihm und jedem, der sie kannte.

Sie verdrehte die Augen. „Es hat dich niemand gebeten, herzukommen. Woher wusstest du, wo ich wohne?"

„Das Internet macht es einem leicht, jemanden zu finden."

Das stimmte wahrscheinlich. Sie hatte ihren Mädchennamen wieder angenommen, doch Michael kannte ihn natürlich.

„Bitte hör mir zu. Ich muss wirklich mit dir reden."

Sie seufzte. „Eine Minute." Er würde nicht gehen. So viel wusste sie. Sie schlüpfte in ihre Sneaker, trat in den Gang und schloss die Tür hinter sich. „Mach schnell."

Er bot ihr die Rosen an, und sie verschränkte die Arme, weigerte sich, sie anzunehmen. Er sah aus wie immer – sein braunes Haar kurzgeschnitten, scharfe, braune Augen, hohe Wangenknochen, ein markantes Kinn. Zu Collegezeiten hatte er nebenbei gemodelt. Sein gutes Aussehen zahlte sich bei der Presse aus. Und selbst jetzt, an einem Samstag, war er gekleidet, als könnte er von einer Kamera erwischt werden, in seinem sauberen, hellblau gestreiften Hemd, der dunkelblauen Stoffhose und den hellbraunen Designerschuhen.

„Ich liebe dich immer noch", sagte er mit einer Stimme, die glaubwürdig klingen sollte, doch in ihren Ohren klang sie unehrlich. Sie fiel nicht einen Moment darauf herein. Er wollte etwas.

„Ich dich aber nicht. Ist das alles?"

Einen Moment lang ging er auf und ab. „Wir hatten es doch gut. Am Anfang. Nichts konnte uns aufhalten."

Sie hatte gerade mal einen Blick für ihn übrig, der sagte *Und?* Sie war fünfundzwanzig gewesen und Michael dreißig, als sie einander bei einer Poolparty ihrer Eltern kennengelernt hatten, der Art Party, bei der die Mitglieder des Country Clubs *um* den Pool *herum* standen, in ihren weißen Sommerklamotten Weißwein nippten und niemand jemals schwimmen ging. Er war neu in der Stadt gewesen, und ihre Eltern hatten ihr den wohlhabenden Juristen mit Ambitionen für eine politische Laufbahn begeistert vorgestellt. Er hatte ihr romantisches Herz mit seinem Charme und seinem wahnsinnig guten Aussehen erobert, außerdem hatte er ihr gekonnt den Hof gemacht, mit Blumen, Schmuck und extravaganten Essenseinladungen. Rückblickend betrachtet war es klar gewesen, dass er aus politischen Gründen auf der Suche nach einer Ehefrau gewesen war. Es war nur eine weitere Komponente seines Wahlkampfes für das Amt des Generalbundesanwalts gewesen. Nach einer dreimonatigen wirbelwindartigen Romanze und einer Märchenhochzeit hatten sie ein Jahr lang eine gute Ehe geführt, gefolgt von zwei Jahren, in denen Michael sie regelmäßig betrogen und sich genauso regelmäßig entschuldigt hatte.

Zuerst hatte sie es gar nicht mitbekommen. Sie war nur etwas misstrauisch gewesen. Als sie ihm von ihren Sorgen erzählt hatte, hatte er so getan, als wäre es verrückt, dass sie überhaupt auf die Idee kam. Doch dann hatte sie einen Beweis: eine andere Frau mit Namen Emily machte ihm erotische Offerten. Was darauf folgte, ließ sie immer noch schaudern. Doch sie war diesen deprimierenden Pfad schon viel zu oft gegangen, um jetzt zuzulassen, dass sie mit dem Kopf voran in die Schamspirale stürzte.

Michael hob seine Hände. „Mit dir habe ich das Amt des Generalbundesanwalts bekommen. Die Wähler haben uns als Paar geliebt."

„Und dann nicht mehr."

Michael kam näher, seine Stimme betont aufrichtig. „Ich kandidiere wieder für ein öffentliches Amt. Staatssenator, ein Sprungbrett auf dem Weg zur nationalen Politik. Die Kampagne fängt nächste Woche direkt nach den Wahlen an. Wir haben bereits ein Wahlkampfkomitee. Derzeit bereiten wir uns darauf vor, meine Absicht zu erklären und alles von da an aufzubauen."

„Und wofür brauchst du mich?"

„Eine öffentliche Versöhnung–"

„Vergiss es." Sie wandte sich zum Gehen, doch er packte ihren Ellbogen. „Hände weg!", schrie sie. Er ließ die Hand sinken. Sie atmete einmal tief durch und drehte sich dann wieder zu ihm um. „Ich werde *niemals* zu dir zurückkehren."

„Dieses Mal wäre es aber anders. Ich wäre treu. Wir könnten die Kinder bekommen, die du dir immer gewünscht hast. Mit dir an meiner Seite würde es deinen Namen in der Öffentlichkeit rehabilitieren. Sie werden dich nicht mehr in Verbindung bringen mit dieser anderen–" Als sie ihre Augen zusammenkniff, fügte er lahm hinzu „– anderen Geschichte."

Es hatte ihr gar nicht gefallen, dass ihr Name in den Schmutz gezogen worden war - als wäre sie so schmutzig wie er, pah! Sie hasste die Kameras, die Mikrofone, die ihr ins Gesicht gestoßen worden waren, die Vans der Nachrichtensender, die rund um die Uhr vor ihrem Haus gestanden hatten. Sie schloss die Augen, als Scham und Demütigung sie erneut überwältigen wollten.

„Wenn du mir vergibst", sagte Michael ernst, „werden auch die Wähler mir vergeben. Und dann profitieren wir beide davon."

Sie hatte ihm nicht vergeben. Sie glaubte auch nicht, dass sie das jemals tun könnte. Er hatte sie nicht nur betrogen, hatte ihr nicht nur wieder und wieder ins Gesicht gelogen, er hatte sie auf die demütigendste öffentliche Art und Weise verraten, die man sich nur vorstellen konnte.

„Ich will nie wieder von dir hören", sagte sie entschlossen. „Ich vergebe dir nicht, und werde es auch nie tun."

Und mit diesen Worten drehte sie sich um, ging in ihr

Apartment und verschloss die Tür hinter sich. Sie hörte nicht, wie er wegging. Da sie noch mehr Abstand brauchte, zog sie sich ins Schlafzimmer zurück und verschloss auch diese Tür. Sie ließ sich auf das französische Bett mit dem Messinggestell fallen, rollte sich auf den Rücken und starrte zur Decke, wobei ihre Augen überraschend trocken blieben. *Wahrscheinlich habe ich schon alle Tränen vergossen, die ich für ihn hatte.*

Doch dann dachte sie an die Kinder, die sie immer hatte haben wollen, und ihre Augen füllten sich. Denn mit dreißig schien es vollkommen unwahrscheinlich zu sein, erneut zu heiraten und ein Kind zu bekommen. Sie hatte nie den Richtigen getroffen. Den, der nur Augen (und ein Herz) für sie hatte. Vielleicht gab es diesen Mann gar nicht. Vielleicht klammerte sie sich an eine romantische Fantasie.

Sie legte einen Arm über ihre brennenden Augen. Auf gewisse Weise hatte sie ja Kinder. Kranke Kinder, die sie brauchten. Und obwohl es ihr im Herzen wehtat, wenn sie eines davon verlor, stärkte es nur ihre Entschlossenheit, alles, was sie hatte, zu investieren, um ihnen ihren Aufenthalt im Krankenhaus so behaglich wie möglich zu machen und sie am Leben zu halten. Das gab ihrem Leben einen Sinn.

Ihr sehr sicheres Leben konzentrierte sich auf ihre Arbeit, aufs Kochen und Lesen.

Verdammt. Was war bloß mit der alten Emily passiert? Mit der, die glücklich gewesen war und offen für neue Erfahrungen, neue Beziehungen. Früher hatte sie Spaß mehr geliebt, hatte es geliebt, neue Leute kennenzulernen. Himmel, sie war nach dem College mit dem Rucksack durch Europa gereist und hatte unzählige Abenteuer erlebt, war zum Beispiel mit dem Fahrrad durch die Provence gefahren und durch Italien getrampt. Sie war zu jedem Freizeitpark des Kontinents gepilgert, um jede Holzachterbahn einmal gefahren zu sein.

Sie sprang aus dem Bett. Verdammter Michael, ihr den Kopf so zu verkorksen. Scheiß auf ihn. Es war Zeit, wieder zu leben. Sie nahm ihr Handy und ihre Handtasche und ging zur Tür hinaus. Gott sei Dank war Michael weg. Sie würde ins Garner's Sports Bar & Grill gehen. Ein netter Drink unter Leuten würde beweisen, dass sie noch offen für neue Erfahrungen war. Vielleicht – mit ihren Freundinnen Charlotte und Megan an ihrer Seite – würde sie sogar mit einem gutaussehenden Fremden flirten. Sie rief ihre Freundinnen an. Sie waren beide nicht zu Hause, versprachen aber, sich mit ihr um fünf zu treffen. Sie hatte also gute drei Stunden, die sie vertrödeln musste. Sie würde zur Main Street gehen. Bis dahin brauchte sie eine halbe Stunde zu Fuß, und dann würde sie durch die Läden bummeln.

Sie ging zum Book It, sah sich die Neuerscheinungen an und setzte sich dann in das Something's Brewing Café, gönnte sich einen Cappuccino und beobachtete die Leute, die den Gastraum füllten. Die meisten Gäste arbeiteten an ihren Laptops, manche waren auch mit ihren Partnern da. Endlich war es fast fünf, also ging sie über die Straße zum Garner's. Sie setzte sich ganz ans Ende der vollen Theke aus dunklem Kirschholz und schrieb Charlotte und Megan, wo sie saß. Der Restaurantbereich rechts füllte sich bereits zum Abendessen.

Der Barkeeper, Josh, kam zu ihr. Er war um die dreißig und hatte dunkelbraune Haare, die leicht gewellt waren; seine braunen Augen waren warm, sein Lächeln ansteckend. Sie strahlte ihn an und war froh, dass er bereits freundlich und in Flirtlaune war, dennoch aber nicht die Grenze in unbehagliches Anbaggerterritorium überschritt. Mit seiner fröhlichen Art verdiente er sich so einige Trinkgelder, besonders bei den Frauen. Sie bestellte einen Cosmopolitan, denn das klang, als ginge sie auf eine lustige, exotische Reise.

„Sollen Sie haben, schöne Frau", sagte er mit seiner tiefen Baritonstimme.

Sie sah sich in der Bar um und zuckte zusammen, als sie entdeckte, dass Dr Reynolds am anderen Ende des Tresens saß. Der Mann neben ihm musste sein Bruder sein. Die gleichen hellbraunen Haare, die gleichen wunderschönen Wangenknochen. Sie sahen sich über den Fernseher, der in einer Ecke der Bar an die Decke montiert war, ein Footballspiel an. Sie überlegte kurz, ob sie die Flucht ergreifen sollte. Das Letzte, was sie heute gebrauchen konnte, war ein weiterer Zusammenstoß mit einem Playboy. Doch dann erinnerte sie sich daran, dass sie es leid war, diese Emily zu sein, die sich wie ein Einsiedlerkrebs in ihre verletzte Schale verkroch. Es war Zeit, wenigstens einen kleinen Schritt nach draußen zu wagen. Die alte Emily wiederzufinden, die den Spaß liebte, und am Leben wieder teilzunehmen. Sie würde nicht davonlaufen.

Ihr Getränk kam, und sie trank einen Schluck und noch einen. Dann nahm sie ihr Glas, hüpfte vom Barhocker, ging unbeschwert um die Bar zur anderen Seite und blieb neben Jared und seinem Bruder stehen. Sie saßen mit dem Rücken zu ihr.

Sie tippte Jared auf die Schulter. Er sah über seine Schulter und wirkte überrascht. „Emily! Was machen Sie denn hier?"

Sie hob eine Schulter. „Dasselbe wie Sie schätze ich."

„Sie wohnen hier im Ort?"

„Ja."

Er schenkte ihr ein Lächeln mit Grübchen, und sie bemerkte, dass sie das Lächeln erwiderte. „Ich bin hier aufgewachsen. Wohnen Sie schon lange hier?"

„Erst seit zwei Jahren."

Sie starrten einander lange an. Die Wärme in seinen grünen Augen fixierte sie für einen Moment, als wäre sie die wunderbarste Frau, die er jemals gesehen hatte. Sein Bruder räusperte sich und brach den Zauber. Sie versuchte, sich auf seinen Bruder zu konzentrieren, der sie neugierig betrachtete, doch sie konnte an nichts anderes denken als daran, dass sie jetzt verstand, warum die Frauen Jared umschwärmten. Vermutlich sah er jede so an.

„Ach ja", sagte Jared, „das ist mein Bruder Gabe." Sie hatte *gewusst*, dass er sein Bruder sein musste. Und dann lächelte Gabe und zeigte ein Grübchen in seiner stoppeligen Wange, wodurch die Ähnlichkeit nur noch größer wurde.

Gabe streckte ihr seine Hand entgegen, und sie schüttelte sie. „Schön, Sie kennenzulernen."

„Die Freude ist ganz meinerseits", sagte er.

„Möchten Sie sich zu uns setzen?", fragte Jared.

Sie zögerte, war versucht, noch eine Weile zu bleiben, doch dann entschied sie sich, dass sie nicht bereit war für einen Playboy wie Jared. Kleine Schritte.

„Nein, ich treffe mich mit ein paar Freundinnen", sagte sie lässig. „Ich wollte nur Hallo sagen."

Jared zog seine Brauen zusammen. „O-kay."

„Hallo und Tschüss." Sie wackelte mit den Fingern, lächelte und kehrte zu ihrem Platz zurück. Sie beglückwünschte sich dafür, dass sie so selbstbewusst gewesen war, freundlich anstatt verschlossen wie sonst.

Zehn Minuten später saß sie auf ihrem Barhocker und zappelte, überlegte, was sie jetzt tun sollte. Jared sah sie immer wieder an, doch jedes Mal, wenn sie ihn dabei erwischte, wandte er den Blick ab. Es war unglaublich … unangenehm. Aber auch irgendwie schmeichelhaft. Sie fragte sich, ob er zu ihr kommen würde, doch er tat es nicht. Trank einfach weiter, sprach mit seinem Bruder und warf verstohlene Blicke in ihre Richtung. Sie lächelte ein wenig. Sie konnte sich nicht an das letzte Mal erinnern, dass sie Schmetterlinge in ihrem Bauch oder stille Aufregung gespürt hatte nur von einem Blick von der anderen Seite des Raumes. Das war gut. Das reichte ihr.

Sie würde ihn vermutlich nicht wiedersehen, es sei denn, sie machte sich die Mühe und fand seinen Dienstplan im Krankenhaus heraus und traf ihn in der Pause in der Krankenhauscafeteria. Ha! Als würde sie sich für irgendeinen Mann Mühe geben. Darüber war sie sowas von hinaus. Von jetzt an würde sie alles spaßig und flirtend und locker angehen. Warum riskieren, dass ihr Herz gebrochen wurde? Sie nippte an ihrem Getränk und linste wieder zu Jared hinüber. Er wandte eilig den Blick ab. Sie kicherte vor sich hin.

Oh-oh. Er kam zu ihr. Sie glättete ihr Haar und schluckte. *Okay, jetzt ganz ruhig. Keine große Sache. Sei einfach spaßig und flirtend und locker.*

„Was ist denn so lustig?", fragte Jared mit einem Lächeln, bei dem Lachfältchen um seine leuchtenden grünen Augen tanzten und Grübchen auf seinen Wangen erschienen. Nicht, dass sie jedes Detail an ihm bemerkte.

„Sie sehen mich ständig an", antwortete sie ehrlich.

„Und das finden Sie lustig?"

Sie nickte und trank einen Schluck von ihrem Getränk.

Er stellte sein Bier ab und legte einen Ellbogen auf den Tresen, nah genug, dass seine Größe ihr extrem bewusst wurde. Er war einen guten Kopf größer als sie und muskulös gebaut. Er duftete nach frischer Seife, warmem Apfelkuchen und Gewürz. „Warum setzt du dich denn nicht zu uns? Du bist doch hier ganz allein."

„Ich habe Ihnen doch gesagt, dass ich mich mit ein paar Freundinnen treffen."

„Und die sind unsichtbar?"

Sie verschluckte sich vor Lachen. „Nein."

Seine grünen Augen blickten in ihre. „Dieses Lächeln hat gerade meinen Abend gerettet."

Sie hob eine Hand. „Ach, hören Sie doch auf."

Er hob ebenfalls seine Hand und drückte sie gegen ihre, wodurch ein überraschend heißer Blitz durch sie zuckte. „Womit soll ich aufhören?"

Sie nahm ihre Hand herunter. „Hören Sie auf, Ihre Anmachroutine bei mir abzuziehen. Das funktioniert nicht."

Er beugte sich zu ihrem Ohr hinunter, seine Worte waren heiß an ihrer Haut. „Und wie kommt das?"

Sie sah ihm sehr tapfer in seine grünen Augen, wenn man bedachte, dass sie von seiner Nähe bereits überhitzt war. „Weil ich immun bin gegen Playboys und ihre Playboyart."

„Dann ist es ja gut, dass ich kein Playboy bin. Und bitte, lass uns du sagen." Er strich eine Strähne ihres Haars hinter ihr Ohr.

Sie zog ihr Haar zurück und warf es sich über die Schulter. „Okay, aber du bist Dr Rein-raus-und-weg. Glaub bloß nicht, dass ich nicht weiß, was das bedeutet."

Er schenkte ihr ein langsames, erotisches Lächeln. „Rein was?"

Sie trank einen Schluck von ihrem Drink und ignorierte ihn.

Er zupfte verspielt an ihrem Haar. „Rein was?"

Sie sah ihn von der Seite an. „Sie wissen schon."

„Du. Und reden wir etwa über das große *Rein*?"

Sie wurde rot und verkniff sich ein Lächeln. „Du bist schrecklich."

„Manche Leute bekommen das große *Rein* nicht einmal, also, weißt du–" er hob seine Brauen „– mir scheint das etwas Gutes zu sein."

Sie schüttelte den Kopf. „Playboyprahlerei."

Er hob einen Mundwinkel. „Nur gut, dass ich jemand so Vernünftigen habe wie dich, die mir den Kopf zurechtrückt."

Sie hob ihr Glas. „Gern geschehen."

Er nahm sein Glas und stieß mit ihr an. „Möchtest du was essen?"

Sie trank noch einen Schluck. „Heute Abend ist Mädelsabend. Sie werden bald hier sein."

„Ein andermal dann? Ich verbringe nicht genügend Zeit mit vernünftigen Frauen."

Sie lachte. „Ach, wirklich? Mit was für Frauen verbringst du denn deine Zeit?"

Er zog ein ernstes Gesicht. „Ich verbringe Zeit mit einer Menge Clowns."

Sie brach in Lachen aus und legte eine Hand auf seinen Arm. „Tust du nicht!"

Er sah auf ihre Hand, die immer noch auf seinem Arm lag, und sie zog sie zurück. „Rette mich vor den Clowns. Ich flehe dich an. Die Gumminasen, die großen Füße–" er schauderte „– du willst gar nicht wissen, was sich unter ihren gestreiften Oberteilen verbirgt." Er grinste, sah einfach zu unwiderstehlich aus. „Wirst du mir helfen?"

Spaßig und flirtend, erinnerte sie sich. Das war wirklich das einzige, womit sie im Moment klarkam. „Ich bin zu vernünftig, um ja zu sagen", erwiderte sie lächelnd.

Er versteifte sich. „Wie du willst."

Er war anscheinend fertig mit Flirten. Sie wandte sich wieder ihrem Getränk zu. „Ich will."

Er stapfte davon und blickte überhaupt nicht mehr in ihre Richtung. Sie war nicht enttäuscht, sagte sie sich. Das war nur ein harmloser Flirt gewesen. Und dann kam Charlotte mit großen Umarmungen und Gesten und fragte sie nach ihrem Tag. Sie erzählte ihr von Michaels Besuch und vergaß Jared.

Sie bemerkte nicht einmal, wie er nach einem letzten langen Blick in ihre Richtung aufbrach.

Bemerkte auch nicht, wie er zur Tür hinausging, wobei sein niedlicher Hintern in der ausgewaschenen Jeans einen wirklich netten Anblick bot.

Und sie bemerkte auch wirklich überhaupt nicht, wie er all die Spannung des Abends mit sich zu nehmen schien.

3

———————

Jared war vor seiner Nachmittags-OP am Mittwoch allein im Pausenraum, als sein Blick auf die Nachrichten im Fernseher an der Wand fielen. War das Emily? Er ging näher ran. Es sah wirklich aus, als wäre sie das. Der Fernseher war auf stumm gestellt, doch die Schlagzeile lautete „Michael Spitz' Sexskandal könnte seiner Kandidatur für den Senat schaden." Emily schien in mehreren Aufnahmen vor den Reportern davonzulaufen. Er suchte nach der Fernbedienung und stellte den Ton gerade wieder an, als der Bericht schon zu Ende war, doch er hörte noch, wie der Reporter sagte: „Der ehemalige Staatsanwalt hofft, dass seine Wähler ihm vergeben können, wie seine Frau, Emily, es getan hat. Er kandidiert für das Amt des Senators mit ihr an seiner Seite."

Jared fiel die Kinnlade herunter. Emily war verheiratet? Sexskandal? Was zum Teufel?

Der Reporter fuhr fort. „Wir konnten Emily Spitz nicht für einen Kommentar erreichen, die Versöhnung bleibt damit unbestätigt."

Er hatte, seit er ihr am Samstag im Garner's begegnet war, an sie gedacht. Es lag nicht nur daran, dass sie schön war. Es war die Art, wie sie ihm immer wieder Blicke zugeworfen hatte. Er hätte schwören können, dass sie interessiert war, doch dann hatte sie ihn wieder abblitzen lassen. Er wollte sich nicht zu jemandem hingezogen fühlen, der nicht an ihm interessiert war, doch es war so. Und erst recht, seitdem er sich am Montag bei der Arbeit nach ihr erkundigt hatte. Ihr Ruf im Krankenhaus war fantastisch. Sie engagierte sich weit mehr, als ihr Job es verlangte – sie koordinierte Besuche von Therapiehunden, Besuche von kostümierten Superhelden und Kunsttherapie für Kinder. Alles Programme, für die das Krankenhaus keine Gelder zur Verfügung gestellt hatte, bis sie sich für Fördermittel beworben und größere Organisationen an Bord gezogen hatte. Er war voller Bewunderung dafür, dass sie sich ihren Patienten mit solcher Hingabe widmete.

Sie war einfach perfekt – schön, sexy, klug, warmherzig und konnte großartig mit Kindern umgehen. Keine Frage, sie würde eine großartige Mom sein. Wo war das denn hergekommen? Seine älteren Brüder mussten wohl auf ihn abfärben, schließlich war Gabe jetzt Vater, Vinces Frau war schwanger und sein älterer Stiefbruder, Nico, hatte vor Kurzem ebenfalls geheiratet und prahlte bereits damit, dass er bald selbst eine große Familie haben würde. Selbst der ultimative Single, sein älterer Bruder Luke, hatte sich gerade verlobt. Auch seine Schwägerinnen waren großartig. Das hatte Jared zum Nachdenken gebracht ... Ach was, das war ohnehin egal. Emily war verheiratet.

Wenigstens wusste er jetzt, warum sie ihn abgewiesen hatte. Er erinnerte sich an den windigen Michael Spitz von vor ein paar Jahren. Er war erwischt worden, wie er nicht nur mit einer, sondern sofort mit drei Prostituierten im Bett gewesen war, und er hatte sie alle „Emily" genannt – wie seine Frau. Kranker Bastard. Emily Maguire war Emily Spitz. Es fiel ihm schwer zu begreifen, dass Emily ihrem Mann verziehen hatte und jetzt seine Kandidatur für den Senat unterstützte. War sie ein Masochist? War das der Grund, weswegen sie am Samstag allein getrunken hatte, bevor ihre Freundinnen gekommen waren? Welche Frau, die noch bei Verstand war, würde einen Mann nach all dem noch unterstützen? Das konnte unmöglich wahr sein.

An jenem Abend setzte Jared sich mit einem Bier und seinem Laptop aufs Sofa, um mehr über die Emily Spitz-

Geschichte in Erfahrung zu bringen. Verdammt. Sie war überall. Ihm war gar nicht aufgefallen, was für ein großer Skandal das gewesen war. In sämtlichen Nachrichten und Klatschspalten. Das Internet hatte deswegen in Flammen gestanden. Auf allen Bildern wirkte sie wie ein tragisches Opfer, immer abwesend, immer auf der Flucht. Ihr Mann sah zerknirscht und reumütig aus. Er konnte sich keinen Grund vorstellen, warum sie wieder in dieses Leben zurückkehren wollen sollte. Vielleicht liebte ein Teil von ihr ihn immer noch. Er wusste, wie hart es war, über jemanden hinwegzukommen. Er trank einen langen Schluck von seinem Bier. Es hatte lange gedauert, bis er über Jen hinweggekommen war. Seit sie mit ihm Schluss gemacht hatte, nachdem sie sechs Monate zusammengelebt hatten (und davor ein Jahr gedatet hatten), war er mit der Damenwelt alles locker angegangen. Für sie war er scheinbar doch nicht so aufregend gewesen, wie sie gedacht hatte. Hm.

Er stellte sein Bier und seinen Laptop auf den Tisch und stand auf, denn plötzlich hatte er das Bedürfnis, mit dem Hammer auf irgendetwas eingeschlagen. Natürlich waren er und Jen nicht verheiratet gewesen, sie hatten nur zusammengewohnt. Sie hatte ihn kurz nach seiner Assistenzzeit im Krankenhaus vor einem Jahr verlassen, hatte gesagt, dass sie „enttäuscht" von ihrer Beziehung war. Offensichtlich, nach all den lustigen Dates, bei denen er mit ihr in Freizeitparks gefahren war, Parasailing und Fallschirmspringen gemacht hatte, hatte sie ihm vorgeworfen, dass aus ihm ein Stubenhocker geworden war.

Er ging zu seinen Werkzeugen in der Garage, da es schon zu spät war, um auf der halbfertigen Veranda herumzuhämmern. Er war immer noch ziemlich aufregend, war immer noch ein Adrenalinjunkie, doch er war außerdem orthopädischer Chirurg. Das war ein anspruchsvoller, manchmal stressiger Beruf. Er musste im OP perfekt sein, durfte keine Fehler machen, die einen Schaden verursachten oder eine zweite OP erforderlich machten oder, Gott bewahre, einem Patienten das Leben kosten könnten. Er war sich stets bewusst, dass Genauigkeit essenziell war bei den oft komplizierten Operationen in seinem Spezialgebiet, den Händen. Er arbeitete auch an anderen Körperteilen – Hüfte und Knie hauptsächlich –, doch er war eigentlich Spezialist für Hände. Und er hatte festgestellt, dass es ihm dabei half, Dampf abzulassen, wenn er am Haus arbeitete. Das brauchte er mehr als einen Adrenalinrausch, obwohl er sich immer noch hin und wieder ein Abenteuer gönnte. Und eine Menge Sex. Was sollte es schon, dass er die Frauen immer zu sich nach Hause einlud? Das machte ihn noch lange nicht zu einem Stubenhocker. Er hatte ein hübsches Haus im Kolonialstil mit vier Schlafzimmern, und es war bequem, nur wenige Blocks vom Krankenhaus entfernt.

Er ging in die Garage zu dem fast fertigen Ahornbücherregal mit fünf Böden, zog sich Handschuhe an und setzte eine Schutzbrille auf, dann schaltete er die Schleifmaschine ein und verdrängte alle Gedanken an Jen aus seinem Kopf. Er machte sich an die Arbeit, schliff und glättete. Wieder empfand er Mitleid für Emily wegen all der Dinge, die sie wegen ihres Mannes hatte durchmachen müssen. Er musste nach ihr sehen und sich vergewissern, dass sie wusste, dass sie etwas Besseres verdient hatte als jemanden wie Michael Spitz.

~

Bis zu ihrer Morgenschicht am Samstag war Emily mit den Nerven völlig am Ende. Sie hatte Michael unmissverständlich gesagt, dass sie und er nicht wieder zusammenkommen würden, und doch hatte er sie am Mittwoch öffentlich in seine Ankündigung miteinbezogen, als hätte sie ihr Einverständnis gegeben. Seitdem musste sie Telefonanrufen der Presse aus dem Weg gehen. Wie konnte er es wagen, sie in so etwas hineinzuziehen! Sie wusste genau, was er vorhatte. Es war ganz egal, ob die Gerüchte über ihre Versöhnung stimmten, es waren Neuigkeiten, und damit war er wieder im Rampenlicht. All diese grässlichen Bilder und Filmaufnahmen ihrer öffentlichen Demütigung gingen wieder durch die

Medien. Und was machte es ihm schon? Bis die Presse Wind davon bekam, dass sie ihm nicht wirklich eine zweite Chance gab, hatte er schon reichlich Aufmerksamkeit bekommen.

Sie presste ihre Finger an ihre Schläfen und schloss die Augen. Seit diesen Nachrichten hatte sie kaum geschlafen. Sie konnte kaum etwas essen. Verdammt. Das würde nicht noch einmal passieren.

„Hey, Emily."

Sie blickte auf und geradewegs in die grünen Augen des Captain Cuddle Hochstaplers. Schon wieder Jared. Genau das, was sie brauchte, wenn sie sowieso kurz vor der Kernschmelze stand. Er sollte ihr jetzt bloß nicht blöd kommen. Sie war bereit, jemandem in den Allerwertesten zu treten. Oder in der Ecke zu heulen. Beides war möglich.

„Wo ist Vince?", fragte sie.

„Ich bin noch für die nächsten sechs oder sieben Wochen im Cuddledienst", sagte er mürrisch.

„Geht es Sophia denn so schlecht?"

„Wenn man Vince fragt schon." Er beugte sich vor, und sie atmete seinen sauberen warmen Duft ein. „Unter uns, er begluckt sie ganz fürchterlich. Ihr geht es gut."

„Das klingt ganz nach Vince."

„Ich hab dich in den Nachrichten gesehen–"

„Bitte nicht."

Er neigte seinen Kopf, wodurch die Stachelschweinstacheln wackelten. „Bitte nicht was?"

„Fang nicht davon an. Ich möchte einfach meine Schicht hinter mich bringen, ohne daran erinnert zu werden, und dann nach Hause gehen."

Er warf ihr einen langen Blick zu, der nicht ganz so beeindruckend wirkte, dadurch, dass er die Stachelschweinmütze trug, die rote Augenmaske und das riesige C auf seiner Brust sowie das blaue Cape.

Sie verkniff sich ein Lächeln und reichte ihm die Geschenketüte. „Mach dein Ding, Captain Cuddle."

Er nahm sich die Tüte. „Captain *Huddle* bitte. Meine Reynolds-Brüder, Gabe und Luke, und ich waren die Huddle-

Igel in den Büchern. Die Marinos waren die Cuddle-Stachelschweine."

„Ach so?" Ihr wurde bewusst, dass sie zum ersten Mal seit Tagen lächelte. „Dann muss ich mich korrigieren. Du könntest wirklich als Igel durchgehen."

Er hob seine Nase. „Igel haben aber eine spitzere Nase."

„Ich könnte dir eine spitze rosa Nase nähen."

„Nein, danke", sagte er und atmete scharf durch die Nase ein.

Sie lachte.

„Du hast Besseres verdient als Michael Spitz", sagte er, und bevor sie etwas erwidern konnte, war er schon mit wehendem Cape unterwegs zu Chris' Zimmer.

Sie schüttelte den Kopf, erfreut über das unerwartete Kompliment, und machte sich wieder an die Arbeit. Für gewöhnlich arbeitete sie an Samstagen von sieben Uhr morgens bis ein Uhr mittags. Als der Mittag näher rückte, entschied sie sich für Mittagessen und ein Nickerchen, zu mehr war sie heute nach der Arbeit nicht in der Lage.

Eine der Schwestern, Carrie, eine junge blonde Frau mit Brille, eilte zu ihr. Carrie kam oft mit Fragen zu ihr.

„Ja?", fragte Emily lächelnd.

„Da stehen eine ganze Menge Vans von Nachrichtensendern auf dem Parkplatz", flüsterte Carrie. „Die anderen Schwestern sagen, dass sie deinetwegen hier sind."

Emily sah sich um, und die anderen Schwestern wandten sich ab. Sie seufzte. Sie war weggezogen, um von vorn anzufangen, doch dank Michael waren sie nun hier. „Okay. Danke, dass du mich vorgewarnt hast, Carrie."

Sie ging in den kleinen Pausenraum und spähte aus dem Fenster auf den Parkplatz. Drei Nachrichtenwagen und zahlreiche Reporter standen am Eingang zum Krankenhaus, Kameras und Mikrofone in Bereitschaft. Sie brach in Schweiß aus. Mist. Darauf war sie nicht vorbereitet gewesen. Vor allem nicht so erschöpft, wie sie wegen ihres Schlafmangels war. Die Scham und Demütigung fühlten sich wieder frisch an. Sie kam sich wie eine Idiotin vor, weil sie viel zu lang die süße, nette Ehefrau an seiner Seite gewesen war.

Die Wut kochte wieder in ihr hoch. Wie konnte er es wagen, sie so empfinden zu lassen! Sie weigerte sich, sich wieder in seine Scheiße hineinziehen zu lassen. Sie würde einfach warten, bis die Presse abzog. Sie konnte in der Krankenhaus-Cafeteria zu Mittag essen und dann noch den anderen Schwestern helfen, wo auch immer sie gebraucht wurde, bis die Presse das Interesse verlor. Im Moment schien nicht viel los zu sein, doch jede Minute konnte irgendwo ein Feuer oder eine Explosion oder sonst ein unerwartetes Ereignis die Aasgeier zu einer interessanteren Geschichte fortlocken.

Sie ging zurück in den Gang und zum Schwesternzimmer. „Es stimmt nicht, wisst ihr", sagte sie den drei Schwestern, die dastanden, darunter auch ihre Oberschwester, Jane. „Ich kehre nicht zu ihm zurück. Er benutzt mich nur für seine politischen Ziele."

„Mach dir deswegen keine Sorgen", sagte Jane, eine herzliche Frau mittleren Alters mit kurzen braunen Haaren. „Was du in deinem Privatleben machst, geht uns nichts an."

„Ich mache aber gar nichts", beharrte Emily. „Das ist nur eine Lüge, damit er mehr Presse bekommt."

Jared erschien an ihrer Seite und reichte ihr die Geschenketüte. „Ich habe die Vans der Nachrichtensender gesehen."

Am liebsten hätte sie geschrien. „Entschuldigt mich, ich muss ... weg."

Sie ging davon. Jared tauchte wieder an ihrer Seite auf, die Augenmaske hatte er sich oben auf den Kopf geschoben. „Ich kann dir helfen."

Sie blieb stehen. „Mir wobei helfen?"

„Dir dabei helfen, unerkannt aus dem Gebäude zu kommen und den Presseleuten aus dem Weg zu gehen."

Sie verengte die Augen. „Wie?"

Er deutete mit dem Kopf zum Ausgang. „Komm mit."

„Wohin?"

„Zum Lagerraum oben."

„Entschuldige, aber ich gehe nicht mit fremden Männern in irgendwelche Lagerräume."

Lächelnd schüttelte er den Kopf. „Du bist schrecklich

misstrauisch. Ich bin kein fremder Mann. Du weißt, wo ich arbeite, du kennst meinen Stiefbruder, du kennst mich als netten Igel. Wie viel besser könntest du mich denn noch kennen?"

„Um einiges!"

Er grinste, und diese anbetungswürdigen Grübchen erschienen wieder auf seinen Wangen.

Sie wandte den Blick ab. „So habe ich das nicht gemeint!"

„Komm schon." Er beugte sich hinab und sprach direkt in ihr Ohr. „Wir verkleiden dich da als Captain Huddle und gehen hinten durch den Lieferantenausgang raus."

Sie dachte darüber nach. Das konnte funktionieren. „Meine Schicht ist noch nicht vorbei."

„Dann warte ich eben."

Sie wusste, dass sie sich nicht mehr so auf die Arbeit konzentrieren konnte, wie sie das eigentlich sollte, und überlegte kurz, ob sie Jane bitten sollte, früher Feierabend machen zu dürfen. „Gib mir eine Minute."

Sie ging zu Jane, die sie sofort nach Hause schickte. Also kehrte sie zu Jared zurück, und er eilte mit ihr zum Treppenhaus. Die meisten Leute nahmen die Aufzüge. Er öffnete die Tür und lief die drei Treppenabsätze hinauf. Sie folgte ihm, ein wenig außer Atem wegen seines halsbrecherischen Tempos. Seine Beine waren länger.

Mit seinem Kopf bedeutete er ihr, ihm zu folgen, dann verschwand er um eine Ecke und in einen Lagerraum. Er schaltete das Licht an, schloss die Tür ab und drehte sich zu ihr um. „Bereit?"

Der Raum war klein und zwang sie, so nah beieinander zu stehen, dass sie seine Körperhitze spürte. Oder vielleicht war sie auch nur überhitzt von … dem Lauf die Treppen hoch. „Ich schätze schon."

Er setzte ihr die Stachelschweinmütze auf den Kopf. Dann reichte er ihr die Augenmaske.

„Woher weißt du von dem Lieferantenausgang?", fragte sie. „Der ist doch eigentlich nur für Lieferanten."

Er schenkte ihr ein Lächeln. „Oder für Schwestern, die

nicht dabei gesehen werden wollen, wie sie mit mir das Gebäude verlassen."

Sie legte die Augenmaske und die Mütze auf ein Regal hinter ihr. „Schleichst du dich oft mit Schwestern durch den Lieferantenausgang hinaus?"

Er öffnete das Cape und legte es zu der Maske und der Mütze auf das Regal. „Zu deinem Glück ja. Doch zu meiner Verteidigung: *Sie* stellen *mir* nach." Er zwinkerte. „Ich bin sowohl amüsant als auch diskret."

Sie verdrehte die Augen. „T-Shirt."

Er trat einen kleinen Schritt zurück, um das T-Shirt über seinem grauen langärmeligen Shirt auszuziehen, gönnte ihr einen Blick auf seine goldene Haut und Bauchmuskeln, bei denen ihr das Wasser im Mund zusammenlief. Rasch wandte sie den Blick ab. Er drückte ihr das warme T-Shirt in die Hand.

„Dreh dich um", sagte sie.

„Warum? Bist du nackt unter deiner Uniform?"

Er hob den Saum, um darunter zu spähen, und sie schlug seine Hand weg. „Jared!"

„Was? Du hast doch ein Unterhemd drunter."

„Das ist ein Tanktop. Würdest du dich jetzt bitte umdrehen?" Sie wollte nicht, dass ihr Tanktop mit ihrem Uniformoberteil hochrutschte.

Er drehte sich um. „Okay, aber ich muss dich warnen, ich habe Augen am Hinterkopf."

Sie bemerkte, dass sie trotz der stressigen Situation lächelte. „Ich dachte, so etwas haben nur Mütter." Sie zog das Oberteil aus und legte es ins Regal.

„Und gewisse fickrige Ärzte. Hat dir das niemals jemand gesagt?"

„Nein!", sagte sie lachend. Sie zog das T-Shirt über ihr Tanktop. Es war warm und duftete nach Seife, Apfelkuchen und Jared. Wie lang war es her, seit sie das T-Shirt eines Mannes getragen hatte? Ihr kam eine lebhafte Vision, in der sie das T-Shirt ihres Ex-Freundes trug. Noch so ein Herzensbrecher, wenn auch aus einem vollkommen anderen Grund. In Sachen Liebe hatte sie extremes Pech.

„Okay", sagte sie über den Kloß in ihrer Kehle.

Er drehte sich wieder zu ihr um. „Was ist?"

Sie war erstaunt und überrascht, dass er ihre Traurigkeit bemerkte. „Nichts."

Er schüttelte den Kopf und musterte sie. „Bist du sicher? Ich meine, abgesehen davon, dass du dich vor der Presse in einem Lagerraum versteckst in einem Stachelschweinkostüm mit einem fickrigen Arzt?"

Sie lachte. Er schmunzelte, und Lachfältchen bildeten sich um seine grünen Augen. „Oh nein. Das ist alles."

Er zog ihr die Augenmaske über, setzte die Mütze auf ihren Kopf und band ihr professionell das Cape um die Schultern. Irgendwie fühlte es sich intim an, dass er sie in diesem kleinen Raum kostümierte.

Er betrachtete sie einen Augenblick, und seine warmen Hände lagen auf ihren Schultern. „Du siehst zuckersüß aus. Du hättest die ganze Zeit schon Captain Huddle sein sollen."

Sie schüttelte den Kopf. „Die Kinder kennen mich. Außerdem ist es besonders für die Jungs nett, ein bisschen männliche Energie auf der Station zu haben. Für gewöhnlich kümmern sich viele Schwestern um sie."

Er ließ seine Hände von ihren Schultern an ihren Armen hinabgleiten, was ein Prickeln hinterließ, dann drückte er ihre beiden Hände. „Magst du männliche Energie?"

Ihr stockte der Atem, als sie seinen erhitzten Blick sah. „Wir sollten gehen", sagte sie mit einer hoffentlich überzeugenden Stimme, die deutlich machte, dass es ihr in diesem Lagerraum mit Dr Rein-raus-und-weg langsam etwas zu gemütlich wurde.

Er nickte kurz und zog sie schnell aus dem Raum, dabei hielt er immer noch ihre Hand. Sie eilten den Flur und eine Treppe hinunter und fuhren dann mit dem Lastenaufzug weiter. Ihr Herz raste, als der Aufzug ins Untergeschoss fuhr. Sie hoffte wirklich, dass das funktionierte. Jared war an ihrer Seite vollkommen ruhig. Die Aufzugstüren öffneten sich zu einem schäbigen Flur. Jared ging voran, öffnete die Tür, und sie folgte ihm, trat ins grelle Sonnenlicht und einen leeren, überdachten Bereich.

Sie blieb stehen und bemerkte, dass sie die Sache nicht ganz durchdacht hatte. Der Parkplatz war auf der anderen Seite des Gebäudes. Sie würden immer noch herumgehen müssen, um zu ihrem oder seinem Wagen zu kommen. „Und was jetzt?"

„Jetzt gehen wir."

Er nahm ihre Hand, ging mit ihr Richtung Lieferanteneinfahrt und dann auf die Seitenstraße hinaus. Sie blieb stehen, doch er zog sie weiter. „Komm", sagte er. „Ich wohne nur ein paar Blocks von hier entfernt."

„Moment. Wir gehen zu dir nach Hause?"

„Natürlich. Wir essen zu Mittag und hängen ein bisschen rum. Später rufen wir im Krankenhaus an, und wenn die Luft rein ist, kannst du dein Auto abholen."

„Oh." Ihr war nicht klar gewesen, dass sie mit zu ihm nach Hause gehen würde. Vielleicht hatte er das erwähnt. Dennoch, sein Plan hatte bisher funktioniert, und sie spürte, wie sie sich entspannte, je weiter sie sich vom Krankenhaus entfernten.

Endlich erreichten sie ein gepflegtes Haus im Kolonialstil mit farbiger Holzverkleidung und weißen Zierleisten. Der Garten war gepflegt, saftig grün, und Hecken wuchsen auf beiden Seiten der Veranda vor dem Haus.

„Herzlich willkommen bei Chez Reynolds, Madame Stachelschwein", sagte er theatralisch, öffnete ihr die Haustür und bat sie herein.

Sie trat ein und war erleichtert, dass sie der Presse entkommen war, doch gleichzeitig war sie nervös, weil sie jetzt im berüchtigten Liebesnest von Dr Reynolds war. Sie sah sich um und erwartete eine chaotische Junggesellenbude mit riesigem Fernseher und Sofa, doch stattdessen war es überraschend gemütlich, mit einem honiggoldenen Holzsofatisch, passenden Beistelltischchen und einem Bücherregal mit fünf Böden. Das dunkelgrüne Sofa war ein Ecksofa mit Chaise Longue an einem Ende, was perfekt war, wenn man sich beim Fernsehen ausstrecken wollte. Er hatte tatsächlich den erwarteten großen Flachbildschirm an der Wand. Ein Teppich mit rubinroten, orangenen und gelben Kreisen erinnerte sie an den Herbst. Der Raum sah genau so aus, wie sie ihn auch eingerichtet hätte.

Sie drehte sich zu ihm um. „Danke. Das hätte so fürchterlich schieflaufen können. Wir hätten beide in den Nachrichten landen können. Sie hätten sicher eine Art Dreieckssexskandal daraus gemacht. Ich bin dir sehr dankbar, dass du das Risiko eingegangen bist."

Er zog ihr die Mütze vom Kopf und dann die Augenmaske. „Das war doch nichts." Er glättete ihr Haar mit seiner warmen Hand. „Ich bin einfach der Idiot, der in jede Gefahr hineinrennt."

Sie öffnete das Cape selbst, bevor er Gelegenheit bekam, sie weiter auszuziehen. „Naja, heute bin ich dankbar dafür."

Er lächelte sie an, und seine warmen grünen Augen fixierten sie wieder einmal mit diesem wunderbarste-Frau-der-Welt-Blick. „Ich auch."

Sie riss ihren Blick los. Kein Mann hatte sie je so angesehen. *Stell dir nur mal vor, was dieser Blick im Bett mit dir anstellen könnte.* Nicht, dass sie es ausprobieren wollte.

Sie trat einen Schritt zurück und bedeutete ihm, sich umzudrehen. Sie hatte keine Angst davor, dass er ihr Tanktop sehen konnte. Es war nur, dass dieses Tanktop gerne am Oberteil hängen blieb, wenn sie es auszog.

„Keine Sorge", sagte er, „ich halte mir die Augen zu." Er hielt sich eine Hand vor die Augen und spähte zwischen den Fingern hindurch.

„Du bist einfach schamlos."

Er grinste und nahm seine Hand herunter. „Das bin ich wirklich." Er wandte sich ab und gab ihr ihre Privatsphäre.

Sie zog das T-Shirt aus und stellte fest, dass sie in der Eile ihr Uniformoberteil im Lagerraum vergessen hatte. Sie verschränkte die Arme, da ihr jetzt ein bisschen kühl war, weil sie nur das Tanktop und ihre Arbeitshose trug. „Ich habe mein Oberteil im Lagerraum vergessen."

Er drehte sich um, sein Blick senkte sich auf ihre Brüste, dann hob er ihn wieder zu ihren Augen. „Ich hole dir einen Pullover", sagte er und ging schnell nach oben.

„Danke." Sie ging hinüber, um das leere Bücherregal zu

betrachten. Das Holz war wunderschön, perfekt glatt und roch nach frisch geschnittenem Holz. Sie betrachtete den Rest der Möbel, die im gleichen Farbton und ebenso glatt geschliffen waren. Sie waren schön, wie die teuren Stücke, die man in Luxusgeschäften finden konnte.

Jared räusperte sich, und sie drehte sich um. „Hast du diese Möbel gebaut?"

Er hob einen Mundwinkel. „Ja. Woher wusstest du das? Zu stümperhaft?"

„Überhaupt nicht. Sie sind perfekt. Ich habe nur geraten, weil das Regal noch wie frisch geschnitten riecht und leer ist." Sie bewunderte es noch etwas länger, dann drehte sie sich wieder zu ihm um. „Du bist sehr talentiert."

Er reichte ihr ein rotes Sweatshirt mit großen Lettern der *University of Medicine and Dentistry New Jersey*, wo er wahrscheinlich Medizin studiert hatte. Sie zog schnell das viel zu große Shirt über und fühlte sich darin warm und behaglich wie in einer großen fleeceweichen Umarmung. Sie zog ihre langen Haare aus dem Halsausschnitt.

Er sah sie lange an. „Das ist nur ein Hobby. Es entspannt mich, wenn ich mit Holz arbeiten kann. Hast du Hunger?"

Und zu ihrer Überraschung war ihr Appetit tatsächlich zurück. „Ja."

4

———————

Jared belegte ein paar Schinken-Käse-Sandwiches und kippte Fritos auf die Teller. Emily hatte sich bereits am runden Tisch in seiner Küche niedergelassen und saß kerzengerade da. Er nahm an, dass sie angespannt war, nachdem sie wieder Stadtgespräch war. Er stellte einen Teller vor sie und nahm neben ihr Platz, dann machte er sich über sein Mittagessen her und sah sie von der Seite an, um sich zu vergewissern, dass auch sie etwas aß. Nach ein paar Augenblicken fragte er: „Willst du mir deine Sicht der Skandalgeschichte erzählen?" Sie hatte nie öffentlich darüber gesprochen. Er war wirklich neugierig darauf, das Ganze aus ihrer Perspektive zu hören. Und jetzt, da sie in seiner Küche saß, so nah, so schön, musste er auch unbedingt wissen, ob sie verheiratet war.

Emily erstarrte, das Sandwich auf halbem Weg zu ihrem Mund. „Kann ich was zu trinken haben?"

„Klar, was hättest du gern? Wasser? Milch? Gatorade?"

„Irgendwas Alkoholisches?"

„Oh, ho, ho. Bisschen früh für sowas, denkst du nicht?"

Sie seufzte. „Ich hatte eine harte Woche."

„Verstehe." Er erhob sich. „Magst du Scotch?"

„Hab ich noch nie probiert."

„Na, dann wird's aber Zeit. Das ist gutes Zeug." Er goss ihnen beiden zwei Tumbler ein und stellte sie auf den Tisch.

„Hoch die Tassen!" Er trank einen kräftigen Schluck und spürte, wie die goldene Flüssigkeit seine Kehle hinab in seinen Magen brannte. „Ahh."

Sie tat dasselbe, trank jedoch das Glas auf Ex und bekam einen Hustenanfall, über den er lachen musste. *Anfänger.*

„Schmeckt's?", fragte er.

Sie wischte sich die Augen ab. „Ja", ächzte sie, dann biss sie in ihr Sandwich.

Er hatte Mitleid mit ihr und stand auf, um ihr ein Glas Milch zu holen.

„Ich nehme noch einen", sagte sie.

Er hielt inne. „Wirklich?"

„Jupp. Her damit." Sie knallte das Glas auf den Tisch.

Er schüttelte den Kopf. „Okay, aber ich erwarte ein paar pikante Geheimnisse nach zwei Drinks."

Sie versuchte, ihm einen wütenden Blick zuzuwerfen, doch letzten Endes sah sie mit ihren rosa geschürzten Lippen einfach nur niedlich aus. Er goss ihr ein Glas Milch ein, dann drehte er ihr den Rücken zu und verdünnte ihren nächsten Scotch mit Wasser. Beides stellte er vor ihr ab, nahm sich selbst ein Glas Wasser und rutschte seinen Stuhl etwas näher zu ihr, denn er hoffte, dass sie ein paar Geheimnisse ausplaudern würde.

Sie trank das ganze Glas Scotch in einem langen Zug aus, wischte sich den Mund mit dem Handrücken ab und hustete. „Danke", keuchte sie.

Er nickte. Schweigend aßen sie ein paar Minuten lang ihr Mittagessen. Er hatte festgestellt, dass ein gut getimtes Schweigen Frauen dazu brachte zu reden. Emily enttäuschte ihn nicht.

„Weißt du, was das Problem mit Männern ist?", fragte sie.

Er beugte sich vor. „Sag es mir."

„Alles große Betrüger", sagte sie mit einem Nicken. Sie deutete mit einem Maischip auf ihn, sah ihn an und biss hinein.

„Das ist wohl kaum fair, uns alle über einen Kamm zu scheren. Ich habe noch nie jemanden betrogen. Ich bleibe nur einfach nicht. Dein Ex war also ein Betrüger. Ex ist doch richtig, oder?"

Sie murmelte etwas vor sich hin, das wie *mmm-hmmm* klang, vielleicht war es aber auch ein wirklich langes Mmmm. So oder so, er interpretierte es als Ja.

Er schlug mit der Faust auf den Tisch. „Pfeif auf ihn. Er hat dich nicht verdient."

„Er bekommt mich auch nicht wieder!"

Er hob seine Hand für ein High Five, und sie schlug ein. Er biss in sein Sandwich, dann trank er einen Schluck Wasser. „Und jetzt erzähl mir deine Version des Skandals. Wir haben alle seine Seite gehört, aber du hast dich geweigert, darüber zu sprechen."

Sie seufzte und biss ebenfalls in ihr Sandwich.

„Ich erzähle dir auch eins von meinen Geheimnissen."

Da horchte sie auf. Sie legte das Sandwich auf den Teller, strich ihre langen braunen Haare hinter die Ohren und betrachtete ihn neugierig. „Wirklich?"

„Wirklich. Nur, wenn du versprichst, eines deiner skandalösen Geheimnisse mit mir zu teilen."

„Du zuerst."

„Okay. Ich, ähm, Mann, das fällt mir wirklich schwer." Er starrte auf den Tisch und verkniff sich ein Grinsen.

Sie nahm seine Hand und drückte sie. „Ist schon in Ordnung. Was immer es ist, wird diesen Raum nicht verlassen."

„Ich habe manchmal schmutzige Gedanken."

Sie verzog das Gesicht und klatschte seine Hand zurück auf den Tisch.

„Autsch. Pass auf." Er hob seine Hand und wackelte mit den Fingern. „Diese Hände sind Präzisionsinstrumente."

Sie nahm noch einen Frito und zeigte damit auf ihn. „Kannst du je ernst sein?"

„Nicht, wenn ich es verhindern kann."

Sie starrte den Maischip an, dann leckte sie daran. Plötzlich wurde seine Jeans eng.

„Er ist doch dein Ex, oder?", fragte er. „Du bist geschieden?"

„Jupp. Total und vollkommen ge-schie-den." Sie schob den Chip in ihren Mund und kaute. „Ich werde nie wieder heiraten. Männer sind Schweine."

„Hast du mich deshalb abgewiesen?"

„Ich habe dir gesagt, weshalb ich dich abgewiesen habe." Sie fütterte ihn mit einem Frito. „Dein Ruf eilt dir voraus."

Er wollte sie, das stand außer Frage. Er musste es nochmal versuchen. „Mein Ruf ist übertrieben", informierte er sie.

Sie hob eine Braue. „Ach ja? Es heißt, bei dir ist es rein-raus-und-weg, aber es lohnt sich."

Er schmunzelte. „Deswegen hast du mich ja auch Doktor Rein-raus-und-weg genannt. Vielleicht ist mein Ruf doch nicht übertrieben. Das macht mich aber nicht zum Schwein. Jeder, der sich darauf einlässt, weiß, dass es einfach nur Spaß machen soll."

„Ja, ja. Das sagen sie alle." Sie wandte sich wieder ihrem Sandwich zu. „Erzähl mir ein richtiges Geheimnis", sagte sie mit vollem Mund. „Ich möchte wirklich mehr über dich erfahren."

Niemand fragte jemals, was in seinem Kopf vorging. Die meisten Frauen mochten einfach das Gesamtpaket, seinen Körper und was er sie empfinden ließ. Er wollte sich versichern, dass sie es wirklich wissen wollte. Sie legte ihr Sandwich ab und starrte ihn an, ihr Körper stocksteif. „Fang an", sagte sie leise.

Er legte sein Sandwich auf den Teller, atmete einmal tief durch und platzte heraus: „Ich lege mich nie fest, weil die Frauen dann vielleicht merken, dass ich gar nicht so großartig bin, und mich verlassen." Eine Last fiel von seinen Schultern, nur, weil er es laut ausgesprochen hatte. Diese Sorge hatte er im Hinterkopf gehabt, seitdem Jen ihn verlassen hatte.

Sie machte große Augen. „Jared, wow. Das war so tief-gründig." Sie stützte ihren Kopf auf eine Hand und starrte ihn an. „Ist dir das jemals passiert?"

„Ja. Letztes Jahr, als ich mit meiner Assistenzzeit fertig war." Er aß weiter, und als sie einfach nur dasaß, den Kopf auf die Hand gestützt, und zuhörte, fügte er hinzu: „Wir haben sechs Monate zusammen gewohnt. Sie hat mich verlassen, weil ich nicht aufregend genug war. Auch wenn ich ein Adrenalinjunkie bin, arbeite ich gern zu Hause. Du weißt schon, Dinge reparieren, Sachen bauen. Manchmal arbeite ich gerne an meinem Truck. Ich finde immer was zu tun."

Sie starrte ihn so lang mit ihren mitleidigen braunen Augen an, dass er fürchtete, er könnte noch mehr tiefe Geheimnisse ausplaudern, deswegen stand er auf und goss sich noch etwas Scotch ein. Endlich sagte sie: „Das wird diesen Raum nicht verlassen."

Er drehte sich zum Tisch um, da er jetzt ihre Seite des Sexskandals hören wollte. „Nein, Ma'am."

„Mein Ex wollte Dinge von mir, die ich ihm nicht geben konnte, deswegen hat er Prostituierte dafür angeheuert."

Er zischte. „Bastard."

Sie schien sich für das Thema zu erwärmen und beugte sich zu ihm vor, um ihm noch mehr anzuvertrauen. „Er hat sie alle Emily genannt und sie Perücken mit langen braunen Haaren tragen lassen, und sie mussten eine Krankenschwesterntracht anziehen, damit sie aussahen wie ich."

„Das ist krank. Hatte er einen Fetisch oder sowas?"

„Er wollte einen Dreier." Sie schlug mit einer Faust auf den Tisch. „Als wäre eine von meiner Sorte nicht genug."

„Du bist mehr als genug."

Sie zeigte mit dem Finger auf ihn, so nah, dass er seine Wange berührte. „Danke!" Sie leckte noch einen Maischip ab, und ihre kleine rosa Zunge trieb ihn dabei in den Wahnsinn. Sie sah ihm über den Frito in die Augen. „Er wollte mir den Hintern versohlen und ..."

Er fürchtete sich beinahe nachzuhaken. „Und?"

„Und meinen Arsch ficken, wo ich doch für diesen Zweck eine perfekt zweckdienliche Vagina besitze!"

Er zwang sich, ernst zu bleiben. „Ich bin mir sicher, dass sie perfekt zweckdienlich ist."

„Und ob sie das ist!" Sie strahlte ihn an. „Mit dir kann man sich so gut unterhalten. Er hat es mit meiner Nachbarin und meiner ehemals besten Freundin getrieben – gleichzeitig –, eine Woche vor unserer Hochzeit." Sie zeigte mit dem Daumen auf sich selbst. „Ich bin die Idiotin, die das alles mitgemacht hat. Ich habe ihm geglaubt, dass er nur betrunken gewesen war und dass das nie wieder passieren würde."

Er ergriff ihre Hand. „Du bist keine Idiotin. Du wolltest nur die Anzahlung für den Hochzeitsempfang nicht verlieren."

Sie lachten. Sie hätte das alles nicht durchmachen müssen.

Er fuhr fort. „Das Catering, der DJ. Das war ja alles schon in die Wege geleitet."

Sie schenkte ihm ein wässriges Lächeln, das ihm in der Brust wehtat.

„Komm her", sagte er leise.

Sie rührte sich nicht.

Er drückte ihre Hand. „Ich habe keine absonderlichen Fantasien. Ich bin ein wirklich altmodischer Typ, der die gute alte Missionarsstellung mag. Ein paar andere Positionen auch, da wir gerade schon offen und ehrlich sind. Ich bin vollkommen zufrieden mit einer zweckdienlichen Vagina."

„Ich werde nicht mit dir schlafen." Sie beugte sich ein wenig näher, gab ihm einen zarten Kuss und lächelte.

„Natürlich nicht." *Bitte mehr.*

Als hätte sie seine stille Bitte gehört, schob sie sich auf seinen Schoß und schmiegte ihren Kopf an seine Brust. Bei all dem Scotch, den sie heruntergestürzt hatte, war Sex ein No-Go, doch es gefiel ihm, sie zu halten. Vielleicht auch noch ein paar Küsse. „Das ist jetzt zwei Jahre her", sagte er, „und hat dir seitdem irgendwer gefallen?"

Sie lachte und sah zu ihm auf. „Ich habe das Gefühl, dass du nach Komplimenten fischst."

„Auf keinen Fall. Es sei denn, du hast eins."

Sie schüttelte den Kopf und lächelte.

Er tippte ihr auf die Nasenspitze. „Warst du seit deinem Ex mit jemandem zusammen?"

Sie stieß einen lauten Seufzer aus. „Zuerst nein. Doch nach einem Jahr, naja … ich habe auch meine Bedürfnisse." Sie sah ihm von ganz Nahem in die Augen. „Weißt du?"

Er nickte und festigte seinen Griff. „Ich weiß."

Sie seufzte. „Er war … alles, was ich mir erhofft hatte. Das genaue Gegenteil von meinem Ex."

„Was ist passiert?"

„Dieselbe alte Geschichte. Mädchen liebt Jungen–" Ihre Stimme war ganz leise, und er beugte sich vor, damit er kein Wort verpasste „– Junge liebt eine andere." Sie hob ihren Kopf und stieß dabei gegen sein Kinn. „Ich suche mir immer die Richtigen aus, wie?"

Er rieb sich das Kinn. Wow. Sie hatte wirklich Pech. „Wie lange warst du mit dem Typen zusammen? Der, den du, ähm, geliebt hast?"

„Vier Monate", murmelte sie.

„War es einer von den Ärzten? Datest du deswegen keine Ärzte?" *Warum hast du mich abgewiesen?*

Sie sah ihn merkwürdig an. „Ich habe nichts gegen Ärzte. Er war Sozialarbeiter in einer Schule."

Seine Nackenhaare stellten sich auf. Das war nicht gerade ein alltäglicher Beruf für einen Mann. Sein Stiefbruder, Angel, war Sozialarbeiter in einer Schule. Doch soweit er wusste hatte Angel seit Jahren niemanden gedatet. Alle glaubten, dass er in seine beste Freundin Julia verliebt war. Oh Mist. *Junge liebt eine andere.*

Er räusperte sich. „Wie hieß er?"

„Angel", seufzte sie.

Er schob sie schnell von seinem Schoß und wieder auf ihren eigenen Stuhl. Dann stand er auf, einen Moment lang sprachlos, während er versuchte, noch die Bremse zu treten. Endlich, nur um sicherzugehen, fragte er: „Angel Marino?"

„Ja." Sie ging wieder dazu über, an einem Frito zu lecken.

Er begann, in der Küche auf und ab zu gehen, stieß einen Schwall Flüche aus und schob sich eine Hand durchs Haar. Warum musste die erste Frau, für die er seit mehr als einem Jahr etwas empfand, sich mit seinem Bruder eingelassen haben? Sie liebte Angel. Verdammt. So etwas Sensibles wie diesen Beziehungskram hatte er noch nie irgendjemandem gestanden. Er ließ sich wieder auf seinen Stuhl fallen.

„Was ist denn los?", fragte sie, dann schob sie sich den Frito in den Mund.

„Das ist mein Bruder!"

„Stiefbruder."

Sein Kopf zuckte hoch. „Du wusstest, dass wir verwandt sind?"

Sie wedelte mit einer Hand durch die Luft. „Naja, weißt du, Marino. Er sagte, dass Vince sein Bruder ist, als ich gefragt habe, ob es ein Zufall war, dass sie denselben Nachnamen hatten, und da du Vinces Stiefbruder bist, habe ich eins und eins zusammengezählt."

„Und das macht dir nichts aus?"

Sie kräuselte anbetungswürdig ihre Nase. „Warum sollte es?"

„Wir sind zusammen groß geworden, seitdem wir acht Jahre alt waren! Dasselbe Alter, wir haben uns ein Zimmer geteilt, sind zusammen zur Schule gegangen. Wie hast du ihn kennengelernt? Hat Vince euch miteinander bekannt gemacht?"

„Nein. Einer seiner Schüler war mein Patient. Er ist vorbeigekommen, um ihn zu besuchen, wir haben angefangen, uns zu unterhalten, eins führte zum anderen ..."

Er hob eine Hand. „Erzähl mir nicht mehr. Verdammt. Jetzt kann ich nicht mit dir schlafen!"

Sie mampfte auf einem Frito herum. „Es hat dich ja auch niemand darum gebeten ..."

Angel war wie ein verdammter Priester nur offensichtlich ohne den Zölibat! Sein Stiefbruder war sensibel, geduldig und fühlte sich wohl dabei, über Gefühle und tiefgründigen Kram zu reden, den andere Jungs niemals ansprechen würden. Dafür liebten die Frauen ihn. Angel war der ideale Mann für eine Frau. Jared hingegen war ein richtig männlicher Mann. Er hatte Ecken und Kanten, wusste nie, wann er Schluss machen sollte mit den Scherzen und überschritt die Grenze zu unangemessenem Terrain, ohne es zu bemerken. Er war hoffnungslos darin, über Gefühle und solchen Kram zu reden.

Er schlug mit der Hand auf den Tisch. „Wenn Angel perfekt für dich war, bin ich es mit Sicherheit nicht."

„Ach was", murmelte sie.

„Warum hast du mich dann geküsst?", verlangte er zu wissen.

„Ich weiß nicht, weil du mir geholfen hast?"

Er schnaubte und stand auf. „Das ist vorbei."

Sie sah zu ihm auf, ein verwirrter Ausdruck auf ihrem schönen Gesicht. „Was ist vorbei?"

„Das hier." Er gestikulierte zwischen ihnen beiden hin und her. „Was immer zwischen uns war, es ist vorbei."

Sie gähnte. „Okay." Sie stand auf, und er dachte schon, dass sie gehen wollte. Doch stattdessen ging sie in sein Wohnzimmer, streckte sich auf dem Sofa aus und fiel in einen tiefen Schlaf.

Verdammt, verdammt, verdammt. Er holte eine Decke und deckte sie damit zu. Sie seufzte und kuschelte sich hinein.

Er riss seinen Blick von ihren süßen geröteten Wangen, ihrem glänzend braunen Haar. Er konnte sie nicht haben. Und das war endgültig. Das konnte er seinem Bruder niemals antun.

Er ging nach draußen und setzte sich auf seine halbfertige Veranda, dachte, dass sein Pech ihres in Sachen Liebe vielleicht noch übertraf. Nicht, dass er sie liebte. Er hatte ja erst gar nicht die Gelegenheit dazu bekommen. Er ließ seinen Kopf in seine Hände sinken und stöhnte.

5

Emily hatte eine richtig gute Woche. Die Presse war wieder abgezogen, nachdem sie erklärt hatte, dass es unter keinen Umständen zu einer Versöhnung kommen würde. Ihr Ex nannte es ein Missverständnis und nutzte das Rampenlicht, um mehr über sich selbst zu reden. Sie bezweifelte, dass die Wähler noch einmal auf ihn hereinfallen würden. Also war alles gut und, da sie so für sich selbst eingestanden war, hatte sie das Gefühl, dass ihr altes Selbstbewusstsein zurückkehrte. Jedenfalls genug, um zu denken, dass sie sich wieder in den Sattel schwingen konnte, mit dem einzigen Mann, der ihr seit langer Zeit Lust darauf gemacht hatte – Jared.

Zwischen ihnen bestand eine knisternde Anziehung, das stand außer Frage. Er hatte zugegeben, dass sein Ruf berechtigt war – er war ein Typ, mit dem man Spaß haben konnte und der ernsthafte Probleme mit Beziehungen hatte. Und sie suchte nach Spaß. Wenn es für sie eine einmalige Sache bliebe, würde sie ihm damit nicht wehtun, und auf keinen Fall würde ihr Herz gebrochen werden. Außerdem, seitdem sie ihn in seinem gemütlichen Haus, umgeben von Möbeln, die er mit seinen eigenen Händen geschaffen hatte, gesehen hatte, vertraute sie ihm. Er war zuverlässig und gefestigt und ehrlich in Bezug auf das, was er tat, und warum er das tat.

Das machte alles so einfach – spaßig und flirtend und locker – genau das, was sie brauchte.

Und er war auch noch so gut zu ihr gewesen. Als sie letzten Samstag drei Stunden auf seinem Sofa im Wohnzimmer geschlafen hatte, hatte er sie allein in seinem Haus entspannen lassen, während er zurück zum Krankenhaus gegangen war und ihr Oberteil und ihr Auto geholt hatte. Sie war die kurze Distanz nach Hause völlig erfrischt gefahren und hatte den größten Nachrichtensender zurückgerufen, um eine Erklärung abzugeben.

Jetzt war sie ungeduldig und freute sich auf den samstagmorgendlichen Captain Cuddle-Besuch mit Jared. Vielleicht würde sie sich aus dem Lieferantenausgang schleichen und wieder mit ihm zu Fuß nach Hause gehen. War es nicht das, was er mit all den Schwestern tat? Für ihn würde es ein ganz normales Prozedere sein.

Sobald sie sah, dass Jared in seinem Captain Cuddle Kostüm die Station betrat, ging sie mit breitem Lächeln zu ihm und reichte ihm die Geschenketüte. „Hey, Captain Cuddle, danke noch mal für die Hilfe letzten Samstag."

„Captain *Huddle*. Und kein Problem." Er wandte sich zum Gehen.

„Warte." Sie ergriff seinen Arm und traf harte Muskeln. Oh, das hier würde so viel Spaß machen! „Ich habe um eins Feierabend." Sie senkte ihre Stimme zu einem sexy Schnurren. „Vielleicht könnten wir zu Mittag essen und wieder etwas Zeit in deinem Haus verbringen."

Er stellte sich außer Reichweite und sprach dann mit ernsthafter, tiefer Stimme, die durch seine Stachelschweinmütze mit den gehäkelten Stacheln, die in alle Richtungen abstanden, nicht ganz so ernst wirkte. „Emily, wir können nicht mehr als Freunde sein."

„Sicher", sagte sie strahlend. *Freunde mit gewissen Vorzügen*, wenigstens einmal. „Dann treffe ich dich am Lastenaufzug. Okay?"

Er schob seine Augenmaske hoch und betrachtete sie mit seinen umwerfenden grünen Augen. „Angel ist mein Bruder. Ich will ihn nicht verletzen."

„Das wird ihn kein bisschen verletzen", versicherte sie ihm. „Es ist ein Jahr her. Und *er* hat mit *mir* Schluss gemacht. Außerdem kenne ich deinen Ruf–" Sie zwinkerte „– und für mich ist das in Ordnung." Genau genommen hatte sie schon so lange nicht mehr an Angel gedacht, dass sie sich schon fragte, ob sie wirklich in ihn verliebt gewesen war oder nur dankbar dafür war, dass er so anders gewesen war als ihr Ex. Damals war sie allerdings schon ein wenig niedergeschlagen gewesen.

Er trat näher, beugte sich zu ihrem Ohr herunter, und ihre Libido beschleunigte auf ein erhitztes Galopp. Junge, jetzt, da sie die Tore geöffnet hatte, war Lust pur angesagt. „Es tut mir leid", sagte er ruhig. „Du weißt gar nicht, wie sehr. Aber nein." Und damit eilte er mit wehendem Cape davon zu Chris' Zimmer. Er dachte immer daran, dass Chris der kränkste war und als erster besucht werden musste, bevor er seinen Mittagsschlaf hielt.

Einen Moment lang starrte sie hinter ihm her und fragte sich, ob da noch mehr an Dr Rein-raus-und-weg war, als ihr klar gewesen war. Dann hörte sie ihn schreien: „Bist du verrückt? Die Yankees sind ätzend. Buuh!" Und sie kam zu dem Schluss, dass er wirklich der unbekümmerte Typ war, der er zu sein schien.

Sie würde sich wohl mehr Mühe um Jared geben müssen. Aus ihrer Perspektive war Angel überhaupt kein Problem. Er war es gewesen, der sie vor einem Jahr verlassen hatte, und es war ja auch nicht so, als würde Angel es jemals herausfinden, dass sie einmal mit Jared geschlafen hatte. Verdammt, sie hatte es doch verdient, etwas Spaß in ihrem Leben zu haben. Oder etwa nicht?

Nur, als ihre Schicht um war, konnte sie Jared nirgendwo finden.

~

Sobald Jared mittags seine Captain Huddle-Pflicht erledigt hatte, rief er Angel an. Glücklicherweise war sein Stiefbruder nach der Nachhilfe schon auf dem Weg nach Hause, und sie verabredeten sich bei Angel. Er warf die Kostümtasche und die Bücher auf den Boden seines Trucks und fuhr zu Angels Apartment. Er wohnte in einem ehemaligen Kunstatelier am hinteren Ende des Grundstück eines großen, modernen Hauses in Fieldridge. Angel hatte das Apartment genommen, weil seine beste Freundin, Julia, und ihr Ehemann, Brad, nach ihrer Hochzeit ein Haus in Fieldridge gekauft hatten. Angel hatte immer schon das Bedürfnis gehabt, in Julias Nähe zu sein, und Julia war immer froh gewesen, ihn in ihrer Nähe zu haben. Sie wohnte auch jetzt noch in dem Haus auf der anderen Seite der Stadt.

Er parkte vorne auf der Straße und ging nach hinten, um zu klingeln. Keine Antwort. Er sah sich um und konnte auch den alten, schwarzen Honda Civic seines Bruders nirgendwo entdecken. Jared hatte das Gaspedal bis zum Bodenblech durchgedrückt, um schnell herzukommen. Er setzte sich auf die Stufe vor dem Studioapartment und wartete. Er musste hören, was Angel über die Emily-Situation dachte. Sie hatte ihm heute mehr oder weniger ein Angebot gemacht und hatte mehr als bereit gewirkt, mit ihm zu schlafen. Als hätte sie an seinen Rein-raus-und-weg-Ruf gedacht und sich überlegt, dass es vielleicht Spaß machen könnte. Er war sich überhaupt nicht sicher, ob einmal genug sein würde. Nachdem sie letztes Wochenende gegangen war, hatte sich sein Haus irgendwie … leer angefühlt. Doch wenn einmal nicht genügte, wann würde das enden? Er musste ständig daran denken, dass sie in Angel verliebt gewesen war. Und der arme Angel war in Julia verliebt, die er niemals haben würde. Je mehr er darüber nachdachte, desto überzeugter war er, dass Emily jemanden wie Angel brauchte, nach diesem widerlichen Bastard von einem Ehemann. Es gab nicht allzu viele großartige Typen wie Angel auf der Welt. Und vielleicht brauchte auch Angel sie. Sie verdienten einander.

Warum hatte er dann bei dem Gedanken so ein ungutes Gefühl in der Magengegend?

Er stand auf, als Angel in die Einfahrt bog. Sein Stiefbruder stieg in einer schwarzen Lederjacke, die er offen über einem weißen Baumwoll-T-Shirt und Jeans trug, aus dem

Wagen, in der Hand eine volle Aktentasche. Das perfekte Gesamtpaket. Seine dunkelbraunen Haare waren lässig zerzaust, und seine dunkelbraunen Augen wirkten immer gütig. Ja, das hier war definitiv die Sorte Mann, die Emily verdiente.

Angel entdeckte Jared und lächelte sein engelsgleiches Lächeln mit den Grübchen. „Hey, Jare, hast du was gegessen?"

„Oh, nein."

Angel kam durch den Garten zum Studioapartment. Sein Stiefbruder war nur zwei Zentimeter kleiner als seine eins achtzig, doch er war drahtig und seine Bewegungen geschmeidig, weswegen er kleiner wirkte. Jared hatte in der Schule auf ihn aufgepasst und dafür gesorgt, dass ihn niemand belästigt hatte, und er hatte immer noch ein wenig das Gefühl, auf Angels zartes Herz aufpassen zu müssen.

„Warum so ernst?", fragte Angel, als er ihn erreichte. Er steckte den Schlüssel ins Schloss und öffnete die Tür, dann winkte er Jared vor ihm herein.

„Hat keinen Grund."

„Wie wär's mit gegrilltem Käse?"

„Klingt gut."

„Okay. Gib mir nur eine Minute." Er stellte seine Aktentasche auf einen der Esszimmerstühle um den rechteckigen Holztisch. Der Studioraum war groß, mit zahlreichen Fenstern und zwei Dachflächenfenstern sehr offen und hell. Auf den Dielenböden waren immer noch einige Farbspritzer. Angel benutzte die eine Hälfte des Raums als Essbereich und die andere Hälfte als Wohnbereich mit einem großen Futon, das er zu einem Bett ausziehen konnte. Auf einem kleinen Tischchen in der Ecke stand ein Fernseher. Der Sofatisch war ein alter Koffer. Das Ganze erinnerte an improvisiertes Mobiliar aus der Studienzeit. Jared wusste, dass der Grund dafür, dass Angel sein ganzes mageres Gehalt als Sozialarbeiter sparte, war, dass er eines Tages ein Haus kaufen wollte.

„Ich helfe dir", sagte Jared.

Angel lächelte und zwinkerte. „Ich mach das schon. Setz dich und entspann dich. Du siehst gestresst aus. Bei der

Arbeit alles in Ordnung?" Er ging in seine kleine Küche. Eine halbhohe Wand trennte die Küche vom Rest des Raumes.

Das war Angel, wie er ihn kannte. Er dachte immer nur an andere. Dachte immer daran, wie es ihnen ging. Emily hatte Angel definitiv verdient. Er musste Angel nur ein wenig in diese Richtung schubsen.

Er nahm sich ein Bier aus Angels Kühlschrank, der voll war mit gesundem Essen. Er nahm sich auch eine Handvoll bereits gewaschener Trauben. „Bei der Arbeit ist alles gut", sagte er und warf sich eine Traube in den Mund, bevor er dann auch Angel eine Traube in den offenen Mund warf.

„Ja?" Angel holte eine Pfanne heraus. „Was ist dann?"

„Nichts."

Angel rauschte an ihm vorbei und warf ihm einen ungläubigen Blick zu, bevor er Käsescheiben und Butter aus dem Kühlschrank holte. „Samstagnachmittag sehe ich dich fast nie. Für gewöhnlich bist da im Dienst von Venus unterwegs."

Jared schnaubte. Das war ihr kleiner Scherz. Ein historischer Euphemismus für Sex. Er und seine Verbindungsbrüder hatten damals im College mit einer Menge altmodischer Euphemismen für Sex um sich geworfen. Venus war die Göttin der Liebe, und obwohl Jared die Frauen nicht liebte, mit denen er sich einließ, behandelte er sie im Schlafzimmer wie Göttinnen. Deswegen gab es auch keine Beschwerden, wenn er danach nichts mehr von ihnen wollte. Für gewöhnlich traf er sich nach der Schicht mit einer Schwester im Lieferantenausgang und ging mit ihr nach Hause. Genau das, was Emily heute tun wollte.

Niemals.

Er trank einen langen Schluck von seinem Bier und beobachtete, wie Angel die Sandwiches zubereitete.

„Sieht so aus, als hätten wir Thanksgiving ein volles Haus", sagte Angel über seine Schulter. „Alle werden da sein und auch Kennedys ganze Familie." Kennedy war die Verlobte seines älteren Bruders Luke, eine zierliche, blonde, weibliche Version von Luke – ehrgeizig, clever, eine richtige Könnerin, wenn es um Finanzmanagement ging, und doch ein hingebungsvoller Familienmensch. Sein Bruder war geradezu lächerlich glücklich.

Jared brummte. „Dann müssen wir das wohl bei Gabe zu Hause machen, damit wir alle unterbringen können." Das war das Haus, in dem er und seine Brüder aufgewachsen waren, ein großes, viktorianisches Haus in Clover Park.

Die Butter in der Pfanne brutzelte, und Angel warf ein paar Sandwiches hinein. Er sprach über seine Schulter. „Bald brauchen wir auch einen Kindertisch." Bis jetzt gab es nur den zehn Monate alten Sohn seines Bruders Gabe, jetzt war Sophia schwanger. Auch Nico und Lily würden sicher bald Nachwuchs bekommen.

„Kommt Julia auch?", fragte Jared beiläufig. Obwohl jeder wusste, dass Angel in sie verliebt war, würde er sie wegen ihrer verzwickten Beziehung nie anfassen. Sie war mit seinem Freund Brad verheiratet gewesen, der bei einem Auslandseinsatz ums Leben gekommen war. Angel hatte versprochen, auf Julia aufzupassen, falls Brad nicht zurückkehren würde. Genau das hatte er die letzten fünf Jahre über getan.

Angel verspannte sich kaum merklich, dann nahm er einen Pfannenwender. „Nein. Sie ist bei ihren Eltern zu Hause. Die wohnen in New Medford, bis da sind es etwa vierzig Minuten Fahrt."

Jared trank noch einen Schluck Bier, da er flüssigen Mut brauchte, dann platzte er heraus: „Und was ist mit Emily?"

„Wer?" Angel kochte weiter. Er hatte Jared seinen Rücken zugewandt, was ihn irritierte. Er musste seinen Gesichtsausdruck sehen. Angel konnte nicht lügen und hatte das schlechteste Pokergesicht der Welt.

Jared stellte sich an Angels Seite. „Emily Maguire."

Angel hob eine Braue. „Woher kennst du Emily?"

„Du meinst, woher weiß ich, dass du mit ihr *geschlafen* hast?"

„Nein", erwiderte Angel ruhig. „Ich meine, woher kennst du sie?"

„Ich habe sie bei der Arbeit kennengelernt. Sie ist Krankenschwester, *wie du weißt*." Er hob seine Brauen und wartete darauf, dass Angel etwas sagte.

„Oh. Grüß sie von mir."

Er knallte seine Bierflasche auf den Tresen. „Sie grüßen? Sie ist in dich verliebt, und was anderes hast du ihr nicht zu sagen?"

„Ich habe Emily seit einem Jahr nicht gesehen!" Angel legte den Pfannenwender ab, ließ die brutzelnden Sandwiches allein, nahm sich ein Bier, öffnete es und trank.

Sie starrten einander einen spannungsgeladenen Moment lang an.

Angel unterbrach die Stille. „Das geht dich, verdammt noch mal, ohnehin nichts an."

Rauch stieg von der Pfanne auf. Angel eilte hinüber und wendete die Sandwiches, die jetzt ziemlich dunkelbraun waren, während der Käse aus die Seiten floss. Er briet sie zu Ende, ließ die Sandwiches auf zwei Teller gleiten und nickte in Jareds Richtung. „Kannst du bitte mein Bier mit an den Tisch bringen?"

Jared holte das Bier, und Angel gesellte sich eine Minute später mit den Sandwiches zu ihm. Schweigend begannen sie zu essen.

„Ich fasse es nicht, dass du die ganze Zeit heimlich jemanden gedatet hast", sagte Jared schließlich halb vorwurfsvoll.

Angel schlug mit einer Hand auf den Tisch. „Ich bin, verdammt noch mal, kein Priester oder Mönch oder sonst irgendeins dieser dämlichen Label, die mir alle ankleben." Er trank einen Schluck von seinem Bier. „Und ich bin trotz meines Spitznamens, den mir übrigens meine Mom gegeben hat, als ich noch ein Baby war, und der seitdem ebenfalls an mir klebt, kein Engel. Mein Name ist Angelo, und ich bin kein Heiliger."

Es war, als hätte er Jared mit einem Rosenkranz geohrfeigt. Er hatte gedacht, dass er Angel so gut kannte. Und doch hatte er in all diesen Jahren diese völlig andere Seite an sich gehabt, die niemand jemals gesehen hatte. Vielleicht, weil niemand daran gedacht hatte, überhaupt hinzusehen.

„Aber du hast solch ein süßes Gesicht", sagte Jared und

kniff Angel in dessen glatt rasierte Wange. „Sieh sich nur mal einer diese Grübchen an."

Angel schlug seine Hand beiseite. „Schau mal in den Spiegel. Du hast dieses Lächeln mit den Grübchen auch."

Stimmt. Dabei waren sie nicht mehr als Stiefbrüder.

„Also, du machst was …" Jared musterte Angel, als hätte er ihn noch nie wirklich gesehen. *War er genauso ein geiler Bock wie der Rest der Jungs in seiner Familie?* „Du läufst rum und datest heimlich?"

Angel lehnte sich auf seinem Stuhl zurück. „Ich versuche zu daten. Weißt du? Julia–" Er legte eine Hand auf sein Herz „– sie hat mich voll erwischt. Aber sie trauert noch immer. Manchmal versuche ich, mein Leben weiterzuleben, dann gehe ich auf ein Date oder auch zwei–"

„Oder vier Monate lang."

Er neigte seinen Kopf. „Oder vier Monate lang, das ist aber eher selten. Aber dann, ganz egal, wie nett die Frau ist, merke ich einfach, dass ich sie nicht lieben kann, wegen–"

„Julia."

Angel nickte kurz und trank einen langen Schluck von seinem Bier.

„Aber warum verheimlichst du es?", fragte Jared.

„Weil", ächzte er und räusperte sich dann, „ich tief in mir weiß, dass es keine Zukunft gibt. Ich möchte sie nicht weiter ermuntern mit dem sonntäglichen Abendessen, den Feiertagen und all dem."

„Und du hast in dieser ganzen Zeit nicht einmal mit Julia geschlafen?", fragte Jared. Er fand, das war heilige Liebe.

„Naja." Angels Lippen verzogen sich zu einer flachen Linie. „Wir hatten schon unsere Momente, aber letzten Endes reicht das nicht."

„Niemals?", hakte Jared nach, denn er wusste nicht, was zum Teufel ein „Moment" war.

Angel schluckte. „In einem schwachen Moment. Ein paar schwachen Momenten." Jetzt verstand Jared. Angel rieb sich mit einer Hand über das Gesicht. „Wir haben es beide bereut."

Das war furchtbar. Angel konnte Julia nicht loslassen,

trotzdem konnte er mit ihr auch nicht weitermachen. Emilys Worte liefen ihm fortwährend durch den Kopf, *Mädchen liebt Jungen, Junge liebt eine andere*. Nur, dass dieser andere jemand, Julia, niemals passieren würde. Hatte Angel nicht lange genug unter dieser einseitigen Liebe gelitten? Er rieb sich die Nasenwurzel, während die Worte *Mädchen liebt Jungen* in seinem Kopf kreisten. Er wünschte sich, er hätte das alles nicht gewusst, wünschte sich, er hätte Emily in einem anderen Universum kennengelernt, in dem nie etwas mit seinem Stiefbruder passiert war.

„Geht es dir gut?", fragte Angel.

„Ja." Jared machte sich wieder an sein Essen und versuchte, sich die richtigen Worte zu überlegen, mit denen er Angel davon überzeugen konnte, dass er mit Emily zusammen sein sollte. Ihm fiel nichts ein.

Er sah zu, wie sein Stiefbruder aß, offensichtlich resigniert wegen seines Lebensloses.

„Emily ist großartig", sagte Jared endlich, als er mit seinem Sandwich fertig war.

Angel nickte. „Ich weiß. Ich mochte sie wirklich. Manchmal denke ich, dass ich es vermasselt habe ... Als hätte ich doch nicht Schluss machen sollen, aber ..." Er rieb sich den Nacken. „Ach, es ist sowieso zu spät. Ich will Emily nicht wieder verwirren."

Verdammt. Siehst du? Angel bereute es, dass er Schluss gemacht hatte. Jared wusste, was das Richtige war, fühlte es tief in seinem brennenden Magen. Er musste Angel davon überzeugen, Emily noch eine Chance zu geben. Und dann musste er Emily davon überzeugen, dass Angel das Risiko wert war. Die Idee, mit Emily zu sprechen, schloss er sofort aus. Nein. Er konnte nicht so lang mit ihr allein sein, um ein herzzerreißendes Gespräch mit ihr zu führen, ohne dass die Lust seinen Kopf durcheinanderbringen würde. Sollte Angel sie doch davon überzeugen, dieses Risiko einzugehen. Jared würde einfach dafür sorgen, dass Angel es nicht vermasselte.

„Sie ist in vielen Dingen wie du", sagte Jared leise. „Gutherzig, klug, kann großartig mit Kindern umgehen." Er blickte zum großen Küchenfenster über der Spüle hinaus und erinnerte sich daran, wie schön sie ausgesehen hatte, als sie auf seinem Sofa geschlafen hatte. Ihr glänzendes braunes Haar war um sie herum ausgebreitet gewesen. Ihre süßen Lippen im Schlaf ein wenig geöffnet.

„Jare?"

Er wandte seine Aufmerksamkeit wieder Angel zu. „Sie ist ein Gesamtpaket. Und sie liebt dich. Das hat sie mir gesagt. Gib ihr eine zweite Chance und vermassele es dieses Mal nicht."

Angel hob eine Hand. „Ich bin nicht sicher–"

„Sie braucht jemanden wie dich. Ihr Ex, naja, du hast die Nachrichten gesehen. Ein kranker, untreuer Bastard. Also, welcher Typ bestellt schon Prostituierte, um seine Frau zu betrügen, und lässt sie dann so tun, als wären sie seine Frau, damit er ihnen den Hintern versohlen kann, und–"

„Was?"

Jared schloss den Mund. Das war vielleicht eins dieser Das-wird-diesen-Raum-nicht-verlassen-Geständnisse gewesen, das auf den zu reichlichen Scotchkonsum zurückzuführen war. „Vergiss, dass ich das gesagt habe. Was ich sagen will, ist–" er zeigte auf Angel „– du solltest es noch einmal versuchen. Lad sie zum Abendessen ein."

Angel runzelte die Stirn. „Warum lädst du sie nicht zum Abendessen ein?"

„So jemanden wie mich will sie nicht. Sie braucht jemanden wie dich."

Angel wischte sich den Mund mit einer Serviette ab. „Was stimmt denn nicht mit dir?"

„Nichts. Ich bin nur nicht …" Er verschränkte die Arme und wappnete sich gegen alles, was Angel vielleicht vorbringen konnte, um ihn in Emilys Richtung zu drängen. Es wäre viel zu einfach, nachzugeben, so viel Lust, wie er hatte unterdrücken müssen, seitdem er sie kennengelernt hatte. „Ich bin viel zu sehr der Gute-Laune-Typ zum Spaßhaben."

„Und was bin ich? Der Gut-für-dich-Typ?"

Jared wedelte mit einer Hand. „Ja!"

Angel musterte ihn einen langen Moment. „Du bist auch

ein guter Typ. Lass nicht zu, dass jemand etwas anderes sagt."

Eine außergewöhnliche Hitze schlich sich seinen Hals hinauf. „Nein."

„Wir sind beide gleich erzogen worden", sagte Angel. „Mit Güte. Das ist das, was wir beide in die Welt tragen. Schau dir doch nur an, womit du deinen Lebensunterhalt verdienst. Du flickst Leute zusammen, gibst ihnen eine Chance, ihre Hände wieder zu gebrauchen oder ohne Schmerzen zu gehen. Nicht jeder kann tun, was du tust. Ich würde mich vermutlich in der Minute, in der ich jemanden aufschneiden müsste, übergeben, aber du … Du machst dich einfach dran und machst auch noch einen guten Job. Ich bin einfach nur gut im Reden. Du bist gut im Machen."

Jared winkte das ab. „Aber du bist so gut darin, der sensible Typ zu sein. Und … ich glaube nicht, dass ich mit ihr etwas anfangen könnte, nachdem sie was mit dir hatte. Brüder vor Hühnern, nicht wahr?" Er hob seine Bierflasche, um mit Angel anzustoßen.

Angel schüttelte den Kopf und stieß nicht mit seiner Flasche an. „Also bitte. Sag nicht Hühner."

Jared grinste. „Aber Schnecken reimt sich noch weniger."

Angel warf mit der Kruste seines Sandwiches nach ihm. „Ich sag dir das ja nur ungern, aber wenn du dir nicht gerade eine Jungfrau geangelt hast, hat jede Frau, die du datest, bereits mit jemandem geschlafen. Außerdem habe ich ein Kondom benutzt und die ganze Zeit die Augen zugehabt." Er bedeckte seine Augen mit einer Hand. „Emily wer?" „Ha, ha, ha. Lad sie zum Abendessen ein."

Angel nahm seine Hand herunter. „Warum interessiert dich das so sehr?"

„Ich möchte, dass du glücklich bist. Ich bitte dich nur darum, ihr noch eine Chance zu geben. Sie ist …" Er bemerkte, dass er lächelte, wenn er an Emily dachte. „Sie ist etwas Besonderes."

Angel hob einen Mundwinkel. Er stand auf und räumte die Teller weg. „Okay, du hast mich überzeugt. Ich werde sie zum Abendessen einladen."

Jared verkrampfte seinen Kiefer und zwang sich dann, ihn zu entspannen. Manchmal tat es einfach weh, das Richtige zu tun. Das war alles. „Großartig." Und mehr konnte er nicht tun, ohne seinen Stiefbruder dafür zu erwürgen, dass er genau das tat, worum er ihn gebeten hatte. „ Dann geh ich jetzt mal wieder."

„Schon?"

Er war schon halb zur Tür raus, als er noch über die Schulter sagte: „Viel Glück."

Angel lachte. „Ich werde kein Glück brauchen!"

Jared verzog das Gesicht und ging davon.

6

———

Jared war für das sonntägliche Familienabendessen etwas spät dran, da er das ganze Wochenende an seiner Veranda gearbeitet hatte. Je mehr er daran dachte, dass Angel Emily zum Abendessen einlud und vermutlich mit ihr schlief, desto mehr wollte er auf Nägel eindreschen. Er hatte fast die ganze Veranda fertig bekommen. Jetzt fehlten nur noch das Geländer und Stufen, die in den Garten hinunterführten. Er war körperlich erschöpft, und auch sein Gehirn war müde, weil er wie im Hamsterrad das Szenario immer wieder durchgegangen war, bei dem er am Ende Trauzeuge bei Angels und Emilys Hochzeit sein würde, weil er das verdammte Genie gewesen war, das die beiden zusammengebracht hatte.

Er machte sich gar nicht die Mühe zu klingeln, ging einfach hinein in Gabes Haus. Er war schließlich hier aufgewachsen und kannte es wie seine Westentasche. Sein Hund, Fred, sprang in einer Wolke aus fliegendem, silberschwarzem Fell in den Eingangsbereich und bellte wie wild. Jared streichelte ihn hinterm Ohr, und Fred beruhigte sich sofort.

„Komm", sagte er, und der Hund trottete hinter ihm her. Die Möbel und Dekorationen im Haus waren anders als damals, als er noch hier gelebt hatte. Gabe hatte seine eigenen modernen Möbel aufgestellt, und seine Frau, Zoe, hatte es mit einer Vielzahl von Jazzkonzertpostern dekoriert. Sie war Jazz-sängerin und wahrscheinlich eine der besten der Welt.

„Ich bin da!", verkündete er, als er ins Esszimmer kam. Fred verkroch sich an seinen Platz unter dem Tisch, in der Hoffnung, dass jemand was zu essen fallen lassen würde. „Lasset die Party ..." Entsetzt sprach er nicht zu Ende, als er sah, dass Emily neben Angel am Esstisch saß. Angel hatte gesagt, dass er nie Frauen nach Hause einlud, weil er tief im Inneren wusste, dass sie keine Zukunft hatten. Und doch war sie da und lächelte ihn an.

„Hi, Jared", sagte sie, und ihre braunen Augen strahlten. Sie trug einen rosafarbenen Pullover mit Spitze, aus dessen Ausschnitt ein passendes seidenes Top hervorblitzte.

„Emily!" Er zwang sich, den Blick zu ihren Augen zu heben. Was hatte das zu bedeuten? Konnten sie und Angel es nach nur einem Abendessen schon ernst meinen? Naja, sie hatten ja bereits vier ganze Monate lang gedatet. Er stand einfach da, erstarrt, und sah sie an, während der Schock langsam der Verzweiflung wich.

„Mein Sohn, setz dich", sagte sein Stiefvater Vinny.

Er rutschte auf den einzigen freien Stuhl neben Gabe und starrte auf seinen Teller. Die Unterhaltung wurde wieder aufgenommen, doch er konnte nicht sprechen und auch nichts essen. Irgendjemand reichte ihm überbackene Ziti, und er schob automatisch ein paar auf seinen Teller. Emilys Lachen erklang, und er hob seinen Kopf und sah Angel und Emily auf der anderen Seite des Tisches, wie sie einander anlächelten. Und dann fuhr weißglühende Wut durch ihn hindurch. Was zum Teufel! Angel musste ihr doch nicht vor seinen Augen den Hof machen. Er hätte sie einfach wieder im Stillen daten sollen, damit keiner Zeuge dieses Liebesgeturtels werden musste. Wenigstens, bis sie verheiratet waren und sie für ihn für immer tabu war.

„Du hättest mit ihr nicht irgendwo anders essen gehen können, anstatt hier?", zischte er Angel über den Tisch zu.

Angel neigte den Kopf, ein Bild engelsgleicher Unschuld. Ha! Jetzt war Jared ihm überlegen. „Vielleicht sollten wir uns unter vier Augen unterhalten", sagte Angel mit nervtötend ruhiger Stimme.

„Schön." Jared warf seine Serviette auf den Tisch und ging ins Wohnzimmer, wo es privater war als in der Küche, die sich zum Esszimmer hin öffnete.

Er hörte, wie seine Mom fragte: „Was sollte das denn?"

Und die gebrummte Antwort seines Stiefvaters: „Wer weiß? Sie kriegen sich schon wieder ein."

Angel tauchte einen Moment später breit lächelnd auf. Er hatte sich für dieses besondere Date sogar schick gemacht mit einem hellblauen Hemd und einer Stoffhose. „Hey, Jare."

Jared hätte ihm am liebsten dieses Lächeln aus dem Gesicht geschlagen. „Hey, *Angelo*." Er war mit Sicherheit kein Engel. „Du bist ja voll im Geiler-Bock-Modus."

Angel verkniff sich ein Grinsen. Aber seine Grübchen verrieten ihn sofort. „Ich habe keine Ahnung, wovon du sprichst."

Er stieß ihm gegen die Brust und wünschte sich, er könnte von oben auf ihn herabsehen, doch sie waren ungefähr gleich groß. „Gibst hier mit eurer Beziehung an. Es reicht wohl nicht, dass ich sie dir auf dem Silbertablett serviere, du musst auch noch hier auftauchen und es mir unter die Nase reiben."

Angel hob seine Hände. „Du warst es doch, der mir gesagt hat, ich solle sie zum Abendessen einladen. Ich habe sie zum Abendessen eingeladen."

„Und warum hierher?"

Angel hob und senkte eine Schulter. „Es kostet nichts."

„Kostet nichts! Sie hat ein schönes Restaurant verdient. Was? Das konntest du dir nicht leisten?" Er zog seinen Geldbeutel hervor und nahm ein paar Scheine heraus. „Nimm das Geld und verschwinde von hier." Es war eine Sache, dass Jared das Abendessen selbst vorgeschlagen hatte. Aber es mitansehen zu müssen, ließ ihn sich wie ein wildgewordener Stier fühlen. Angel sollte im Stillen das Richtige für Emily tun, weit weg von ihm.

Angel schüttelte den Kopf. „Ich werde dein Geld nicht nehmen. Können wir jetzt essen?"

Jared fuhr sich mit einer Hand durchs Haar und musste

sich bemühen, mit vernünftiger Stimme zu reden. „Meinst du es ernst mit ihr? Ist sie deswegen hier?"

„Nein. Nicht ernst."

Er packte ihn am Hemd und zog ihn vor sein Gesicht, seine Vernunft flog zum Fenster hinaus. „Sie hat etwas Besseres verdient als jemanden, dessen Herz bereits vergeben ist. Spiel nicht mit ihr." Er bereute es ganz entsetzlich, dass er Angel in Emilys Richtung geschubst hatte, denn Angel vermasselte es jetzt bereits. Er meinte es nicht einmal ernst mit ihr! Dieser Gedanke hätte willkommen sein sollen, doch er konnte nur daran denken, dass Emily wieder verletzt werden würde. Jared hätte sich niemals in diese Gefühlsduselei einmischen sollen.

Angel sah ihn mit seinen gütigen braunen Augen an. „Ich höre dich laut und deutlich, Bruder."

Jared ließ Angels Hemd los. Was tat er denn da? Das hier war sein Bruder. Brüder vor Hühnern. Er konnte es nicht fassen, dass er seinen geradezu heiligen Bruder bedroht hatte.

„Entschuldige", murmelte er und ging zurück ins Esszimmer, bereit, während eines langen Essens zu leiden.

Emily und Angel tauschten ein Lächeln miteinander aus, Angel grinste sogar teuflisch hinter Jareds Rücken, als sie zurück ins Esszimmer kamen. Angel hatte gestern angerufen und ihr pflichtbewusst erzählt, dass Jared fand, dass Angel sie zum Abendessen einladen sollte. So pflichtbewusst, dass sie nicht eine Minute lang geglaubt hatte, dass er das wirklich wollte.

„Ich will Jared", hatte sie mutig gestanden und sich selbst damit überrascht. Vermutlich meinte sie es ernst mit einem Flirt zum Spaß. Die gute Sache an Angels Hintergrund als Sozialarbeiter war, dass man ihm alles erzählen konnte und er alles verkraften konnte. Der Mann hatte schon so einiges von seinen Klienten gehört.

„Möchtest du seine Nummer oder …"

„Nein. Ich sehe ihn ja bei der Arbeit. Er hat da so eine

Sache über den Lieferantenausgang laufen, und ich bin bereit, mich dafür anzumelden."

„Emily."

„Was?"

„Das klingt gar nicht nach dir."

Sie seufzte. „Ich bin es leid, dass zurückgezogene brave Mädchen zu sein. Ich möchte wieder Spaß haben. Nur einmal. In sowas ist Jared gut."

„Er ist der Gute-Laune-Typ."

„Ganz genau."

„Komm doch morgen Abend zu unserem Familienessen. Jared wird auch da sein. Du könntest vielleicht mit ihm nach Hause fahren. Den Spaß ins Rollen bringen."

„Das ist eine großartige Idee." Sie hielt inne. „Meinst du nicht, dass es irgendwie komisch oder merkwürdig oder so sein wird, weil ich früher mit dir zusammen war? Du weißt schon, wenn wir alle an demselben Tisch sitzen?"

„Das wird das Beste daran sein."

„Kleiner Teufel."

Er schmunzelte. Angels teuflische Seite war eins der Dinge, die ihn so anziehend für sie gemacht hatte. Er war ein guter Kerl, es war also sicher, sich auf die Art ein wenig den Unanständigkeiten anzunähern.

Angel fuhr fort. „Aber im Ernst, er muss mit eigenen Augen sehen, dass du und ich nicht mehr zusammen sind. Dann wird er wollen ... Naja, all das, was auch du willst, schätze ich."

Doch der heutige Abend lief nicht so, wie sie gehofft hatte. Sie hatte gehofft, dass sie und Jared sich angeregt unterhalten würden, doch stattdessen war Jared mürrisch. Angel an ihrer Seite hingegen war fröhlich.

So würde sie niemals zu ihrem Spaß kommen.

„Es ist so nett, endlich einmal eine Freundin von Angel kennenzulernen", sagte Zoe und schenkte Emily ein sonniges Lächeln. Sie war mit Jareds älterem Bruder Gabe verheiratet. Vorhin hatte sie von Angel erfahren, dass Gabe, Luke und Jared biologische Brüder waren und deswegen die gleichen hellbraunen bis blonden Haare und dunkelblauen Augen hatten. Abgesehen von Jared, der diese umwerfend grünen Augen hatte. Ihre Mom hatte ihren italienischen Stiefvater Vinny geheiratet. Jareds Stiefbrüder – Vince, Nico und Angel – hatten dunkelbraune Haare und dunkelbraune Augen. Alle sahen großartig aus, doch Nico, das musste sie zugeben, hatte das atemberaubend gute Aussehen eines Filmstars. Er hatte aber nur Augen für seine rothaarige Frau, Lily.

Zoe fuhr fort, und ihre braunen Augen funkelten vor Aufregung. „So langsam haben wir uns Sorgen um Angel gemacht, aber jetzt bist du ja da!"

„Jetzt bin ich da", sagte Emily schwach mit einem seitlichen Blick zu Angel und der stillen flehentlichen Bitte *Hilf mir hier raus.*

Angel lächelte und aß weiter seine überbackenen Ziti.

„Wie lange seid ihr schon zusammen?", fragte Zoe.

Emily blickte über den Tisch, und die ganze Familie – Mrs Marino, Mr Marino, Gabe, Zoe, Vince, Sophia, Luke und seine Verlobte, Kennedy, Nico, Lily und Jared – starrte sie erwartungsvoll an. Sogar Baby Miles war plötzlich still in seinem Hochstuhl und blinzelte sie mit einer Handvoll Nudeln im Mund an. Angel aß immer noch völlig unbeirrt.

Sie sah Jared geradewegs an. „Wir sind nicht zusammen."

Jared blickte finster zu Angel und murmelte leise etwas, das sie nicht verstehen konnte.

„Oh", sagte Zoe und warf ihrem Mann, Gabe, einen kurzen Blick zu. „So ist das also."

Jetzt dachten alle, dass sie nur mit Angel schlief. Sie drehte sich hilfesuchend zu Angel um. „Möchte noch jemand Brot?", fragte Angel. Bevor jemand antworten konnte, verließ er den Raum und sagte noch über seine Schulter: „Ich gehe welches holen."

Sie nahm ihre Gabel. „Das hier schmeckt wunderbar", sagte sie und schob sich eine große Gabel voll in den Mund.

Es folgte eine unbehagliche Stille.

„Angel", sagte Vince und schüttelte den Kopf, „Wer hätte das gedacht?"

Seine Brüder lachten. Vinces Frau, Sophia, stieß ihn mit dem Ellbogen an und zischte: „Hab's dir doch gesagt."

„Wie fühlst du dich, Sophia?", fragte Mrs Marino.

„Solange ich nur Brot esse, geht es mir gut", sagte Sophia und hielt ein Stück italienisches Weißbrot ohne Butter in die Höhe.

„Ich versuche, sie in Richtung Kohlenhydrate und kleine Portionen Protein zu bewegen", sagte Vince. „Natürlich viel Obst. Wir suchen noch, was genau bei ihr die Übelkeit auslöst. Wir wissen, dass wir starke Gerüche vermeiden müssen, und Fisch scheint–"

„Hörst du dir eigentlich auch mal selber zu?", fragte Nico lachend.

„Willst du dein Abendessen frühzeitig beenden?", drohte Vince.

Nico lachte nur lauter, bis seine Frau, Lily, eine Hand auf seinen Arm legte. Er drehte sich um und küsste ihre Schläfe. Sie lächelte.

„Wie lange, ähm, kennst du Angel schon?", fragte Sophia Emily diplomatisch.

„Sie haben vor einem Jahr vier Monate lang gedatet", verkündete Jared.

Sophia fiel die Kinnlade herunter. „Wirklich?"

Emily sah sich nach Angel um, der in der Küche sehr beschäftigt zu sein schien und ihr immer noch nicht zur Rettung eilte. „Wir, ähm, haben es beendet."

„Warum?", fragte Zoe. „Also, da er dich ja jetzt zum Sonntagsessen eingeladen hat, ist er–"

„Nur ein Freund", verkündete Angel und kam endlich mit dem Brot zurück.

Jared starrte Angel wütend an und äffte ihn nach: „Nur ein Freund", sagte er mit Singsangstimme.

Oh-kay. Emily war ein wenig verwirrt. War es denn nicht gut, dass sie und Angel nur befreundet waren, damit sie und Jared etwas miteinander anfangen konnten?

Luke sah zwischen Jared und Angel hin und her. „Das hier ist ganz schön verwirrend."

Kennedy, eine liebliche, zierliche blonde Frau, meldete sich an Lukes Seite zu Wort. „Also, Emily, erzähl uns von deiner Arbeit im Krankenhaus. Du bist doch irgendeine Schwester, hast du gesagt."

Emily lächelte Kennedy an, erleichtert, dass jemand sich bemühte, die Situation zu retten, und erzählte ihr von den Programmen, an denen sie arbeitete, um den Kindern den Aufenthalt zu erleichtern.

Endlich war der unangenehme Abend vorüber. Angel hatte sich ein wenig zu sehr amüsiert. Sie warf ihm einen finsteren Blick zu, bei dem er nur noch mehr lächelte. Jared steuerte geradewegs auf die Haustür zu, und sie beeilte sich, ihn einzuholen.

„Warte!", sagte sie.

Er ging weiter.

„Jared! Könntest du mich bitte nach Hause fahren?"

Er blieb abrupt stehen und drehte sich langsam um. „Warum kann Angel das denn nicht tun?" Er zeigte mit dem Finger hinter sie. Sie sah über ihre Schulter zu Angel, der bereits in seiner Lederjacke dastand. Er zwinkerte ihr zu, und sie drehte sich schnell wieder zu Jared um. „Bist du denn nicht mit ihm gekommen?", bellte Jared.

Sie ging an Jareds Seite. „Schon, aber ich dachte, ich könnte vielleicht mit dir nach Hause fahren. Ihm würde das nichts machen."

„Mir macht das nichts", sagte Angel, der an ihre Seite trat. Er lächelte sein teuflisches Lächeln mit den Grübchen.

Jared versetzte ihm einen Klaps auf den Kopf.

„Jared!", schrie sie.

Angel versetzte Jared einen Schlag auf den Kopf.

„Angel!", schrie sie.

Jared schob seine Ärmel hoch und ging auf Angel los. Sie wich zurück, als die beiden Männer einander im Eingangsbereich umkreisten.

„Ähm, Hilfe?", rief sie, falls irgendein Familienmitglied vielleicht eingreifen wollte. „Mrs Marino! Ich fürchte, hier wird sich gleich noch jemand verletzen!"

Die Familie eilte herbei, um zuzusehen, wie Angel sich aus seiner Lederjacke schälte und sie mit aufgesetztem

Machogehabe auf den Boden warf. Der Hund knurrte, rannte in den Flur und begann, die Jacke zu besteigen.

„Bitte nicht schlagen", sagte Emily. „Das war doch bloß ein Missverständnis."

„Whoa", sagte Nico.

„Ich setze zwanzig auf Jared", sagte Luke.

„Und ich fünfzig auf Angel", erklärte Vince stolz. „Ich habe ihm jeden schmutzigen Trick beigebracht, den ich kenne."

Die Brüder setzten rasch sofort verteilt entweder auf Jared oder auf Angel.

„Jungs!", rief Mrs Marino, die Hände in die Hüften gestemmt. „Was macht ihr denn da? Ihr wettet auf eure eigenen Brüder?"

„Männer!", bellte Mr Marino. „Geht damit nach draußen."

Emily bekam große Augen, als Angel die Tür aufhielt und Jared bedeutete, als erster rauszugehen. Jared packte Angel und schob ihn zur Tür hinaus. Alle Männer eilten hinter ihnen her, um zuzusehen. Sie war sich nicht sicher, ob sie zusehen konnte, wenn einer von ihnen verletzt wurde.

Sie drehte sich zu Mrs Marino um. „Sollten wir sie nicht aufhalten?"

„Ich habe so das Gefühl, dass nur du sie aufhalten kannst", sagte Mrs Marino. „Schließlich kämpfen sie hier um dich."

„Das ist doch lächerlich", murmelte Emily. So etwas passierte ihr und ihren älteren Schwestern niemals. Sie würden nur im Stillen vor sich hin kochen und einander mit tödlichen Blicken bedenken. Männer waren Tiere.

Sie stapfte nach draußen und fand Jared und Angel auf der Wiese vor dem Haus ineinander verkeilt. „Jared! Lass ihn los."

„Das hättest du wohl gern", blaffte Jared und grunzte dann, als Angel einen Schlag in seine Niere landete, worauf Jared ihn loslassen musste.

„Ich habe ihm das beigebracht", sagte Vince stolz und nahm Gabe in den Schwitzkasten, der ihm daraufhin ebenfalls auf die Niere schlug. „Uff", keuchte Vince und grinste dann.

Emily eilte zwischen Jared und Angel, die einander wieder umkreisten. „Angel, sag ihm, dass zwischen uns nichts ist."

„Hab ich", sagte Angel. „Er ist zu stur, um zuzuhören."

„Jared", sagte sie vorsichtig, „bitte kämpft nicht. Kannst du mich nicht einfach nach Hause fahren? Ich würde *wirklich* gerne mit dir fahren."

„Deine Freundin will nach Hause gebracht werden", blaffte Jared, dann drehte er sich um und marschierte zu seinem Truck.

Und bevor sie noch sagen konnte: *„Ich bin nicht seine Freundin"*, war er schon mit quietschenden Reifen davongefahren.

„Das war enttäuschend", sagte Luke. „Wer hat denn jetzt gewonnen?"

Die Brüder begannen darüber zu diskutieren, was man als Punkte werten sollte. Angel schüttelte nur den Kopf und drehte sich zu ihr um. „Komm, ich bringe dich nach Hause."

Auf der Heimfahrt mit Angel fühlte sie sich entsetzlich schuldig. „Ich hätte heute Abend nicht kommen sollen. Ich fühle mich schrecklich, dass du und Jared euch gestritten habt."

„Deswegen musst du dich nicht schlecht fühlen", sagte er. „Manchmal wird es eben körperlich. Testosteron und so weiter."

Er war schrecklich locker, was die ganze Sache anging. „Was, wenn einer von euch verletzt worden wäre?"

„Komm schon, das ist Jared. Meinst du, er wird sich seine Hand an meiner hässlichen Visage ruinieren? Das würde er niemals riskieren, denn dann könnte er nicht mehr operieren."

„Du wusstest also die ganze Zeit, dass er dich nicht verletzen würde?"

„Er lässt bloß Dampf ab."

Sie faltete ihre Hände im Schoß und starrte geradeaus. Männer waren schon seltsam. Sie hatte sich wirklich Sorgen gemacht. „Aber er scheint so wütend zu sein. Wie soll ich denn mit ihm Spaß haben, wenn er so ist?"

Angel sah zu ihr hinüber und grinste. „Das tut ihm ganz gut. Ist für ihn mal eine Herausforderung. Normalerweise fallen ihm die Frauen einfach in den Schoß."

„Das habe ich ja versucht!"

„Würde ich nicht empfehlen."

„Naja, aber deine Methode war auch nicht ideal."

Er schmunzelte. „Nun schön, dann mach's auf deine Art."

„Das werde ich."

„Er arbeitet im Krankenhaus von zehn bis sechs im zweiten OG, montags, dienstags, donnerstags. Vielleicht erwischst du ihn dann. Mittwochs ist OP-Tag, da hat er viel zu tun. Für gewöhnlich isst er um ein Uhr in der Cafeteria zu Mittag."

Sie atmete erleichtert aus. Angel half ihr endlich doch. „Okay, danke."

Angel lächelte mit seinen Grübchen in ihre Richtung. „Sicher. Und erwähne, dass du gerne Basejumping gehen würdest. Er ist ein totaler Adrenalinjunkie. Das wird er vermutlich gerne mit dir machen wollen."

„Was ist das?"

„Du kletterst mit einem Fallschirm auf einen Felsen und springst."

„Klingt gefährlich, aber, hmm … vielleicht werde ich es erwähnen."

„Erwähne es unbedingt. Er steht auf solches Zeug. Und dann lass ihn die Führung übernehmen. Er ist der Experte."

„Okay. Danke, Angel."

Er lächelte breit. „Überhaupt kein Problem."

Gleich am nächsten Tag ging Emily um ein Uhr zum Mittagessen in die Krankenhauscafeteria und hoffte, Jared zu sehen. Sie stellte sich für das Essen an und sah sich immer wieder um. Endlich kam er und reihte sich ein Stück hinter ihr mit einem anderen Arzt in die Schlange ein. Sie winkte.

Er hob seine Hand, um ihr zu zeigen, dass er sie bemerkt hatte, dann unterhielt er sich weiter.

Sie bekam ihr Essen, zahlte und wartete an der Kasse, bis Jared dran war. Als er stehen blieb, um zu bezahlen, fragte sie: „Was dagegen, wenn ich mich zu dir setze?"

Er versteifte sich. „Eigentlich wollte ich mein Essen mitnehmen."

Sie sah auf sein Tablett, auf dem ein Burger und ein Obstsalat auf Keramiktellern lagen, ohne Verpackungen, um es mitzunehmen. „Ach so?"

„Ja, verrückter Tag." Er schob der Kassiererin einen Zwanzig-Dollar-Schein zu. „Behalten Sie den Rest." Und dann ging er mit dem Tablett in der Hand davon.

Er hatte der Kassiererin in einer Selbstbedienungscafeteria gerade zwölf Dollar Trinkgeld gegeben. Ging er ihr aus dem Weg, weil sie gestern Abend mit Angel zum Abendessen gekommen war, oder hatte er heute wirklich viel zu tun?

„Jared, warte!"

Er ging weiter und beschleunigte seinen Schritt nur. „Grüß Angel von mir."

„Ich date Angel nicht!", rief sie seinem Rücken hinterher.

Okay. Sie würde es morgen wieder versuchen.

Dienstag war es nicht besser. Sie kam kurz nach eins in die Cafeteria, und Jared saß bereits an einem Tisch voller Ärzte. Sie ging mit einem fröhlichen Hallo an seinem Tisch vorbei, und, obwohl er lächelte und ebenfalls Hallo sagte, nahm er die Unterhaltung am Tisch sofort wieder auf. Als wollte er nicht wirklich mit ihr reden. Hatte sie sich die Chemie zwischen ihnen nur eingebildet? Nein, sie hatte definitiv etwas wirklich Starkes gespürt. Das konnte nicht nur ihr so gegangen sein. Vielleicht musste sie das mit Angel besser erklären.

Sie setzte sich mit der Oberschwester, Jane, auf die andere Seite der Cafeteria und sah immer wieder zu Jared hinüber, doch er war sehr auf sein Truthahnsandwich konzentriert und blickte nicht ein einziges Mal auf. Wenigstens hatte sie noch einen Trumpf im Ärmel, den Angel ihr zugesteckt hatte – Basejumping. Jared war ein Typ, mit dem man Spaß hatte, und ein Adrenalinjunkie. Sie hatte seine Nummer. Dr Rein-raus-und-weg würde auf keinen Fall einem Basejump und anschließendem Spaß mit einer Schwester widerstehen können. Sie musste ihm nur begreiflich machen, dass Angel nicht zwischen ihnen stand.

~

Jared betrat am Donnerstag zu seiner üblichen Zeit die Krankenhauscafeteria und sah sich kurz nach Emily um. Sie war nicht zu sehen. Er entspannte sich ein wenig. Am Montag hatte sie mit ihm zusammensitzen wollen, und am Dienstag hatte sie ihn von der anderen Seite des Raumes aus beobachtet. Gott sei Dank verbrachte er den Mittwoch immer im OP. Er war es gewohnt, dass Frauen sich an ihn heranmachten, wenn sie ein bisschen Spaß haben wollten, aber Emily spielte in einer ganz anderen Liga. In der Freundeliga. Außerdem konnte er nur stark in seinem Entschluss bleiben, ihr zu widerstehen, wenn er eine sichere Distanz wahrte.

Er war fast beim Lo Mein mit Schweinefleisch angekommen, als ihm jemand auf die Schulter tippte. Er drehte sich um, und da war sie, sah einfach nur sexy aus mit ihren glänzenden braunen Haaren, den funkelnden braunen Augen und dem blauen Uniformoberteil, das mit Elefanten bedruckt war, die sich an den Rüsseln hielten. Ihr sexy Körper, der unter diesem Oberteil versteckt war, lockte ihn viel zu sehr.

„Hi", sagte sie mit schelmischem Lächeln.

„Hi."

„Ich hoffe, du bist nicht mehr wütend, weil ich beim Abendessen neben Angel gesessen habe. Wir sind wirklich nur Freunde."

„M-hm."

„Nein, wirklich."

Er drehte sich wieder um und ignorierte sie. Angel hätte sie nicht zum Abendessen eingeladen, wenn er sie nur für eine Freundin hielte. Er hatte Julia seit Jahren nicht mehr zum Familienessen am Sonntag mitgebracht. Nicht seit der

Anfangszeit, als sie ihren Mann verloren hatte und überhaupt nicht allein sein konnte.

„Heute setze ich mich zu dir", erklärte Emily. „Und jetzt erzähl mir nicht, dass du zu beschäftigt bist, um mit einer Freundin zusammen zu sitzen."

Er seufzte und sagte über seine Schulter: „Na schön." Er konnte ihr, solange sie in demselben Krankenhaus arbeiteten, nicht ewig aus dem Weg gehen. Obwohl, da er jetzt so darüber nachdachte, konnte er sich nicht daran erinnern, sie jemals vorher in der Krankenhauscafeteria gesehen zu haben. Er hätte sich doch definitiv an eine schöne, sexy Schwester wie sie erinnert. Warum war es nur so schwierig, das Richtige zu tun?

Er ging voran zu einem Tisch am Fenster, und sie setzte sich ihm gegenüber.

Sie trank einen Schluck Wasser und blickte unter ihren Wimpern hervor zu ihm auf. Er kannte diesen Blick. Das war eine flirtende Geste, die einer anzüglichen Bemerkung vorausging. Er schob eine Gabel voll Lo Mein in seinen Mund und sah zum Fenster hinaus.

„Vielleicht könnten wir am Samstag nach deinem Captain Cuddle-Besuch bei dir zu Hause zu Mittag essen", sagte sie.

„Captain *Huddle*", sagte er mit vollem Mund. Wenn er sich schon mit einem lächerlichen Kostüm verkleiden musste, konnte er wenigstens dazu stehen. Er war ein Igel, verdammt noch mal.

„Captain Huddle, natürlich."

Er konnte das Lächeln in ihrer Stimme hören und sah ihr in die funkelnden braunen Augen. „Also", sagte sie mit kleinem Lächeln, „Mittagessen bei dir zu Hause? Ich werde kochen, als Dankeschön für deine Hilfe, dank der ich den Reportern so knapp entkommen bin. Ich kann ziemlich gut kochen." Sie warf ihre Haare über die Schulter. Eine weitere klassisch flirtende Geste. „Oder du könntest auch zu mir kommen."

Er musste das hier beenden, auch wenn es jedem Impuls seines Lustinstinkts widersprach. Auf keinen Fall konnte er mit ihr allein und nur mit ihr befreundet sein. Das wäre tatsächlich die Hölle. „Ich habe zu tun."

„Oh." Sie machte sich wieder an ihr Essen, sah überraschend niedergeschlagen aus.

„Trotzdem danke", fügte er hinzu.

„Ich hatte überlegt, ob ich dieses Wochenende basejumpen gehen soll", sagte sie strahlend. „Klingt aufregend. Aber das weißt du ja, du bist schließlich der Experte."

Er neigte den Kopf. „Ich bin der was?"

„Du bist der Adrenalinjunkie, richtig? Du machst sowas ständig. Vielleicht–"

Er legte seine Gabel ab. „Das ist gefährlich. Es sind schon viele Leute bei Basejumps ums Leben gekommen. Du wirst das nicht machen." Er würde es selbst nicht riskieren, und er hatte schon eine Menge verrücktes Zeug probiert.

„Ich will nur ein bisschen Spaß haben." Sie bewegte ihren Kopf von einer Seite zur anderen. „Ein bisschen Aufregung. Kommst du mit?"

„Ob ich mit–" Er unterbrach sich, als er merkte, dass er laut geworden war. „Ich werde nicht basejumpen gehen. Genauso wenig wie du. Ende der Geschichte." Niemals in seinem Leben hatte er sich so hineinsteigern wollen, doch ein Teil von ihm wollte Emily am liebsten in Blisterfolie einwickeln und sie dann hinter sich in Sicherheit schieben, damit er sie vor jeder Gefahr bewahren konnte. Himmel, dieser Superheldenmist stieg ihm zu Kopf.

„Aber irgendetwas muss ich machen, um ein bisschen Aufregung zu haben." Sie hob eine Braue und sah ihn erwartungsvoll an.

Er zermarterte sich das Gehirn nach etwas Sicherem, das sie tun könnte, und das auch aufregend wäre. Fallschirmspringen kam nicht infrage. Sie war zu unerfahren. Bungee Jumping – zu riskant. Sie musste unbedingt in Sicherheit bleiben, und er versuchte, nicht zu angestrengt darüber nachzudenken, warum, wenn man bedachte, dass Angel noch eine Rolle spielte. Eigentlich sollte es Angel sein, der hier auf den Plan hätte treten sollen.

Sie lächelte ihn ein weiteres Mal süß an. „Einfach für dich

zu kochen könnte schon aufregend genug sein, mit den richtigen Gewürzen. Zing! Magst du mexikanisches Essen?"

Sie war einfach anbetungswürdig. *Zing.* „Ja, ich mag mexikanisches Essen."

„Großartig!"

Er rieb sich mit einer Hand über das Gesicht. „Aber nur Mittagessen, dann muss ich gehen. Ich hab wirklich eine Menge zu tun."

„Natürlich. Stehen ja eine Menge Schwestern bei dir Schlange–" Sie machte mit den Fingern Anführungsstriche und zwinkerte ihm übertrieben zu „– im Dienste der Venus."

Er zuckte zusammen, dann kniff er seine Augen zusammen. „Hat Angel dir das gesagt?" Er erzählte nie jemandem, dass er seine Bettgeschichten so bezeichnete. Das war sein kleiner Scherz mit seinem Bruder. Nicht *eine* andere Frau hatte ihn gereizt, seitdem er sie vor fast drei Wochen kennengelernt hatte. Und es lag nicht daran, dass er keine Möglichkeiten gehabt hätte. Das Ganze war so nervtötend, diese Situation mit Angel. Und die Tatsache, dass Jared ihr ständig über den Weg lief und Lust auf sie hatte–

„Vielleicht", sagte sie und grinste verschmitzt.

Er knirschte mit den Zähnen, denn es gefiel ihm überhaupt nicht, dass Emily und Angel über sein Sexleben sprachen. Vor allem, da er im Moment keins hatte! Konnte diese Situation eigentlich noch schlimmer werden? „Worüber hast du sonst noch mit Angel geredet?"

„Nicht viel." Sie nahm sich ihr Glas Eistee, schob den Trinkhalm in ihren Mund, sah ihm in die Augen und saugte. *Sie will mich provozieren.* Er zupfte unter dem Tisch seine Hose zurecht.

Er nahm seine Gabel und rammte sie in seine Lo Mein Nudeln. „Du bist also ..." *Single und auf der Suche? Was hat es mit all diesen flirtenden Gesten auf sich? War sie nicht mehr mit Angel zusammen? Seit ihrem Sonntagabendessen waren erst vier Tage vergangen. Liebte sie Angel noch?* „Ach egal. Geht mich nichts an." Er aß sein Mittagessen eilig zu Ende, damit ihm nichts von seinen abwegigen Gedanken herausrutschte.

Er sah ihr zu, wie sie mit kleinem Lächeln auf ihrem schönen, herzförmigen Gesicht einen Salat aß. Selbst ihr Gesicht stand für die Liebe. Sie verdiente Liebe, und Angel hatte gesagt, dass er es nicht ernst mit ihr meinte. Sollte Jared also einfach einen Schritt zurücktreten und zusehen, wie Angel Emily auf einen Ritt mitnahm, der sie letzten Endes verletzen würde? Doch wenn Jared auf den Plan trat, würde er sie am Ende genauso verletzen? In Beziehungen war er wirklich schlecht.

Sie beugte sich vor und senkte ihre Stimme zu einem sexy Schnurren. „Was wolltest du sagen? Du kannst mich alles fragen."

Er schluckte kräftig, hatte das Gefühl, in der offenen Klappe eines Flugzeugs zu stehen, kurz vor entweder einem gelungenen Fallschirmsprung oder dem Tod. Erschreckend und aufregend und ohne Wiederkehr. Stand Angel noch zwischen ihnen? Es war eine Sache, dass Angel sagte, dass da nichts war, doch er musste wissen, ob Emily wirklich über ihn hinweg war. Nach diesem verkrampften Sonntagsessen wusste Jared, dass es nicht richtig gewesen war, Angel und Emily wieder zusammenzubringen. Nun, für Angel war das falsch gewesen, da er es nicht ernst meinte, aber vielleicht war es für Emily richtig. Er war so verwirrt. Doch eine Sache war klar: Nachdem er Emily diese Woche bei der Arbeit so oft getroffen hatte, war ihm bewusst, wie sehr er sie wollte. Er war ein egoistischer Bastard, doch so war es – er wollte sie für sich, selbst, wenn Angel besser für sie war.

Sie sah ihn erwartungsvoll an. Wegen seiner Lust und weil er sie mochte – sie wirklich intensiv mochte – bekam er keinen Ton heraus. Er sollte es einfach auf den Tisch legen und fragen: *Bist du über Angel hinweg?* Doch die Worte wollten einfach nicht kommen. Denn was, wenn sie nein sagte?

Okay, okay. Positiv denken. Mal angenommen, sie ist über Angel hinweg. Er begann, seine Serviette zu zerreißen, während er sich für dieses Szenario eine gute Rede zurechtlegte. *Ich mag dich, und wenn ich deine Signale richtig deute, möchtest du Sex mit mir haben, aber für mich wäre das nicht einfach nur Sex.*

„Wir gehen am Samstag zum Mexikaner", platzte er heraus. „Bring Angel mit."

Er beobachtete ihren Gesichtsausdruck, ob er irgendwie ablesen konnte, was sie wirklich für Angel empfand. Warum quälte er sich selbst bloß so? Er hätte ihr die Option nicht geben sollen. Das verdammte Schuldgefühl.

Ihre braunen Augen funkelten amüsiert. „Soll ich dich nach meiner Schicht am Samstag am Lieferaufzug treffen? Oder im Lagerraum? Das war lustig."

Er fegte die Serviettenreste zusammen und stand auf, wütend auf sich, weil er Angel schon wieder ins Spiel gebracht hatte, und wütend auf sie, weil sie nicht darauf reagiert hatte. „Ich werde dir die Adresse geben", presste er zwischen den Zähnen hervor. „Wir treffen uns da."

Sie runzelte die Stirn. „Oh. Okay."

„Es wird dir gefallen."

Sie neigte den Kopf zur Seite und musterte ihn. „Da bin ich mir sicher."

Er öffnete den Mund, um zu erklären, was er gemeint hatte, denn sie wirkte ein wenig verwirrt, und wer wäre das nicht, da er ständig das Falsche sagte? Doch was herauskam war nur: „Bis dann."

„Bis dann", sagte sie und machte sich wieder an ihren Salat.

Er drehte sich um und ging davon, denn er wusste, wann er die Klappe halten musste. Er war nicht Mr Gefühle-Ausdiskutierer wie Angel. Er ging zum Ausgang und hatte das Gefühl zu vibrieren. Als wäre er gesprungen, und der Fallschirm hätte sich verheddert.

7

―――――

Emily wartete im Eingangsbereich des La Casa de Margarita, wild entschlossen, endlich zu Jared durchzudringen. Wenn man bedachte, was für einen Ruf er hatte, war es verflixt schwierig, ihn zu verführen. Sie hätte erwartet, dass er schon vor Tagen auf ihre flirtenden Anspielungen angesprungen wäre. Was musste sie denn noch tun – sich ausziehen? Nach der Arbeit hatte sie sich ein weißes Top mit V-Ausschnitt angezogen, das ein wenig Dekolleté zeigte, eine enge Jeans und kniehohe schwarze Lederstiefel mit hohen Absätzen. Ihr Haar hatte sie offengelassen und ein wenig Parfüm mit einem Hauch von Zimt und Vanille aufgetragen, ein wirksames Aphrodisiakum für Männer, wenn man der Werbung glauben durfte. Sie war bereit für eine Nacht mit ihm, bis hin zu ihrem blasspfirsichrosafarbenen BH und dem passenden Minislip. Wenn er es an ihrem Outfit und ihren flirtenden Gesten nicht ablesen konnte, musste sie sich geschlagen geben. Dann hieß das wohl, dass er nicht interessiert war. Entweder das, oder er war extrem schwierig. Vielleicht sollte sie einfach noch deutlicher werden. Ein Schild in leuchtend roten Buchstaben tragen – *Bereit für Sex*. Oder *Hab Spaß mit mir, bitte*. Sie lächelte vor sich hin, und als hätte ihr sechster Sinn es ihr eingeflüstert, drehte sie sich um und sah ihm genau in dem Moment, als er ankam, über die Distanz hinweg in seine grünen Augen.

Er kam in einem schmal geschnittenen, marineblauen Pullover, der seine breiten Schultern betonte, und einer verwaschenen, abgenutzten Jeans auf sie zu. Sie ging ihm entgegen.

Er sah hinter sie. „Wo ist Angel?"

„Ich habe ihn nicht angerufen. Ich habe doch gesagt, dass wir nur Freunde sind." Sie stellte sich auf Zehenspitzen und flüsterte ihm ins Ohr: „Ich will dich."

Er zog sich zurück. „Bist du sicher?"

„Du bist doch der Typ, mit dem man Spaß haben kann, richtig?" Unter ihren Wimpern sah sie zu ihm auf und senkte ihre Stimme zu einem verführerischen Schnurren. „Und ich möchte Spaß."

Er runzelte die Stirn. „Nein, du willst keinen Typen, mit dem man Spaß haben kann. Du brauchst einen Typen, der gut für dich ist."

Sie legte ihre Arme um seinen Hals und küsste ihn, sowohl um ihn zum Schweigen zu bringen, als auch um zu betonen, dass sie wirklich *ihn* wollte. Nicht Angel. Seine Lippen waren fest und warm und erwiderten den Kuss nicht. Sie zog sich peinlich berührt zurück, doch dann schob er seine Hand in ihre Haare und zog sie zu einem hungrigen Kuss an sich, bei dem ihre Hoffnung wiederauflebte.

Er riss sich so abrupt von ihr los, dass sie fast ihre Balance verloren hätte. Mit einer Hand an ihrem Arm hielt er sie fest, und ihre Blicke trafen sich in einem langen, knisternden Moment.

„Jared, Tisch für drei", rief die Platzanweiserin. Offensichtlich hatte Jared Vorkehrungen dafür getroffen, dass sein Stiefbruder sich zu ihnen gesellen würde.

„Nur zwei!", korrigierte Emily schmunzelnd.

Sie verflocht ihre Finger mit Jareds, und er ließ es zu. Fortschritt. Sie folgten der Tischanweiserin zu einem Tisch, wo sie ihnen sofort Wassergläser, Chips, Salsa und die Getränkekarte brachte.

„Oh, die Margaritas sollen hier fantastisch sein", sagte sie.

„Keinen Alkohol."

„Warum nicht?"

Er sah sie ernst an. „Als du das letzte Mal was getrunken hast, hast du mir mehr erzählt, als ich wissen musste."

Das tat weh. Sie hatte ihm Dinge über ihren Ex anvertraut und was sie durchgemacht hatte. „Ich kann etwas trinken, wenn ich das will."

„Nicht, wenn ich dabei bin."

Sie verzog das Gesicht. „Was ist mit dem Typen passiert, mit dem man Spaß haben kann?"

„Wenn ich das bloß wüsste."

Der Kellner kam, und Jared bestellte ihr eine alkoholfreie Margarita. „Siehst du, das war auch lustig", sagte er, als der Kellner wieder gegangen war.

„Ist das dein Ernst?", fragte sie entrüstet.

„Ich komme nicht damit klar, wenn du auf meinem Schoß sitzt", sagte er und klang irgendwie verzweifelt.

„Und du meinst, dass ich jedes Mal, wenn ich etwas getrunken habe, bei einem Typen auf dem Schoß sitze?"

„Jedes Mal, wenn ich dich was trinken gesehen habe, hast du auf meinem Schoß gesessen."

„Das war einmal!"

Er hob die Speisekarte vor sein Gesicht. „Einmal zu viel."

Himmel. Sie konnte es nicht fassen, wie schwierig es war, diesen Mann zu verführen. Er hatte sie vor nicht einmal fünf Minuten noch geküsst! „Wenn ich so schrecklich bin, warum bist du dann hier?"

Er nahm die Speisekarte herunter. „Ich wollte … Ich versuche … okay … Ich weiß es nicht." Er verzog das Gesicht. „Ich versuche nur, das Richtige zu tun."

Tränen traten ihr in die Augen. Sie konnte nicht einmal zum Spaß Sex mit dem Mann haben, der dafür bekannt war.

Sie erhob sich. „Es tut mir leid, wenn du dich meinetwegen unbehaglich fühlst. Ich wollte nur ein bisschen Spaß haben."

Er nahm ihr Handgelenk und hielt es. „Warum ich? Versuchst du, Angel zu verletzen?"

„Nein." Sie schluckte. „Jeder weiß, dass man mit dir Spaß haben kann."

„Und was passiert nach einem bisschen Spaß?"

„Nichts."

Er ließ ihr Handgelenk los. „Du hast Besseres verdient. Gib dich nicht mit weniger zufrieden. Deswegen ist Angel – ah!" Er sprang von seinem Platz auf.

Sie hatte ihm ihr Glas Eiswasser ins Gesicht geschüttet. Und es tat ihr auch nicht leid. „Nenn in meiner Gegenwart nie wieder diesen Namen."

Er schüttelte den Kopf, und eiskalte Wassertropfen spritzten auf sie. „Rache ist süß", sagte er, legte seinen Arm um ihre Taille und zog sie an sich.

„Oh", hauchte sie. Er zog an ihrem Ausschnitt und ließ eine Handvoll Eiswürfel vorne in ihren Ausschnitt fallen, woraufhin sie kreischte. Eis traf auf ihren BH, blieb zwischen ihren Brüsten hängen und glitt dann an ihrem Bauch herunter. Sie riss sich los und schüttelte ihr T-Shirt. Mehrere Leute an den Nachbartischen starrten zu ihnen herüber.

Er lächelte zufrieden. „Jetzt sind wir quitt."

Sie kniff die Augen zusammen. „Ich finde, du könntest noch mehr Eis gebrauchen."

Der Kellner kehrte zurück. „Kann ich Ihre Bestellung entgegennehmen?"

Sie und Jared sahen einander an, beide noch tropfnass, und brachen in Lachen aus. Sie benahmen sich wirklich verrückt dafür, dass sie in einem Restaurant waren.

Sie setzte sich. „Wir brauchen ein paar Minuten", sagte sie dem Kellner.

Jared zog seinen Pullover aus und reichte ihn ihr. Er trug ein schwarzes T-Shirt darunter. „Du siehst aus, als wäre dir kalt."

Sie blickte an sich hinunter. Sie hatte den Wet-T-Shirt-Look, ihre Nippel waren erigiert und zeigten auf ihn. „Bin sofort wieder zurück."

Sie eilte zur Toilette, zog das nasse T-Shirt und den BH aus und den Pullover, der von seinem Körper noch warm war, an. Am Kragen war er ein bisschen feucht, aber was sollte sie sonst tun? Sie liebte seinen Duft, der immer noch daran hing – Apfelkuchen und Gewürz. Die Tischanweiserin reichte ihr eine Plastiktüte, und sie stopfte ihre nassen

Sachen hinein, dann kehrte sie an den Tisch zurück und setzte sich.

„Das ist schon das zweite Mal, dass du meinen Pullover trägst", sagte Jared.

„Und?"

Er hob eine Braue. „Ich glaube, du trägst gerne Männerklamotten."

„Was soll das denn heißen?"

Er schmunzelte. „Vielleicht sollte ich mir mehr Pullover kaufen, bevor du sie mir noch alle klaust."

„Ich klaue sie doch nicht. Ich leihe sie mir bloß." Sie betrachtete seine muskulösen Arme, die jetzt in den kurzen Ärmeln sichtbar waren, und wollte wirklich gerne auch seine Brust sehen. Je mehr Jared, desto besser. „Kann ich mir dein T-Shirt leihen?"

Er beugte sich vor und sagte mit rauer Stimme: „Möchtest du, dass ich ohne Oberteil zu Mittag esse?"

„Ja, bitte."

Er lachte.

„Ich meine es ernst."

Seine grünen Augen erhellten sich. „Das wette ich", sagte er lachend. Sie musste unwillkürlich zurücklächeln.

Der Kellner kam erneut zurück, um ihre Bestellungen entgegenzunehmen. Die Unterhaltung lief ganz flüssig, nachdem sie gefragt hatte, wie es Vincent und Sophia ging. Offensichtlich hatte Sophia erfolglos versucht, Babyschühchen zu häkeln, und fürchtete, dass das bedeutete, dass sie eine schreckliche Mom sein würde. Vince hingegen hatte eine Tüte mit gekauften Schühchen in ihren Schoß gelegt, für die sie nicht so dankbar gewesen war, wie er erwartet hatte. Die beiden waren zum Schießen. Das Essen kam, und sie aßen, während sie Jared ein wenig von ihrer Familie erzählte – ihren extrem ehrgeizigen Anwaltseltern, ihren beiden älteren Schwestern mit ihren perfekten Ehemännern und den perfekten Kindern, die in einem wohlhabenden Vorort von Connecticut wohnten. Ihre Schwestern ließen sich keine Gelegenheit entgehen, mit ihren äußerst hingebungsvollen Männern zu prahlen, die sie niemals betrügen würden.

„Ooh, du kommst niemals darauf, was Steven getan hat", sagte Emily und hob ihre Stimme, um wie ihre älteste Schwester, Claire, zu klingen. „Er hat mir nach der Arbeit Wein mitgebracht und mir dann die Füße massiert. Er wusste einfach, dass ich mit den Kindern einen anstrengenden Tag hatte." Sie verdrehte die Augen. „Das ist typisch Claire. Wahrscheinlich hat sie ihm eine Nachricht geschrieben und ihm gesagt, er solle das tun. Kein Mann ist so einfühlsam."

Jared hob eine Braue.

Sie hob einen Finger. „Und jetzt Sara: Tim bringt mir jeden Morgen Frühstück ans Bett. Dann macht er das Mittagessen und stellt alles in den Kühlschrank, damit ich mich mit dem Baby nicht auch noch darum kümmern muss." Sie schürzte die Lippen. „Und rate mal, was bei jedem Mittagessen dabei ist?"

Jared schnaubte. „Was?"

„Ein kleiner Liebesbrief. Sie sammelt sie alle in diesem Album, mit dem sie so gerne angibt."

Jared trank einen Schluck von seinem Wasser. „Du verstehst dich nicht so gut mit deinen Schwestern?"

Sie seufzte. „Eigentlich schon. Wir sind alle nur ein Jahr auseinander, aber ... Sie reiben mir ständig unter die Nase, dass ich diejenige bin, die auf ein hübsches Gesicht hereingefallen ist. Gutes Aussehen nützt einem nichts, sagen sie immer. Damit meinen sie ihn, aber auch mich. Sie nennen mich die Hübsche, Sara ist die Süße und Claire die Kluge." Sie seufzte. „Als wüsste ich nicht, dass gutes Aussehen nicht alles ist. Mein Leben war noch rosarot mit Glitter und Einhörnern."

Jared schaute hinter sie. „Das hast du zu früh gesagt. Ich habe gerade ein Einhorn gesehen."

Sie grinste. „Mit dir kann man sich so gut unterhalten. Du bist so unvoreingenommen."

Er breitete seine Hände aus. „Ich bin offen für alles."

„Nicht so offen. Du wolltest mich nichts trinken lassen."

„Du wärst vermutlich auf mir eingeschlafen, und dann hätte ich dich hier raustragen müssen." Er hob einen Mundwinkel. „Bitte. Erspar mir diese Blamage."

Sie lachte. „Möchtest du noch mit zu mir? Oder kann ich mit zu dir?"

Er schüttelte den Kopf, war plötzlich ganz ernst. „Ich halte das für keine gute Idee."

„Warum?" Sie nahm sich ihr Wasserglas und hob es bedrohlich. „Und wage es nicht, noch einmal diesen Namen zu nennen! Ich warne dich."

Er neigte den Kopf. „Du liebst jemanden, der mir sehr nahesteht."

Sie stellte ihr Glas ab. „Tue ich nicht. Nicht mehr."

„Komm schon. Liebe kann man nicht einfach so ausstellen wie einen Wasserhahn. Das habe ich bei meinen Brüdern gesehen. Wenn die sich erst mal verguckt haben–" er stieß einen Pfiff aus und machte eine Geste, als führen sie von einer Klippe herunter „– dann wars das. Sie sind verloren." Er starrte einen Moment lang auf den Tisch, seine Brauen konzentriert zusammengezogen, dann hob er seinen Kopf und starrte sie mit merkwürdigem Gesichtsausdruck an, beinahe, als wäre ihm gerade etwas eingefallen.

„Was ist?"

„Ist der Hahn bei dir für den ... Typen, den wir, ähm, beide kennen, zugedreht?"

„Bei mir ist das kein bisschen so. Ich liebe *diesen Typen* nicht, und ich liebe auch meinen Ex nicht mehr. Vielleicht habe ich noch nie die wahre Liebe kennengelernt." Sie spürte, wie sich ihr die Kehle zuschnürte. Das hier sollte doch nur ein lockeres tête-à-tête sein, doch langsam ging alles den Bach runter. Und jetzt konnte sie nur noch daran denken, dass sie noch nie die wahre Liebe gefunden hatte und sie wahrscheinlich auch niemals finden würde. Offensichtlich konnte sie das Wahre einfach nicht erkennen.

Jared meldete sich zu Wort. „Oder vielleicht hattest du die Liebe, aber–"

„Also ist es meine Schuld?", blaffte sie.

Er hob seine Hände. „Whoa, whoa, whoa. Das habe ich nicht gesagt. Du hattest einfach nur Pech mit deinem Ex."

„Und mit Angel?"

„Ich dachte, wir dürfen seinen Namen nicht aussprechen."

Sie sah ihn wütend an.

„Er ist ein großartiger Typ." Er tippte auf den Tisch. „Das ist einfach eine Tatsache." Er sah ihr in die Augen, etwas darin wirkte distanziert, dennoch hielt er ihn fest. Sein Blick erhitzte sich. Ihre Lippen teilten sich, und er wandte sich ab.

Sie verkniff sich ein frustriertes Ächzen. Sie würde niemals zu ihm durchdringen. Warum wollte sie ihn dann mehr denn je?

Er stand auf. „Ich muss los." Er warf etwas Geld auf den Tisch. „Den Pullover kannst du behalten", fügte er hinzu, dann verschwand er.

„Ich finde schon etwas anderes Aufregendes!", rief sie hinter ihm her. „Ich mache einfach diese Basejump-Sache!"

Er blieb stehen, schüttelte den Kopf und ging dann weiter.

Sie hob einen Finger in Richtung Kellner. „Margarita, bitte. Und zwar eine Richtige."

Nachdem sie die Idee einer aufregenden Bettgeschichte und eines Basejumps komplett aufgegeben hatte (offensichtlich würde weder das eine noch das andere passieren, Jared war unerreichbar, und sie war nicht verrückt genug, ohne einen erfahrenen Begleiter zu springen), kehrte Emily resigniert in ihr normales, sicheres Leben zurück, in dem sie sich auf ihre Arbeit konzentrierte, aufs Kochen und Lesen. Nach dem Mittagessen mit Jared war sie ins Book It gegangen, um sich ein heißes Buch als Ersatzaufregung auszusuchen, und hatte einen Flyer für einen Thanksgiving-Kochkurs beim Top-Koch des Ortes, Shane O'Hare, entdeckt. Der Kurs sollte schon am nächsten Tag losgehen. Sie wählte die Nummer und ergatterte den letzten verfügbaren Platz.

Am folgenden Nachmittag ging sie begeistert für ihren Kochkurs auf das weiße Herrenhaus zu. Das historische Gebäude mit weißer Schindelfassade war umwerfend. Es hatte auf beiden Seiten der zweistöckigen Portikusfassade weiße Säulen und eine umlaufende Veranda. Der eigentliche Name war Ludbury House, und es gehörte der Stadt Clover

Park. Oft fanden Veranstaltungen in dem wunderschönen Landschaftspark statt, das Haus selbst konnte für Hochzeiten gebucht werden und hin und wieder fand ein Wohltätigkeitsessen hier statt.

„Hallo?", rief sie. Das schöne Foyer mit seinem Kristalllüster und der eleganten Treppe war leer. Sie sah in einen ebenfalls leeren Empfangsraum hinein. Sie fühlte sich etwas unbehaglich, als sie so allein durch das Haus lief.

Eine junge Frau mit langen, gewellten rotblonden Haaren, blassblauen Augen und einem strahlenden Lächeln kam herbeigeeilt. Sie trug ein royalblaues, figurbetontes Kleid mit passenden Pumps. „Suchen Sie den Kochkurs?"

„Ja."

„Hier entlang, bitte!" Sie machte mit einer enthusiastischen Handbewegung auf den hohen Absätzen kehrt. Emily folgte ihr in den hinteren Bereich des Hauses zu einer großen Profiküche, in der nur ein Mann in Schürze stand.

„Das ist unser Lehrer, Mr O'Hare", sagte die Frau.

„Shane", korrigierte der Mann. Seine Wangen wurden genauso rot wie sein Haar.

Emily lächelte. „Ja, ich kenne Sie aus Ihrer Eisdiele." Jeder in der Stadt kannte Shane. Er war um die dreißig und verheiratet und hatte vier Kinder unter vier. Da gab's zu Hause sicher reichlich zu tun, dachte sie sich.

„Und auch das Something's Brewing Café", sagte die Frau. „Oh! Wo sind nur meine Manieren?" Sie streckte Emily ihre Hand entgegen und sie schüttelte sie. „Ich bin Hailey Adams. Die Hochzeitsplanerin für Ludbury House. Sind Sie Single?"

„Ähm … ja." Ihr war gar nicht klar gewesen, dass zu diesem Haus eine offizielle Hochzeitsplanerin gehörte.

Haileys blaue Augen funkelten vor Aufregung. „Da kann ich Ihnen behilflich sein!"

„Nein, das ist nicht–"

„Sitz, Mädchen!", sagte eine Frau lachend. Als Emily sich umdrehte, sah sie eine ältere Frau mit weißen, stachelig von ihrem Kopf abstehenden Haaren und einem Outfit, das für eine Frau weit über sechzig äußerst unpassend war – eine rosa Weste aus Kunstpelz, darunter ein bauchfreies rotes T-Shirt mit einem Herz darauf, auf dem Love stand. Ihr rosa Tutu war ebenfalls mit Herzen dekoriert. Sie trug eine weiße Strumpfhose und Mary Janes mit Leopardenmuster. „Du sollst hier Hochzeiten *planen*, nicht dafür sorgen, dass sie stattfinden."

„Jemand muss doch dafür sorgen, dass das Geschäft in Gang kommt", erwiderte Hailey völlig unbeirrt. „Oh! Ich glaube, ich höre noch einen Schüler." Sie eilte aus dem Raum.

„Hey, Gran", sagte Shane.

„Selber hey." Sie stellte sich auf Zehenspitzen, um Shane die Wange zu küssen. Dann ging sie zu Emily, nahm ihre Hand und schüttelte sie mit einem überraschend festen Griff. „Ich bin Maggie O'Hare. Habe diesem Jungen alles beigebracht, was ich weiß, deswegen bin ich hier, um ein paar meiner geheimen Weihnachtsrezepte zu verraten."

Emily lächelte. „Das klingt wundervoll. Ich bin Emily."

In dem Moment kamen zwei weitere Leute. Emily zuckte zusammen und war überrascht, Angel dort zu sehen. Er sprach mit einer hübschen jungen Frau mit schulterlangem, braunem Haar. Obwohl Angel die Frau nicht berührte, wirkte er irgendwie ... beschützend, wie er sie begleitete, sie in den Raum hineinführte.

„Shane", sagte Angel und zog ihn in eine brüderliche Umarmung, bei der er ihm auf den Rücken klopfte. „Schön, dich zu sehen. Ich bin gezwungenermaßen auf Julias Bitte hier."

„Angel", sagte Julia leise, und ihre Wangen waren leuchtend pink.

Angel drehte sich zu Julia um und grinste sein diabolisches Lächeln mit den Grübchen. Sie erwiderte das Lächeln, während er noch sagte: „Sie brauchte jemanden, der schlechter kocht als sie, damit es ihr nicht peinlich sein muss."

Julia tat so, als würde sie ihn erwürgen. Er streckte seine Zunge heraus und verdrehte die Augen, als hätte sie damit Erfolg gehabt.

Maggie stellte sich Angel und Julia vor, die während

Maggies freundlicher Begrüßung nicht lächelte. Und dann stellte Angel Julia Emily vor und ging zurück, um sich mit Shane zu unterhalten.

Julia schüttelte ihr die Hand, und ihr Griff fühlte sich schlaff an, obwohl sie gar nicht zerbrechlich wirkte. Sie waren gleich groß, immerhin eins siebzig. Aus der Nähe sah sie, dass ihre braunen Augen eine quälende Traurigkeit ausstrahlten. „Schön, dich kennenzulernen", murmelte Julia, und ihre Augen drifteten bereits von ihr fort zu Angel.

Er kehrte an Julias Seite zurück und flüsterte ihr etwas zu, bei dem sie sich zu entspannen schien.

Maggie rieb sich die Hände. „Okay, jetzt. Nehmt euch eure Schürzen." Sie deutete auf eine Reihe von Haken an der Wand, an denen mehrere weiße Schürzen hingen.

Emily ging, um sich eine zu holen. Angel kam ihr zuvor. Er nahm eine für Julia, dann für sich selbst. Die beiden gingen so unbeschwert miteinander um, dass Emily sich sicher war, dass das die Frau war, von der Angel gesagt hatte, dass er sie liebte. Er hatte den Namen Julia niemals erwähnt, doch seine Hingebung für sie war eindeutig. Und die Art, wie Julia darauf reagierte, wie sie nur unter seiner Aufmerksamkeit zu strahlen begann, ließ sie wie eine zarte Blume wirken, die Angels Pflege brauchte. Als sie das sah, war Emily froh, dass sie Angel hatte gehen lassen. Solange es Julia gab, hätte es keine Zukunft für sie gegeben.

Sie versammelten sich um den großen Edelstahlarbeitstisch mitten im Raum. Shane hatte ihnen gerade von den Beilagen erzählt, die sie zubereiten würden – die Maisbrotfarce seiner Großmutter, Rosenkohl mit Bacon-Dressing und Süßkartoffeln in Orangenbechern – als noch ein Schüler kam.

Emily lächelte. „Hi, Josh." Das war eine nette Überraschung. Sie hatte den freundlichen Barkeeper noch nie außerhalb des Garner's gesehen. Ein Stoppelbart überzog sein Kinn, als hätte er sich heute nicht rasiert, und sein dunkelbraunes Haar stand in die Höhe, als hätte er sich gerade erst aus dem Bett gewälzt. Das Aussehen passte wirklich auf sexy und sehr ansprechende Weise zu ihm. Sein schwarzes Shirt mit den langen Ärmeln hing locker über seiner zerrissenen Jeans.

Josh sah lächelnd in ihre Richtung. „Hey du, dieser Zwangskurs ist gerade um einiges besser geworden." Sie fragte sich, ob er sich überhaupt an ihren Namen erinnerte bei all den Frauen, die er in der Bar kennenlernte. Er kam zu ihr. „Mein Boss hat darauf bestanden, dass ich heute hierherkomme und ihm von den Rezepten fürs Restaurant berichte." Er senkte verschwörerisch die Stimme. „Ich habe den Kürzeren für den Sonntagnachmittagsdienst gezogen."

„Lügner", sagte Shane grinsend. „In Wirklichkeit stehst du heimlich auf Kochen."

Josh hob warnend einen Finger in Shanes Richtung, doch darauf musste er nur lachen. Drei Paare mittleren Alters gesellten sich noch zu ihnen, die von der enthusiastischen Hochzeitsplanerin Hailey hereingeführt wurden.

Hailey wackelte mit den Fingern in Joshs Richtung. „Emily ist Single", sang sie.

Emilys Wangen brannten.

„Ich auch", sang Josh zurück.

Hailey grinste. „Sieht so aus, als müsstet ihr beiden zusammenarbeiten." Sie bedeutete ihnen, sich näher nebeneinander zu stellen.

Josh trat vor und presste sich an Emilys Seite. „Meinst du so?"

Hailey strahlte und hob ihm den Daumen entgegen, dann drehte sie sich um und marschierte aus dem Raum, um das zu tun, was auch immer sie an einem Sonntagnachmittag im Ludbury House tat.

Josh drehte sich mit ansteckendem Lächeln zu Emily um. „Ist das für dich in Ordnung?"

Emily lachte und spürte, wie man sie anstarrte. Als sie sich umdrehte, erwischte sie Angel dabei, dass er sie beobachtete, doch dann wandte er rasch den Kopf ab.

„Tatsächlich müssen immer zwei zusammenarbeiten", sagte Shane. „Dann hat jeder einen Brenner und einen Mixer."

„Kein Problem", sagte Josh und stieß sie mit seiner Hüfte an. „Für uns ist das okay."

Angel und Julia hatten sich ja bereits zusammengetan. Alle anderen waren ohnehin als Paar gekommen.

Sie begannen mit der Maisbrotfarce, während Maggie Befehle bellte und bei jedem Paar nachsah und sie korrigierte, während sie sich im Raum umherbewegte. „Greif richtig kräftig rein in das Brot, Julia. Du musst keine Angst haben, es zu zerreißen."

Julia nickte und riss ein wenig fester an dem altbackenen Brot. Angel machte ein grimmiges Gesicht hinter Maggies Rücken, während er in sein Brotstück hineindrückte, woraufhin Julia sich auf die Lippe biss, um sich ein Lachen zu verkneifen.

„Kochst du wirklich gern?", fragte Emily Josh, während sie zusah, wie er sich ein Messer nahm und das Brot rasch in perfekte Würfel schnitt.

Er deutete auf den Haufen von Brotstücken, mit denen er kurzen Prozess gemacht hatte. „Was meinst du?"

„Hast du mal darüber nachgedacht, Koch zu werden?", fragte sie.

„Köche bekommen kein Trinkgeld", erwiderte er. „Und ich bekomme ganz ordentlich Trinkgeld als Barkeeper."

Das wusste sie, vor allem bei der Ladys Night. „Schon, aber bist du gerne Barkeeper?"

„Eines Tages werde ich mein eigenes Restaurant und meine eigene Bar haben", sagte er. „Das ganze Paket."

„Aufpassen, Kinder!", bellte Maggie wie der General, zu dem sie plötzlich mutiert war, als der Kurs erst einmal begonnen hatte. „Als nächstes sautieren wir das Gemüse. Shane hat es schon im Voraus geschnippelt, also holt euch euer Gemüse und ran an den Herd!"

„Sie macht mir Angst", flüsterte Josh Emily zu. Sie kicherte.

„Wenn du etwas zu sagen hast, kannst du es der ganzen Klasse sagen", sagte Maggie, die vor Josh aufgetaucht war und zu ihm aufsah. Der zierliche, toughe General.

„Entschuldigung, Ma'am."

Maggie kicherte. „Ich *joshe* dich nur." Sie stieß ihm den Ellbogen in die Rippen. „Obwohl ich erwarte, dass du mir nach dem Kurs einen Sex on The Beach gibst."

„Sie meint den Drink!", sagte Josh über das Gelächter des ganzen Kurses.

„Natürlich!", sagte Maggie. „Ich bin eine glücklich verheiratete Frau. Zurück an die Arbeit!"

Der Kurs machte Emily wirklich Spaß, so zwischen der witzigen Maggie und Josh, der die ganze Zeit mit ihr flirtete. Sie erwiderte das Flirten, machte sich aber keine Gedanken, dass er sie um ein Date bitten könnte. Sie wusste, dass das einfach seine Art war. Er flirtete mit ihr und jeder Frau, die ins Garner's kam. Sie würde niemals etwas mit ihm anfangen, denn damit würde sie für sich die Ladys Night in ihrer Lieblingsbar ruinieren. Vollkommen unangenehm.

Am Ende des Kurses lud Shane sie alle ein, sich für einen einmaligen Weihnachtsessenkurs in ein paar Wochen anzumelden, und bat sie, bei ihrer nächsten Feier an seinen Cateringservice zu denken. Emily schrieb ihren Namen auf das Anmeldeformular für den nächsten Kurs, wie es jeder andere tat. Es war wirklich ein lustiger, informativer Kurs gewesen.

„Werft eure schmutzigen Schürzen in den Korb an der Tür", wies Maggie über das allgemeine Gerede an.

Emily wollte schon zur Tür gehen, als das Band hinten an ihrer Schürze sich straffte. Sie sah über ihre Schulter. „Josh!"

Er hatte sie ihr geöffnet. „Was?", fragte er und schenkte ihr dieses ansteckende Lächeln, bei dem sich sein ganzes Gesicht erhellte. „Ich helfe doch nur. Hey, möchtest du vielleicht noch etwas trinken gehen? Geht auf mich."

„Klar, aber ich bezahle." Sie drehte sich zurück und stellte überrascht fest, dass Jared in der Tür stand und sie finster anstarrte.

„Ich gehe mit ihr was trinken", sagte Jared verkniffen.

Sie blinzelte. „Woher wusstest du–"

„Lass uns gehen", sagte Jared.

„Ich treffe euch dann da", sagte Josh zwinkernd. „Ich schulde jemandem Sex on the Beach."

Jared sah Josh finster an, nahm Emilys Hand und zog sie nach draußen.

„Warte", sagte sie atemlos, weil er so schnell ging und praktisch zum Ausgang sprintete, „ich brauche meine Jacke."

„Ich geh sie holen." Jared stapfte zurück in die Küche und kehrte einen Moment später wieder zurück. Er hielt sie ihr entgegen und half ihr hinein.

Das Garner's war nur wenige Blocks entfernt, deswegen ließ sie ihren Wagen stehen und ging mit Jared den Bürgersteig entlang. „Woher wusstest du, dass ich da war?", fragte sie.

„Angel hat mir geschrieben."

„Oh. Warum?"

Er blieb stehen und durchbohrte sie mit einem strengen Blick. „Was denkst du denn warum?"

„Ich habe keine Ahnung." *Sag bitte, weil du mit mir schlafen willst.*

Er neigte seinen Kopf zur Seite. „Weil jemand die brillante Idee hatte, dich und Josh zu verkuppeln." Er ging in dem halsbrecherischen Tempo weiter.

„Und das hat dich gestört?", fragte sie ein wenig aufgedreht.

„Ja."

„Warum?"

„Darum."

„Darum was?"

Er antwortete nicht, bis sie an der Tür zur Bar ankamen. „Wenn dir jemand Sex on the Beach gibt, dann ich."

Sie strahlte ihn an. „Okay!"

„Nach dir." Er öffnete die Tür und schob sie hinein. Die Bar war voll, denn viele sahen sich das Footballspiel der Patriots an. Jared fand einen leeren Barhocker und bedeutete ihr, sich dorthin zu setzen. Er sah sich in der Bar um, vermutlich suchte er nach Josh, doch er war noch nicht da.

Sie setzte sich, hocherfreut, dass die Ereignisse solch eine unerwartete Wendung genommen hatten. „Ich möchte eine richtige Margarita", informierte sie ihn. Wenn er schon den Höhlenmenschen markieren und sie von Josh wegzerren musste, dann würde er mit ihrer alkoholbedingten Flirtlust klarkommen müssen.

Er grinste, war jetzt erheblich weniger angespannt, da sie in der Bar waren und Josh nirgendwo zu sehen war. „Eine richtige Margarita, wie? Möchtest du wieder auf meinem Schoß sitzen?"

„Ich hätte nichts dagegen." Sie sprang vom Barhocker und bedeutete ihm, sich statt ihr dorthin zu setzen.

Das tat er, dann zog er sie auf seinen Schoß und legte von hinten seine Arme um sie. Er sprach mit leiser Stimme nahe an ihrem Ohr, wodurch eine Hitzewelle durch ihren ganzen Körper rauschte. „Ich halte dich nur fest, damit du nicht umfällst, wenn dein Drink dich dazu bringt einzuschlafen."

Sie lachte schnaubend. „Das war nur, weil ich seit Tagen nicht geschlafen hatte."

„M-hm. Sehr wahrscheinliche Geschichte."

Er gestikulierte der Bardame, einer Frau mit kurzen, feuerrot gefärbten Haaren, und bestellte für sich ein Bier und für sie eine Margarita. „Also, was hat es mit Josh auf sich?"

„Gar nichts", sagte sie.

„Angel hat gesagt, dass er sich an dich rangemacht hat."

Sie lachte. „Ich hatte ja keine Ahnung, dass Angel gleichzeitig als Spion fungiert." Sie drehte sich auf seinem Schoß zur Seite, um ihn anzusehen. „Warum interessiert dich das?"

Er tippte ihr auf die Nasenspitze. „Es interessiert mich eben. Eine so sensible Frau wie du. Du musst aufpassen, dass du nicht von einem Playboy überlistet wirst."

„Hmmm ..."

„Was hat das denn zu bedeuten?"

„Nichts. Ich summe bloß."

Er schmunzelte. „Ich war überrascht, Julia da zu sehen."

„Das ist die Frau, die Angel liebt, stimmt's?"

„Ja."

„Warum sind sie dann nicht zusammen?"

„Sie ist eine trauernde Witwe."

„Oh." Das erklärte tatsächlich einiges. Sie hatte die Traurigkeit in ihr gespürt. Wegen ihrer Arbeit auf der Krebsstation war sie demgegenüber vermutlich empfindsamer als die meisten anderen. Da sie jetzt Angels offensichtliche Hingabe für Julia gesehen hatte, musste sie sich fragen, warum Jared Angel überhaupt gedrängt hatte, wieder mit ihr zusammen zu kommen. „Warum hast du versucht, mich und Angel wieder zusammenzubringen?"

Er starrte auf den Tresen. „Ich habe versucht, das Richtige zu tun. Er saß einfach fest und war unglücklich, und es sah nicht so aus, als würde er jemals Fortschritte bei ihr machen. Ich bin mir immer noch nicht sicher, ob er das wird. Er hat es bereut ... er hat sich gefragt, ob es ein Fehler war, mit dir Schluss zu machen ..." Er sah ihr kurz in die Augen und drehte sich dann zurück zur Bar. „Wie dem auch sei, du hast gesagt, dass du ihn geliebt hast, und ich hatte das Gefühl, dir den Weg freimachen zu müssen."

Sie wollte gerade weiter nach Julia fragen und warum Angel bei ihr nicht weiterkam, doch in dem Moment kamen ihre Getränke.

Jared zahlte und hielt dann seine Bierflasche neben ihr Margaritaglas. „Auf den Schlaf", sagte er, „da ich mir sicher bin, dass dieser eine Drink dich umhauen wird."

„Klar, auf den Schlaf stoße ich immer gerne an", sagte sie lachend. Sie trank einen langen Schluck dieses köstlichen Getränks.

„Ich warte", sagte er und hielt immer noch seine Flasche in die Höhe. „Lass mich mit meinem Toast nicht hängen."

„Oh." Sie stieß mit ihrem Glas an. „Auf das Schlafen." Sie beobachtete, wie er einen Schluck von seinem Bier trank, dann fügte sie hinzu: „Miteinander."

Er verschluckte sich an seinem Bier. Sie lächelte und trank noch einen Schluck von ihrer Margarita.

Als er endlich aufhörte zu husten, stellte er sein Bier ab. „Bist du jetzt stolz auf dich? Du hättest mich beinahe getötet."

Sie grinste. „Habe ich nicht." Ihr Lächeln versiegte, als sie den heißen Blick in seinen Augen sah. Sie befeuchtete sich die Lippen.

„Möchtest du gehen?", fragte er heiser.

„Ja", sagte sie und war nicht gerade wenig erleichtert.

Endlich würde sie ihren Sex bekommen. Sie hatte die Hoffnung bereits aufgegeben. Sie sprang von seinem Schoß.

„Ich möchte nur ein bisschen Trinkgeld dalassen." Er zog seine Brieftasche hervor.

Sie trank einen letzten Schluck von ihrer Margarita, dann stellte sie sie zurück auf den Tresen und erstarrte, als ihr Blick auf das Fernsehgerät fiel, in dem gerade nicht das Spiel lief. Es zeigte die Nachrichten.

Und die Nachrichten waren sie.

Die Lautstärke war ausgedreht, doch das spielte keine Rolle, da war ihr ehemaliger Ehemann zu sehen, der ein Wahlkampfschild in seinen Erkennungsfarben Blau und Rot in die Höhe hielt. Nur dieses Mal stand da nicht der Wahlkampfslogan, sondern: *Emily Maguire, willst du mich noch einmal heiraten?*

Sie schwankte, und Galle stieg ihr in die Kehle. Wann würde das ein Ende haben? Die Presse würde sie niemals in Ruhe lassen, wenn Michael sie weiterhin so den Wölfen zum Fraß vorwarf.

Jared wedelte mit einer Hand vor ihrem Gesicht. „Em? Bereit, zu … Oh, Mist. Was zum …?"

8

———————

Emily schob sich durch die volle Bar und zur Damentoilette, wo sie sich übergab. Sie spülte, wusch sich die Hände und nahm sich ein Papiertuch. Sie hasste es, dass Michael ihr immer noch so an die Nieren ging. Als sie ihn in den Nachrichten gesehen hatte, er sie wieder ins Rampenlicht gezogen hatte, war alles zurückgekommen. Die schiere Demütigung wegen des Sexskandals, von dem sie sich nicht erholen zu können schien. Sie hatte nichts falsch gemacht, und doch hatte sie deswegen schlecht dagestanden. Und dass Jared das sah, machte es nur noch schlimmer. Er würde Mitleid mit ihr haben. Das war nicht gerade sexy.

„Emily?", rief Jared durch die Tür. „Geht es dir gut?"

„Gib mir eine Minute." Sie warf das Papiertuch weg.

„Okay."

Sie ließ das Wasser laufen, fing es mit ihrer Hand auf und spülte sich den Mund aus. Gott sei Dank war sie allein in der kleinen Toilette. Sie nahm einen tiefen, beruhigenden Atemzug. Das war es dann mit ihrem spaßigen Abend. Es war, als wollte das Universum einfach nicht, dass sie sich mal amüsierte. Sie sah in den Spiegel. Ihre Haut war blass, ihre Augen wässrig. „Reiß dich zusammen", sagte sie sich.

Sie setzte ihr fröhliches Gesicht auf, das sagte, *Ich amüsiere mich, und alles ist einfach nur prima,* dann öffnete sie die Tür.

Jared sah sie einmal an und zog sie dann in eine Umarmung. „Geht es dir gut?"

Sie gestattete sich, sich für einen kurzen Moment an seine warme Schulter zu lehnen, dann richtete sie sich auf. „Ich, ähm, fühle mich nicht so gut."

„Ich werde dich nach Hause bringen."

Sie riss sich los. „Nein, ich mach das schon. Mein Wagen steht nur wenige Blocks entfernt."

„Ich werde dich begleiten. Mein Wagen steht ja auch da."

Sie wusste, dass er ein Nein als Antwort nicht akzeptieren würde, deswegen ging sie einfach zum Ausgang. Jared nahm ihre Jacken und folgte ihr. Als sie nach draußen kamen, reichte er ihr ihre Jacke, doch sie hielt sie nur. Durch die beißende, kalte Luft fühlte sie sich etwas besser.

Sie machten sich auf den Weg zurück zum Parkplatz hinter Ludbury House. Nachdem sie ein paar Minuten geschwiegen hatten, meldete Jared sich zu Wort. „Also, was hat es mit dieser Sache mit deinem Ex auf sich?"

„Nichts."

„Er will dich zurück."

Sie sagte nichts. Wen interessierte es schon, dass Michael sie zurückwollte? Sie würde niemals zu ihm zurückgehen.

„Willst du ihn auch zurück?"

„Frag mich das nicht", blaffte sie. Ganz ehrlich, Jared wusste, wie grässlich sich Michael ihr gegenüber benommen hatte. Wie konnte er auch nur eine Minute glauben, dass sie darüber nachdachte?

„Soll ich ihm sagen, dass er sich verziehen soll?", fragte er.

Sie seufzte. „Nein."

Er versuchte, ihre Hand zu halten, doch sie war damit beschäftigt, ihre Jacke anzuziehen, dann schob sie ihre Hände in die Taschen. Sie war nicht in der Stimmung, zu flirten oder irgendetwas zu tun, das auch nur annähernd an Lust heranreichte. Sie fühlte sich schon wieder überall schmutzig. Beschmiert mit Michaels Schmutz.

Als sie zum Parkplatz kamen, blieb Jared stehen und musterte sie einen Moment. „Möchtest du, dass ich mit zu dir komme? Irgendwer hat mir mal gesagt, dass man sich gut mit mir unterhalten könne."

Das hatte sie beim Mittagessen zu ihm gesagt, doch jetzt wollte sie sich nur in ihrer gemütlichen Wohnung verkriechen. Sie schüttelte den Kopf.

„Em, ich mache mir ein wenig Sorgen um dich. Du wirkst erschüttert."

„Du musst kein Mitleid mit mir haben", sagte sie. „Es ist vorbei." Doch natürlich war es nie vorbei. Michael würde das nicht zulassen.

Er zog sich zurück. „Ja. Okay. Nun dann, gute Nacht." Und damit marschierte er zu seinem Truck und fuhr davon.

Sie starrte ihm hinterher, und plötzlich wurde ihr klar, dass er das vielleicht falsch verstanden hatte. Sie hatte Michael gemeint. Nicht, dass es mit ihm vorbei war. Ach, was machte das schon? Ihr Abend war ohnehin ruiniert.

Sie fuhr nach Hause und fluchte den ganzen Weg über Michael. Als sie auf den ihr zugewiesenen Parkplatzbereich zufuhr, sah sie dort jemanden stehen, der ganz so aussah wie Michael, mit Rosen und einem Kamerateam. Der Van eines Nachrichtensenders stand in der Nähe. Sie trat auf die Bremse, wendete und fuhr mit rasendem Herzen schnell zu einem anderen Parkplatzbereich, um die Ecke des Gebäudes.

Verdammt sollte er sein. Er brachte die Aasgeier an ihre Haustür. Er würde ihr vermutlich auch da einen Antrag machen wollen.

Sie war so wütend, dass sie zitternd ihr Handy aus der Handtasche zog. Sie wählte die Nummer, die noch auf ihrem Handy war, weil er sie angerufen hatte.

Er meldete sich mit freundlichem Tonfall. „Hallo, Emily, wo bist du?"

„Die Antwort lautet nein", sagte sie. „Und wenn du meinen Apartmentkomplex nicht auf der Stelle verlässt, werde ich die Polizei rufen."

„Bist du hier? Ich stehe auf öffentlichem Grund."

Sie schloss die Augen, versuchte nachzudenken. Wie konnte sie ihn am schnellsten loswerden? „Michael, ich schwöre bei Gott, ich werde eine einstweilige Verfügung gegen dich erwirken, und die wird öffentlich bekannt werden. Möchtest du, dass jeder erfährt, dass du ein irrer Stalker bist? Denn ich werde dafür sorgen, dass sie genau das von dir denken werden."

„Na schön, ich gehe. *Für den Moment.*"

„Für immer!", schrie sie ins Handy, doch er hatte das Gespräch bereits beendet.

Sie wendete erneut, damit sie sehen konnte, wann Michael und der Nachrichtenvan verschwanden. Endlich, eine gute halbe Stunde später zogen sie ab.

Sie fuhr auf ihren Parkplatz und schaffte es noch, ihr Apartment zu betreten, bevor sie in Tränen ausbrach. Und dann war sie plötzlich wütend, weil er ihr noch so an die Nieren ging, besonders, nachdem sie heute tatsächlich begonnen hatte, etwas Spaß zu haben. Sie nahm sich das gerahmte Bild vom Beistelltisch, von dem ihre Familie sie beim letzten Weihnachtsfest mit ihren perfekten Schwestern mit ihren perfekten Ehemännern anlächelten, und warf es gegen die Wand.

Das Glas zersplitterte.

„Verdammter Perversling!", schrie sie, dann sank sie zu Boden, rollte sich zusammen und schlang ihre Arme um ihre Knie. Sie würde niemals frei von ihm sein.

Jared bediente sich mit einem Stück Kürbiskuchen an der Kücheninsel in der großen Gourmetküche seines Bruders Gabe. Es war Thanksgiving, und er staunte darüber, wie ihre bereits große Familie gewachsen war. An den Esszimmertisch passten zwölf von ihnen, und sie hatten das Wohnzimmer für einen weiteren langen Tisch freigeräumt. Nicht nur waren bereits vier seiner fünf Brüder verheiratet, sondern sie hatten auch noch ein paar Familienmitglieder ihrer Frauen mitgebracht. Beim Abendessen hatte die Wand zwischen dem Wohnzimmer und dem Esszimmer sie getrennt, doch der Nachtisch war als Buffet in der Küche aufgebaut.

Angel tauchte an seiner Seite auf und nahm sich ebenfalls ein Stück Kürbiskuchen. „Wie geht es Emily?"

„Gut." Er schob sich ein großes Stück Kuchen in den Mund, denn er wollte nicht über die Frau sprechen, auf die sie beide Lust hatten. Sie hatte ihm gesagt, dass es vorbei war, also war das bisschen Flirten, das sie beide miteinander geteilt hatten, vorüber. Und als er ihre Reaktion darauf gesehen hatte, dass ihr Ex ihr in den Nachrichten einen Antrag machte, war ihm klar gewesen, dass sie immer noch unter der Hölle litt, in die ihr Ex sie gezogen hatte.

„Wie ist es nach dem Kurs gelaufen?", fragte Angel und fügte noch einen großen Klecks Schlagsahne auf seinen Kuchen.

„Wie ist es denn für dich und Julia nach dem Kurs gelaufen?"

„Fick dich."

„Streiten sie sich schon wieder?", fragte sein klugscheißerischer älterer Bruder Luke. Er war auf Geld fixiert, arbeitete in der Vermögensverwaltung, und vermutlich wollte er eine weitere Wettrunde.

Ein leises Murmeln erhob sich unter den Brüdern, dann erstarb die Unterhaltung, als alle sich umdrehten, um zu beobachten, was zwischen Jared und Angel geschah.

„Hier gibt es nichts zu sehen, Leute", verkündete Jared. „Stopft euch lieber weiter Essen ins Gesicht." Er nahm noch eine Gabel vom Kuchen, und Angel machte dasselbe.

Die Unterhaltung ging weiter.

„Julia und ich sind nur Freunde", sagte Angel mit leiser Stimme.

„Emily und ich auch."

Angel hob seine Brauen. „Aber warum? Findest du sie nicht sexy?" Er rammte ihm den Ellbogen in die Magengegend.

Jared reagierte gereizt. „Ihr Ex hat ihr in den Nachrichten einen Antrag gemacht, dann ist sie zur Toilette gerannt. Ich vermute, dass sie sich übergeben hat, denn danach war sie blass und zittrig."

Angels braune Augen wurden ganz groß. „Wirklich? Das

habe ich nicht mitbekommen. Was für ein Arschloch." Er schüttelte den Kopf. „Er sollte sie, verdammt noch mal, in Ruhe lassen."

Jared grunzte.

Angel machte sich an seinen Kuchen, und einen Moment später fügte er hinzu: „Trotzdem, das heißt nicht, dass du nicht mit ihr zusammen sein kannst."

„Sie will das nicht. Sie–"

Ding. Ding. Ding.

Nico stieß mit einem Löffel gegen ein Glas, um jedermanns Aufmerksamkeit zu bekommen. Im Raum wurde es still. Nico legte einen Arm um die Schultern seiner Frau Lily und zog sie an sich. Er strahlte. „Wir haben euch etwas mitzuteilen."

„Ich bin schwanger!", rief Lily.

„Herzlichen Glückwunsch!", rief ihre Mom und eilte zu Lily, um sie zu umarmen.

„Auf euch!", sagte ihr Stiefvater und hob sein Glas. Jeder hob sein Glas mit einem Chor aus Jubel und Gratulationen.

„Die Spencer-Dynastie lebt weiter!", sagte Lilys Dad. Er war ein extrem wohlhabender, extrem beeindruckender Mann in einem Tweedblazer.

„Marino-Dynastie", korrigierte Nico. „Komm her und gib deinem Enkel deinen Spencer-Segen."

Lilys Dad bahnte sich seinen Weg zu Lily und stand dann einfach da, wirkte unsicher, was er sagen sollte.

Lily umarmte ihn. „Danke, Dad."

„Danke", sagte er mit belegter Stimme, dann schüttelte er Nico förmlich die Hand, bevor er sich zurückzog.

„Wie weit bist du?", rief Vince.

Lily lachte. „Neun Wochen. Ich bin seit unseren Flitterwochen schwanger, aber wir wollten nicht sofort etwas sagen. Wir wollten, dass du und Sophia die Aufmerksamkeit genießt."

„Neun Wochen?", fragte Sophia. „Keine Morgenübelkeit?"

„Nein!", sagte Lily lächelnd. „Ich fühle mich großartig. Ich schätze, ich habe einfach nur Glück."

Sophias Blick hätte sie töten können, worauf Lily rasch

hinzufügte: „Ich bin mir sicher, dass ich das alles beim zweiten Mal bekommen werde."

Sophia schürzte die Lippen. „Da bin ich mir auch sicher." Die arme Sophia konnte bei ihrem Fest nur kleine Brotstückchen essen. Lily hatte sich alles auf ihren Teller gehäuft.

Alle versammelten sich eng um Lily und klopften Nico auf den Rücken und gratulierten ihm. Jared empfand einen merkwürdigen leeren Schmerz, während seine Familie sich freute. Seine Brüder gründeten ihre eigenen Familien. Sein Leben stand still.

Er drehte sich zu Angel um, der zu Boden starrte und einen schmerzhaften Gesichtsausdruck hatte.

„Geht es dir gut?", fragte Jared.

Angels Kopf zuckte hoch, und er zwang sich, ein Lächeln aufzusetzen, das Jared keine Sekunde lang täuschte. „Ja. Großartige Neuigkeiten, wie?"

„Ja." Angels Leben stand nicht nur still, es war festgefahren. Er wusste nicht, was er Gutes für Angel tun konnte. Einerseits war es unwahrscheinlich, dass sein Liebeshahn für Julia sich schließen würde. Das war ihm vor Kurzem klar geworden. Seine Brüder verliebten sich, und sie verliebten sich heftig. Falls diese Liebe niemals erwidert werden würde, sollte Angel da nicht wenigstens versuchen, jemanden zu finden, der ihn auch liebte? Gab es da draußen wirklich nur einen Menschen für Angel?

Und dann traf es ihn. Was, wenn es auch für Jared da draußen nur einen Menschen gab? Was, wenn dieser eine Mensch Emily war? Er wollte sie mehr, als er jemals jemanden gewollt hatte. Das verschwand nicht einfach. Wenn überhaupt wurde es schlimmer. Er konnte nicht aufhören, an sie zu denken. Doch sie hatte gesagt, dass es vorbei war. Sie hatte einen Ex, der ihr wieder einen Antrag gemacht hatte. Nicht, dass sie ihren Ex zurückwollte, aber er hatte langsam das Gefühl, dass sie nichts anderes wollte als nur ein wenig Spaß, bei all ihrer Belastung. Es fühlte sich wie Karma an, dieser Rollentausch, wo er plötzlich der Empfänger einer nur oberflächlichen Begegnung war. Er war sich nicht sicher, wie er bei ihr weiterkommen sollte, war sich nicht sicher, ob das überhaupt eine Option war.

Scheinbar war sowohl seine als auch Angels Situation festgefahren.

~

Zwei Tage später tauchte Jared für seine Samstagmorgenpflicht als Captain Huddle auf und hatte keinen klaren Plan, außer, dass er weiterkommen wollte. Er wollte Emily wissen lassen, dass er interessiert war, doch er wollte nicht sofort ins Schlafzimmer stürzen. Sie bedeutete ihm mehr als das. Ja, das war es, was er tun würde. Er klopfte sich im Geist auf den Rücken für diese brillante Idee. Er war auf der Suche nach mehr als nur etwas Spaß, und falls sie das durch irgendeinen verrückten Zufall auch war (trotz seines Bauchgefühls, dass das Gegenteil der Fall war), vielleicht hätten sie dann etwas … wirklich Gutes.

Wahnvorstellungen, mehr hatte er nicht mehr in seinem jämmerlichen Arsenal.

„Hi, Jared", sagte Emily mit einem breiten Lächeln, als sie ihm die Geschenketüte reichte.

Er war erleichtert, dass sie wieder glücklich aussah. „Hey. Wie geht es dir nach, du weißt schon, dieser Sache mit–"

„Mir geht es gut. Ich habe mich um das Problem gekümmert." Sie strahlte. „Und ich bin bereit für Aufregung und Spaß."

Er musterte sie einen Moment, war sich nicht sicher, was das bedeutete. Einfach nur eine allgemeine Aussage? Sie gab ihm überhaupt kein Signal, das er hätte lesen können. „Ach ja?"

„Ja."

„Wobei zum Beispiel?"

Sie legte eine Hand an seinen Arm, und seine Hoffnung wuchs zusammen mit einem wichtigen Körperteil, als sie sich auf Zehenspitzen stellte, um zu flüstern: „Ich werde einen Basejump machen."

Er verzog das Gesicht. Sie ärgerte ihn absichtlich mit

diesem Scheiß. Er schob sich die Augenmaske hoch, um sie wütend anzustarren. „Ich habe dir doch schon gesagt, dass du das nicht tun wirst."

Sie hob eine Schulter. „Ich kann, wenn ich will."

Er knirschte mit den Zähnen und schob sich wütend die Augenmaske zurück. „Nach deiner Schicht gehen wir in die Mall."

„Tun wir das?"

„Ja. Du kannst da einen Bungeejump machen." Die Eastman Mall hatte vor Kurzem ein Bungee-Trampolin aufgestellt. Man konnte bis zum zweiten Geschoss hochspringen, während man sicher in einem Brustgeschirr an zahlreiche Bungeeseile gebunden war. Das war aufregend und machte Spaß.

Ein Lächeln breitete sich auf ihrem Gesicht aus. „Toll!"

Er grunzte. Sie lächelte noch etwas mehr und zwirbelte eine lange Locke ihres glänzend braunen Haares.

Er drehte sich um und ging mit einem unerwarteten Lächeln im Gesicht zu Chris' Zimmer.

Vier Stunden später, auf der Fahrt zur Mall, lächelte Jared immer noch, weil Emily ganz aufgeregt wegen ihres ersten Bungeejumps vor sich hinplapperte. Sie hatte sich ihren Kittel aus- und einen Pullover und eine Jeans angezogen, die ihre Sanduhrfigur mit der schmalen Taille und den kurvigen Hüften betonte. Sie hatte Parfum mit einem Hauch Zimt und Vanille aufgetragen, bei dessen Duft er sie am liebsten überall abgeleckt hätte. *Sitz, Junge.*

Er parkte den Truck und betrachtete ihre funkelnden braunen Augen und die geröteten Wangen mit amüsiertem Lächeln. „Bereit?", fragte er.

„Auf geht's!" Sie sprang aus seinem Truck, und er ging voran in den Flügel der Mall, wo sie das Bungee-Trampolin aufgebaut hatten. Ein Kind flog gerade darauf durch die Luft, sprang hoch und machte Überschläge. Es sah aus, als machte es richtig Spaß. Und es war sehr sicher mit den zahlreichen Bungeeseilen, dem Brustgeschirr und diesem riesigen Trampolin, auf dem man landete. Ihm hatte noch nie so viel an der Sicherheit gelegen, bis er Emily kennengelernt hatte. Er hoffte, dass er kein Langweiler wurde. Nein. Er war immer noch ein risikofreudiger Adrenalinjunkie. Aber jemand musste doch auf Emily aufpassen, das war alles. Die Frau war auf der Jagd nach Aufregung. Er war einfach nur zufällig derjenige, der in der Nähe war.

„Du als nächste", sagte er und half ihr aus der Jacke.

Sie runzelte die Stirn. „Das ist kein Bungeejump. Das ist ein Trampolin." Sie zeigte vorwurfsvoll darauf. „Da ist ein Kind drauf. Das kann nicht älter als acht Jahre sein!"

„Was dachtest du denn, dass ich dich vom Dach der Mall springen lasse?"

Sie verschränkte die Arme. „Du hast gesagt, dass es aufregend ist. Das hier ist für Kinder."

„Erwachsene können das auch machen. Außerdem, sieh dir mal an, wie hoch man springen kann. Das ist kein gewöhnliches Trampolin. Das ist superstark."

Sie betrachtete das Trampolin skeptisch. „Gehst du auch darauf?"

„Nein. Ich brauche nicht noch mehr Aufregung." Seine ganze Energie ging dafür drauf, dass er seine Lust für sie in Zaum halten musste.

„Was für Aufregung bekommst du denn gerade?"

„Reichlich." *Nicht wirklich.*

Sie schürzte ihre Lippen zu einem sexy Schmollmund.

Er verkniff sich ein Stöhnen. „Mach das nicht."

„Was denn?", fragte sie, und ihre braunen Augen funkelten listig.

„Stell dich an, Missy", sagte er. „Du bist als nächste dran."

Sie schlenderte zum Eingang der Anlage, wackelte mit ihren Hüften. Sie blieb stehen und sah ihn über ihre Schulter mit einem Lächeln an. Er schüttelte den Kopf. Sie wusste, was sie ihm antat. Diese Sich-kennenlernen-Sache ohne die Sich-anfassen-Sache kostete Selbstbeherrschung bis zum Extremsportlevel.

Es wartete sonst niemand, also zog Emily ein paar Minuten später ihre Turnschuhe aus und wurde festgezurrt. Sie begann mit einem kleinen Sprung, der sie fast nirgendwohin beförderte.

„Höher!", schrie er. „Drück dich richtig ab."

Das tat sie. „Ah!", kreischte sie, als sie wirklich hochflog, fast bis zum zweiten Stockwerk.

Er grinste. „Mehr. Jetzt einen Überschlag!"

Sie hob die Arme, während sie sprang. „Ich weiß nicht, wie man einen Überschlag macht!", schrie sie zurück.

„Versuch es!"

Sie sprang noch etwas länger, kam immer höher, quietschte und lachte. Es sah aus, als machte es eine Menge Spaß. Dann duckte sie sich und schaffte einen Überschlag, bevor sie landete. „Ich habe es geschafft!", schrie sie und sprang weiter.

Der Betreiber sagte ihr, dass ihre Zeit um war, und zog sie mit den Bungeeseilen wieder herunter. Sie zog das Geschirr aus und warf sich unerwartet in Jareds Arme, was ihn ein paar Schritte zurückstolpern ließ.

Sie lächelte zu ihm auf, errötet und glücklich. „Das hat so viel Spaß gemacht! Meinst du, das war genauso aufregend wie Basejumping?"

Seine Lippen zuckten. „Aufregender."

Sie sah auf seinen Mund und ihm dann in die Augen. Er unterdrückte ein Stöhnen und trat aus ihrer Umarmung. Er konnte es nicht langsam angehen, wenn sie sich ihm weiter so an den Hals warf. „Lass uns was zum Mittagessen im Food Court holen."

Das hier wäre das absolut letzte Mal, dass er allein mit ihr war, versprach er sich, als sie für die Pizza anstanden. Er konnte nur bis zu einem gewissen Grad mit Versuchung umgehen. Er würde eine Weile nur noch schreiben und mit ihr telefonieren, damit sie einander besser kennenlernten. Wenn er der Lust nachgab, wäre sie zur Tür hinaus, bevor er überhaupt über diesen Gefühlskram hatte reden können. Vielleicht sollte er Mr Gefühle-Ausdiskutierer bitten, ihm ein Skript zu verfassen, an das er sich halten konnte. Nein, das war zu abgedreht, wenn man bedachte, was Angel und Emily für eine Vergangenheit hatten.

Gott sei Dank wollte er am nächsten Wochenende mit Angel zum Skifahren nach Vermont. Sie fuhren jedes Jahr am ersten Dezemberwochenende. Sie beide liebten das Tempo auf den schwarzen Pisten. Vielleicht fiel ihm auf der langen Fahrt etwas ein, wie er von ihm einen Rat bekommen konnte, ohne sofort mit der Sprache herausrücken und gestehen zu müssen, dass er Hilfe bei einer Frau brauchte. Die hypothetische Situation eines Freundes. Ja, das konnte funktionieren.

Sie setzten sich mit ihren Salamipizzastücken und Wasserflaschen an einen Tisch im Food Court. Sie machten sich über ihr Essen her und aßen in freundschaftlicher Stille. Die Lautsprecher der Mall plärrten bereits Weihnachtslieder. Das fröhliche „*Feliz Navidad*" gab ihrem Mittagessendate eine festliche Note. War das ein Date? Er hatte sie nicht wirklich darum gebeten. Hatte ihr mehr gesagt, dass sie das jetzt tun würden. Sein Kopf begann zu schmerzen. Es war verdammt schwierig, Dinge auf die nächste Ebene zu befördern, wenn sie noch ihre Klamotten anhatten.

Emily trank einen Schluck von ihrem Wasser. „Als nächstes sollten wir Fallschirmspringen gehen."

Er versteifte sich. Sie sollte nicht so etwas Gefährliches tun, wenn er involviert war. Er ignorierte die Tatsache, dass er schon bei zahlreichen Gelegenheiten selbst mit dem Fallschirm gesprungen war. Genau das war ja auch der Grund, weswegen er Blisterfolie brauchte, in die er sie einpacken konnte. Sie war versessen auf Abenteuer, und er konnte den Gedanken nicht ertragen, dass sie irgendwie verletzt werden könnte. „Du bist noch nicht bereit."

„Natürlich bin ich das! Ich habe Bungeejumping gemacht."

„Das war ein Trampolin."

Sie schlug ihm auf den Arm. „Ich habe dir gesagt, dass das kein richtiges Bungeejumping ist."

„Weißt du, was wirklich aufregend ist? Porno."

„Okay, machen wir das."

„Das war ein Scherz!"

Sie beugte sich vor und setzte ihr verführerisches Lächeln auf. „Du bringst mich dazu, extreme Maßnahmen zu ergreifen."

Er lehnte sich zurück. „Ich bringe dich zu gar nichts!"

Sie senkte ihre Stimme. „Weißt du eigentlich, wie lange es her ist, dass ich Sex hatte?"

„Ja. Das hast du mir erzählt, als du auf meinem Sofa umgekippt bist. Ich habe dich ausgefragt, und du hast all deine Geheimnisse ausgeplaudert."

„Habe ich nicht!" Sie unterbrach sich, ihre Brauen senkten sich. „Moment mal, habe ich?"

Er schmunzelte. „Ich weiß auch, wann du das letzte Mal deine Matratze gewendet hast, dass du fällig bist für eine Untersuchung, und ich kenne deine Lieblingszahnpasta." Nicht wirklich, aber es machte Spaß, sie zu ärgern.

„Ha! Wann war das letzte Mal, dass du Sex hattest?"

Er wandte sich wieder seiner Pizza zu. Er war, seitdem er sie kennengelernt hatte, mit niemandem mehr zusammen gewesen. Diese Tatsache war zu peinlich, um sie zuzugeben. Sie würde denken, dass er sich für sie verzehrte. Was er ja auch tat.

„Und?", drängte sie.

„Iss deine Pizza."

Sie grinste und biss in ihre Pizza. Nachdem sie gekaut hatte, sagte sie: „Dr Rein-raus-und-weg ist prüde! Das hätte ich nie gedacht."

Er legte seine Pizza ab. „Das reicht."

Sie wackelte mit den Fingern in seine Richtung. „Oh, was willst du jetzt tun? Mir zum Abschied winken? Das machst du nämlich. Du läufst davon und versteckst dich, du Adonis."

Er schnaubte. „Ich kann mich nicht entscheiden, ob ich wütend auf dich bin oder gleich lachen muss."

Sie beugte sich über den Tisch. „Küss mich."

„Em—"

Sie packte ihn am Kragen, zog ihn an sich und küsste ihn. Er reagierte, ohne nachzudenken, schob seine Hand in ihr seidiges Haar und vertiefte den Kuss. Sie schmeckte ein wenig würzig nach Pizza und nach süchtig machender Emily. Er musste ihr näherkommen, musste spüren, wie mehr von ihr an ihn gepresst war. Jemand schrie: „Wohoo! Weiter so, Kumpel!" Er löste sich von ihr.

Sie machten sich wieder an ihr Essen. Ihre Lippen verzogen sich zu einem kleinen, grinsend triumphalen Lächeln. Er war hin- und hergerissen, ob er die Flucht ergreifen oder sie für mehr packen sollte. *Nun komm mal wieder runter.*

„Bist du fertig?", fragte er, nachdem sie beide ihr Stück gegessen hatten. Er stand mit seinem Tablett auf.

„Ja", sagte sie.

Sie warfen den Müll weg und gingen schweigend zum Ausgang. Sein einziger Gedanke war, dass er sie nach Hause und von sich fortbringen musste. Man konnte von einem Mann, der voller Zuneigung/Lust war, nicht verlangen, dass er die Finger von ihr ließ.

Er blieb an der Beifahrerseite seines Trucks stehen, schloss auf und öffnete die Tür für sie. Sie warf ihre Arme um seinen Hals und küsste ihn erneut. Er konnte nicht anders. Er tauchte in die süße Unvernunft. Sie schmeckte umwerfend, sie roch umwerfend, sie fühlte sich umwerfend an. Er verlor die Kontrolle. Der Kuss wurde heiß und schnell leidenschaftlich, mitten auf dem Parkplatz der Mall. Er löste sich als erster von ihr, lehnte seine Stirn gegen ihre, keuchte und versuchte, sich wieder unter Kontrolle zu bekommen. „Emily, ich bin–"

Sie legte ihre Finger auf seine Lippen. „Schh, sag nichts. Lass es einfach zu."

Wieder prallten sie aufeinander.

„Komm mit zu mir", sagte sie an seinem Mund und küsste ihn erneut. „Bitte."

„Ja, okay."

Sie strahlte. „Okay!"

Er fuhr sie zu ihrem Apartment in Clover Park zurück, doch als sie dort ankamen, hatte er Zweifel. Was, wenn sie meinte, dass es reichte, einmal Spaß zu haben? Was, wenn er derjenige wäre, der verlassen wurde? Er hatte sich noch keinen Schlachtplan überlegt, und er konnte es sich nicht leisten, das hier zu vermasseln.

Er begleitete sie zu ihrer Tür und drückte ihr einen keuschen Kuss auf die Stirn. „Bye, Emily."

„Bye! Nach all den Küssen?" Sie stemmte ihre Hände in

die Hüfte. „Komm schon!"

Er trat zurück. „Entschuldige. Es ist nur–"

Sie hob ihre Hand. „Weißt du was? Schön! Offensichtlich wird es niemals passieren!"

„Weswegen bist du denn so wütend? Ich versuche doch nur ein guter Typ zu sein."

Sie warf nun beide Hände in die Luft. „Ich fasse es nicht, dass ich den einen Playboy abbekommen habe, der nicht spielen will!"

„Tut mir leid, dass ich dich enttäusche!", blaffte er, als zu viel Emotion und Lust sich miteinander verknoteten und ihn verwirrten. „Du könntest auch aufhören, mir *zufällig* in der Cafeteria über den Weg zu laufen."

„Ich bin dir schon seit einer Woche nicht mehr in der Cafeteria über den Weg gelaufen! Argh!" Sie ging hinein und knallte die Tür zu.

Am liebsten hätte er auf etwas eingetreten, und zugleich wollte er in ihr Apartment und zu Ende bringen, was sie angefangen hatten. Sie trieb ihn noch in den Wahnsinn.

Er fuhr geradewegs zu Angels Haus. Er war der einzige, der ihm in dieser bizarren Situation helfen konnte. Angel verdiente mit solchen Sachen seinen Lebensunterhalt, entwirrte Emotionen und verarbeitete sie zu einem Plan. Er war sich schwach dessen bewusst, dass er wieder die Frau, auf die sie beide Lust hatten, zwischen sie brachte, und es war falsch, Angel das unter die Nase zu reiben, wenn man bedachte, dass seine Situation mit Julia so verfahren war, und dass Emily ihn mal geliebt hatte, doch Jared brauchte nichts anderes als einen Schlachtplan. Er konnte so nicht leben, wenn er nicht wusste, was zu tun war, und gegen seine lüsternen Instinkte ankämpfen musste.

„Was ist denn los?", fragte Angel, als er die Tür öffnete. „Du siehst völlig wirr aus."

Er trat ein. „Ich fühle mich auch wirr. Ich habe Emily geküsst, in Ordnung? Mehr als einmal." Er schob beide Hände in sein Haar. „Ich habe es vermasselt."

„Wie hast du es vermasselt?"

Jared suchte nach Worten, um es zu erklären. Er mochte

sie sehr. Er hatte Lust auf sie. Er wollte nicht derjenige sein, der verlassen wurde.

„Hast du mit ihr geschlafen?", fragte Angel.

Jared schwieg, weil er es fast getan hätte.

„Du hast meinen Segen", sagte Angel wie ein Priester. *Verdammt.*

„Ich brauche deinen Segen nicht!" Er versetzte Angel eine Stoß, und Angel stieß zurück. „Weißt du, ich bin diese ganze heilige Scheiße, die du am Laufen hast, leid! Du sagst, du bist kein Heiliger, aber du verhältst dich so, gibst anderen Leuten deinen Segen, dass sie mit der Frau schlafen dürfen, die sich in dich verliebt hat." Er hob eine Hand, um Angel eine zu knallen, doch sein Bruder bewegte sich schnell und blockte ihn.

„Hey, komm mal wieder runter", blaffte Angel.

„Hör auf, ein verdammter Heiliger zu sein."

Angel schüttelte den Kopf. „Sie gehört ganz dir, Dr Bozo."

Sein Magen brodelte. Er wünschte sich, er hätte niemals erfahren, dass Emily mal in Angel verliebt gewesen war. Nach ihrer Geschichte in Liebesdingen wollte sie einfach nur Spaß. Er wusste nicht, wie er die Dinge dort hinbringen sollte, wo er sie haben wollte, und das pisste ihn an, denn Angel kannte das Geheimnis, wie man Emily dorthin brachte, und er nicht.

„Möchtest du reden?", fragte Angel.

„Was hast du ... wie hast du ..." Er fuhr mit einer Hand durch sein Haar. „Ach ist egal. Das ist dumm."

„Gib ihr eine Chance." Angel stupste seinen Arm etwas fester als üblich an. Jared rieb sich die Stelle. „Wovor hast du Angst?"

Er begann, im Wohnzimmer auf und ab zu gehen. „Nichts. Ich habe vor nichts Angst. Und nichts wird passieren."

„Aber es ist doch bereits etwas passiert. Du hast sie mehr als einmal geküsst."

Jared hörte mit dem Herumlaufen auf und sah Angel finster an. „Halt die Klappe, du Idiot. Du hast ja keine Ahnung, wogegen ich hier ankämpfe."

„Du drehst ein wenig durch, weil du wirklich etwas für

sie empfindest." Angel hob seine Brauen. „Vielleicht geht es etwas tiefer als deine gewöhnlichen Bettgeschichten."

Er konnte sich nicht überwinden, es laut auszusprechen. Diesen Gedanken, der sich in seinem Kopf drehte. Was, wenn Emily nur einmal mit ihm zusammen sein wollte? Oder noch schlimmer, was, wenn Jared ihr am Ende wehtat?

„Es gibt nur einen Weg, das herauszufinden", sagte Angel, als könnte er verdammt noch mal Gedanken lesen.

Jared stemmte seine Hände in die Hüften. „Woher weißt du, was ich denke?"

„Ausbildung zum Sozialarbeiter. Ich mache nichts anderes als zuhören, zuhören, zuhören." Er hob einen Finger. „Auf das, was gesagt wird, und das, was *nicht* gesagt wird."

„Wie kannst du wissen, was nicht gesagt wird!", rief Jared.

Angel ignorierte das. „Und ich kenne dich vermutlich so gut, wie ich mich selbst kenne. Du hast Angst vor dem, was passieren *könnte*, aber es gibt nur einen Weg herauszufinden, was passieren *wird*."

Er blieb stehen, als sein Magen brannte, weil es so viele Möglichkeiten gab, wie das schief laufen konnte. Das Risiko erschien ihm zu hoch.

Er hob eine Hand. „Ich kann das nicht machen."

„Dann lass es", sagte Angel.

„Das würde dir gefallen, stimmt's?", knurrte er. Es war egal, dass Angel Julia liebte. Er war mit Emily zusammen gewesen, und das pisste Jared immer noch an. Vor allem, weil Jared es noch nicht gewesen war und aus gutem Grund, eine wirkliche Beziehung – war es das, was er wollte? Eine Beziehung – er konnte das Wort nicht einmal denken, wenn die Möglichkeit bestand, dass es tatsächlich dazu kommen konnte. *Sei ein Mann!* Okay, ja. Das war es, was er wollte. Eine Beziehung – mehr als nur etwas Spaß. Wem machte er eigentlich etwas vor? Er konnte das Wort immer noch nicht wirklich denken. Vielleicht war er doch nur der Typ, mit dem man Spaß hatte. Und vielleicht bedeutete das, dass er sich lieber weiter an die Frauen hielt, die nicht so viele Emotionen in ihm hervorriefen, dass er nicht mehr geradeaus denken konnte.

Angel betrachtete ihn eine Minute. „Ich möchte, dass du glücklich bist, Bruder. Nimm dir ein wenig Glück. Kannst du das für mich tun?"

„Siehst du? Das ist der Grund, weswegen ich dir Emily überlassen wollte. Ich wusste doch, dass du nicht glücklich bist." Er atmete die Luft ein und platzte heraus: „Glaubst du, es gibt nur einen Menschen für dich?"

„Ja", sagte Angel ruhig.

„Aber dann …" Er wollte Angel nicht sagen, dass er am Arsch war, doch er war es eindeutig.

„Ich weiß", sagte Angel und sah ihm unbewegt in die Augen. „Ich wünschte, ich könnte Julia loslassen, aber ich kann es nicht."

Jared schüttelte in stillem Mitleid seinen Kopf.

Angel klopfte ihm auf den Rücken. „Es wird uns guttun, nächstes Wochenende mal rauszukommen. Bier?"

Jared spürte, wie ihm eine Last von den Schultern genommen wurde. Er brauchte dieses jährliche Skiwochenende wirklich. „Ja. Kann es kaum erwarten. Lass uns das Spiel ansehen."

Nächstes Wochenende musste er nicht in Versuchung geraten, denn er würde seinen üblichen Besuch in der pädiatrischen Onkologie nicht machen. Wenn er zurückkam, hätte er sicherlich einen guten Schlachtplan. Ja, das brauchte er — die kalte, eisige Luft, Skifahren auf den schwarzen Pisten und etwas Aufregung, bei der es nicht um eine Frau ging, die ihn in den Wahnsinn trieb.

Doch als er sich auf dem Sofa niederließ, konnte er sich nicht auf das Spiel konzentrieren. Er konnte nur an ihre weichen Lippen denken, ihren Duft, ihre Kurven, die perfekt an ihn passten. *Hör auf damit.* Er rutschte unbehaglich hin und her und trank einen langen Schluck von seinem Bier. *Konzentrier dich einfach auf das Spiel.*

Er sah zu Angel, der sein Kinn zu ihm hob. „Gutes Spiel, was? Das war knapp."

„Ja."

Das nächste Wochenende würde leichter werden. Nur zwei Brüder und keine Hühner.

9

Jared pfiff, als er früh am Samstagmorgen nach draußen trat, um die Skier und die Ausrüstung hinten auf die Ladefläche seines Trucks zu packen. Angel würde jede Minute kommen, und dann würden sie weg sein. Vince hatte gesagt, dass er den Captain Huddle-Besuch vertreten würde, solange Jared weg war. Außerdem hatte er ihre Mom dazu verpflichtet, den Babysitter für Sophia zu spielen (Babysitten meinte er wörtlich, denn er wollte, dass jemand auf das Baby aufpasste und sich vergewisserte, dass Sophia es nicht verhungern ließ). Leider hatten die beiden Frauen nicht vor, ruhig zu Hause sitzen zu bleiben, wie Vince ihnen vorgeschrieben hatte, stattdessen planten sie, in die Mall zu fahren und Umstandskleidung zu kaufen. Jared wusste das alles, weil Vince am Abend telefonisch darüber geklagt hatte in der Hoffnung, Jared würde ihm den medizinischen Rat geben, dass Sophia zu Hause bleiben sollte, doch das tat er nicht.

Angel hupte, als er vorfuhr, und Jared hob eine Hand. Doch dann stiegen zwei Leute aus dem Wagen – Angel und Emily. *Fuck.* Was hatte Angel getan? Er machte alles kaputt. Jared hatte noch keinen Schlachtplan. Er hatte sich noch nicht die richtigen Worte überlegt. Er hatte ganz unauffällig auf dem Weg einen Ratschlag von Angel für seinen hypothetischen Freund bekommen wollen. Er war noch nicht bereit, ins kalte Wasser gestoßen zu werden.

„Hi, Em", sagte Jared mit überraschend ruhiger Stimme, wenn man bedachte, dass er seinen Stiefbruder am liebsten geschüttelt hätte. „Angel, kann ich einen Moment mit dir sprechen?"

„Geh schon mal", sagte Angel zu Emily.

„Hi", sagte Emily mit strahlendem Lächeln, als sie an ihm vorbeiging, bevor sie dann zu seinem Truck ging und es sich in der Fahrerkabine gemütlich machte.

„Dieses Wochenende gehört sie dir", sagte Angel, während er Emilys Rollkoffer auf Jareds Ladefläche legte.

Jared marschierte zu Angel. „Was zum Teufel tust du denn da?"

Angel lächelte sie fröhlich an. „Ich habe ihr gesagt, warte mal, was waren meine exakten Worte? *Möchtest du am Wochenende mit Jared in Vermont skifahren?*" Er stupste ihn an die Schulter. „Und jetzt rate mal, was sie gesagt hat. Ich weiß von Captain Cuddle. Ich werde das dieses Wochenende machen."

„Vince hat es dir erzählt?"

„Ja, er konnte es nicht ertragen, Sophia allein zu lassen. Er wird mit ihr und Mom Umstandskleidung kaufen gehen."

„Pantoffelheld", murmelte Jared.

„Wem sagst du das", sagte Angel. „Amüsiert euch. Und komm mir nicht als Jungfrau zurück."

Jared schnaubte. „Du weißt schon, dass du gerade eine Grenze überschritten hast, weil du dich hier so einmischst. Ich werde mir eine Rache überlegen."

„Ist zu deinem Besten, Dr Bozo." Angel klopfte ihm auf den Rücken, drehte sich um und ging.

Jared atmete einmal tief ein und kehrte zu seinem Truck zurück. Er stieg an der Fahrerseite ein und sah Emily an. „Bist du schon mal auf einer schwarzen Piste gefahren?"

„Nur auf dem Idiotenhügel", sagte sie, „aber ich freue mich darauf, was Aufregenderes zu erleben." Sie befeuchtete ihre Lippen auf extrem verführerische Art.

„Warum klingt alles, was aus deinem Mund kommt, wie ein unmoralisches Angebot?"

„Weil du es gewohnt bist, unmoralische Angebote zu bekommen?"

„Was ist mit deinem Ex?" *Wie schwer ist deine emotionale Last auf einer Skala von 1-10? Willst du mich für mehr als nur für meinen Körper?*

Sie runzelte die Stirn. „Was ist denn mit ihm?"

Er öffnete den Mund und schloss ihn wieder. „Ach egal." Er sah zu, wie Angel losfuhr, drehte sich dann zu ihr zurück und platzte heraus: „Bist du über Angel hinweg?"

Sie machte ein merkwürdig knurrendes Geräusch. „Wenn ich jetzt Eiswasser hätte, würde ich es dir wieder ins Gesicht schütten! Auf wie viele verschiedene Arten soll ich denn noch sagen, dass ich dich will?"

Er legte seine Hand an ihren Nacken, zog sie zu sich und küsste sie tief, ein fleischliches Versprechen auf mehr. Sie stöhnte hinten in ihrer Kehle, und ihre Finger gruben sich in seine Jacke. Er küsste sie lang, bis er sich endlich zwang, sich von ihr zu lösen, denn sein Körper drängte ihn, mehr zu tun, als er in dem engen Raum des Trucks tun konnte. Ihre Lippen waren gerötet, ihr braunes Haar glänzte. Sie lächelte, packte ihn an der Jacke und zog ihn für mehr zu sich. Endlich ließ sie ihn los, um Luft zu holen, während er überlegte, ob er sie auf seinen Schoß ziehen sollte. Er musste alles etwas verlangsamen. Sie mussten reden.

„Emily–"

„Ich bin gerade so angetörnt."

Er rammte sich eine Hand in seine Haare. „Ich bin mir nicht sicher, was du denkst, was dieses Wochenende ist, aber–"

„Es ist eine einmalige Spaßsache, richtig?"

Er startete den Truck. „Wir werden nicht das Wochenende miteinander verbringen. Nur einen Tagesausflug." Er konnte nicht das ganze Wochenende mit ihr verbringen und sich dann verabschieden. Er würde mit ihr skifahren, sie küssen und sich dann verabschieden. Mit ihrer Einmal-ist-keinmal-

Erwartung kam er nicht klar. Er wollte sie viel zu sehr. Er *mochte* sie viel zu sehr.

Sie stieß vernehmbar einen Atemzug aus. „Wie auch immer." Dann murmelte sie: „Angsthase."

Er fuhr auf die Straße und drückte aufs Gas. „Ich zeig dir gleich „Angsthase". Ich werde diese schwarzen Pisten rocken."

Sie seufzte.

„Musst du heute nicht arbeiten?", fragte er.

„Normalerweise schon. Das ist der erste freie Samstag, den ich seit zwei Jahren habe. Ich dachte, das wäre eine gute Gelegenheit für Spaß."

„Den sollst du haben."

Sie spielte am Radio herum und suchte nach einem Sender. „Ich hatte schon mal mehr Spaß in meinem Leben. Ich habe Achterbahnen besucht, bin schnell gefahren, auf Partys gegangen, neue Leute kennengelernt."

„Ach ja? Ich auch."

Sie fand einen Sender mit Weihnachtsliedern und ließ ihn an, weil dort Bing Crosbys „I'll be Home for Christmas" spielte. Dadurch fühlte es sich in seinem Truck gemütlich und intim an. Ihr Zimt- und Vanilleduft waberte über ihn, machte ihn gierig. Nach ihr.

Sie fuhr fort. „Dann habe ich irgendwie meine kleine Welt geschrumpft, bis ich das Gefühl hatte, nicht mehr atmen zu können." Sie seufzte. „Ich dachte wirklich, jemand wie du wäre dem Spaß gegenüber etwas offener."

„Mit mir hat man ja auch Spaß. Wir werden uns amüsieren."

„Das will ich dir auch raten, sonst will ich mein Geld zurück."

Er sah zu ihr hinüber. „Welches Geld?"

„Ich habe Angel das Geld für seine Hälfte des Zimmers gegeben."

„Was? Ich dachte, er hätte es dir so gegeben. Ich werde für deine Hälfte des Zimmers bezahlen."

„Also bleiben wir doch über Nacht."

Er sah sie an. „Emily–"

„Eine Nacht. Ich muss wieder die alte, lebenslustige Emily werden. Wenn du nicht dazu bereit bist, wette ich, dass ich jemanden finde–"

„Eine Nacht." Sie würde sich *nicht* irgendeinen Dahergelaufenen für eine Nacht suchen.

„Danke."

Er sah, wie sie katzenhaft selbstzufrieden lächelte, und spürte das Drängen rohen Verlangens. Okay, eine Nacht. Dann würden sie über alles reden. Vielleicht konnte er etwas klarer denken, wenn er seiner Lust die Schärfe nahm. Sie musste verstehen, dass es für ihn keine Bettgeschichte war. Sie hatte wegen seines Rufs vielleicht einen falschen Eindruck von ihm bekommen.

Nur, je mehr Zeit er mit ihr verbrachte, desto mehr wurde sein Bauchgefühl bestätigt – er war derjenige, der eine feste Beziehung wollte, und sie suchte nur etwas Spaß.

～

Emily liebte den Ausblick vom Skilift und die Gesellschaft. Obwohl sie zugeben musste, dass sie etwas lädiert war. Der Tag hatte bei ihrer ersten Abfahrt so vielversprechend begonnen. Eine halbe Stunde später war sie angeschlagen und voller blauer Flecken, da sie schon so oft auf ihren Hintern gefallen war, dass sie es nicht mehr zählen konnte.

Jared saß im Skilift neben ihr, sein Arm und sein Bein waren ganz eng an sie gedrückt. Sie war sich nicht sicher, ob das Absicht war oder nicht, doch es gefiel ihr. Sie war bereit, heiße Schokolade zu trinken und den Rest des Tages in der Lodge zu sitzen, doch sie hatte seinetwegen ein schlechtes Gewissen. Sie waren immer noch nicht über den Idiotenhügel hinausgekommen. Sie nannten ihn Bunnyhügel hier.

Sie stiegen aus dem Lift, und sie betrachtete den kleinen Hügel mit grimmiger Entschlossenheit. Dann stand sie einfach nur da, erstarrt, nicht bereit, noch öfter auf ihren Hintern zu fallen.

Jared tauchte an ihrer Seite auf. „Ich dachte, du wärst schon mal auf dem Idiotenhügel gewesen."

„War ich auch."

„Wann?"

„Als ich, ähm, zwölf war."

„Das ist also ... wie viele Jahre her?"

Achtzehn Jahre, aber wer zählte schon?

„Ich krieg das bald hin." Sie stieß sich ab und fuhr geradewegs hinunter, wurde immer schneller, dann fiel ihr ein, dass Jared gesagt hatte, dass sie ihre Knie ein wenig auseinander und etwas angewinkelt halten sollte. Sie versuchte, das zu tun und begann zu straucheln. Jared wedelte wie ein Profi vor sie und fing sie auf, fuhr rückwärts den Hügel hinunter und hielt sie den ganzen Weg aufrecht.

„Danke!", sagte sie atemlos. Skifahren machte um einiges mehr Spaß, wenn sie nicht auf ihrem Allerwertesten landete.

„Jetzt hast du's", sagte er. Er sah über seine Schulter nach unten und manövrierte sie sicher an den Fuß des Hügels. „Willst du nochmal?"

„Ja, es macht Spaß, wenn du mich hältst."

Auf die Art fuhren sie noch einige Male den Hügel hinunter. Es machte ihr wirklich Spaß, doch sie fragte sich, was Jared wegen ihr wohl entging. „Für dich ist das natürlich nicht sehr aufregend", sagte sie, als sie am Fuß des Hügels ankamen. „Wenn du auf die schwarzen Pisten willst, habe ich nichts dagegen. Ich werde einfach ein bisschen Zeit in der Lodge verbringen und heiße Schokolade trinken."

„Hey, du hast für ein aufregendes Skiwochenende bezahlt, und genau das wirst du auch bekommen. Komm. Wir sind fast bereit für den mittelschweren Hügel." Er grinste.

Sie stiegen in den Skilift, und sie blickte hinüber zu dem mittelschweren Hügel, auf dem ein Haufen kleiner Kinder unterwegs waren, die wie die Teufel hinunterrasten. „Meinst du wirklich, dass ich dafür bereit bin?", fragte sie. „Die fahren so schnell. Das Gefälle muss größer sein."

„Nein." Er lachte. „Du hast dich kein bisschen verbessert, aber es macht Spaß, mit dir runterzufahren."

Sie gab ihm schnell einen Kuss. Er sah ihr in die Augen und erwiderte ihn. Der harte Druck seiner Lippen fühlte sich so gut an, dass sie fast ihren Ausstieg verpasst hätte. Er zog sie raus und geradewegs zu Bunnyhügel eins.

„Vielleicht schaffe ich es bis zum Ende des Tages auf Bunnyhügel zwei", sagte sie halbherzig.

„Vielleicht", gestand er ihr zu. „Mal sehen, wie du dich da machst, wenn du dich nicht an mir festhältst."

Ihr Hintern tat wirklich weh. „Ich halte mich aber gerne an dir fest."

„Dann bleiben wir auf Bunnyhügel eins."

Kurz vor Sonnenuntergang war Emily erschöpft und bereit, sich in der Lodge aufzuwärmen. Jared war einverstanden, obwohl sie wusste, dass das nicht das aufregende Skiwochenende war, das er mit Angel geplant hatte. Hoffentlich konnte sie es später wieder gutmachen. Sie setzten sich mit dampfenden Humpen voller heißer Schokolade nebeneinander in dick gepolsterte Sessel vor ein knisterndes Feuer.

„Ich habe gehört, dass es im Hotel mehrere nette Restaurants gibt", sagte sie.

Jared starrte ins Feuer. „Vielleicht sollten wir zurückfahren."

Ihr fiel die Kinnlade herunter. „Das sind fünf Stunden Fahrt!"

Er starrte weiter ins Feuer. „Umso mehr ein Grund, gleich aufzubrechen. Wir können uns unterwegs an einer Raststätte was holen."

Sie senkte ihre Stimme. „Findest du … mich nicht attraktiv?"

Sein Blick zuckte zu ihr. „Komm schon. Du weißt, dass es nicht das ist."

„Weißt du, was diese Nacht für mich bedeuten könnte?", flüsterte sie. „Sie würde mir helfen, endlich mein Leben weiterzuleben."

Er verengte seine grünen Augen. „Weiterleben nach was genau?"

„Nach dem Skandal. Ich möchte wissen, dass ich mit einem Mann immer noch Spaß haben kann, ohne sofort eine Bindung einzugehen."

Er schwieg so lang, dass sie sich schon fragte, ob sie vielleicht etwas Falsches gesagt hatte.

„Was, wenn mir das nicht reicht?", fragte er und sah ins Feuer.

„Was meinst du? Du suchst nach einer Beziehung? Dr Rein-raus-und-weg?"

„Vergiss es", murmelte er.

Sie legte eine Hand auf seinen Arm. „Tut mir leid. Habe ich etwas missverstanden? Ich dachte … Naja, ich dachte, du machst sowas. Lässt dich im Dienst der Venus fürs Wochenende mit Schwestern ein?"

Sein Kiefer verkrampfte sich, und er sah ihr mit festem Blick in die Augen. „Das stimmt. Legen wir los."

Sie sprang auf, und die Aufregung summte durch sie. „Okay also! Legen wir los!"

Sie brachten die kurze, zehnminütige Fahrt zum Hotel hinter sich und checkten ein. Doch als sie im Zimmer waren, tat Jared gar nichts. Er saß einfach am Fußende des Doppelbetts, stützte seine Ellbogen auf die Knie und starrte zu Boden. Sie hoffte wirklich, dass er sich nicht mehr wegen Angel zurückhielt. Sie war so über ihn hinweg.

Sie ließ sich vor ihm auf die Knie sinken, legte ihre Arme um seine Taille und küsste ihn. Er stöhnte und zog sie hoch, stand mit ihr auf und küsste sie dann, als hinge sein Leben davon ab. Drängende, heiße, tiefe Küsse, die so gar nicht wie die Küsse waren, die sie vorher ausgetauscht hatten. Ihre Knie wurden weich, und sie klammerte sich an ihn, ihre Finger packten seine breiten Schultern. Er umfasste ihren Hintern und rieb sie an sich, während er sie besinnungslos küsste. Er zog sich gerade lang genug von ihr zurück, dass er ihr den Pullover über den Kopf ziehen konnte, und öffnete dann geschickt den Vorderverschluss ihres BHs.

„Wunderschön", murmelte er, als er ihre Brüste anstarrte, bevor er dann ihren Mund wieder für sich forderte und seine heiße Zunge hineinstieß, während seine Hände ihre Brüste umfassten. Er rollte und zupfte an ihren festen Nippeln, wodurch ein schmerzendes, pochendes Verlangen weiter unten erwachte, wo sie ganz dringend seine Berührung brauchte. Er schob die Träger des BHs von ihren Schultern und warf ihn beiseite.

„Jared", stöhnte sie und zog an seinem Hemd, schob ihre Hände darunter und genoss die Hitze und Stärke seiner sich vorwölbenden Rückenmuskeln, während er sich vorbeugte, um einen ihrer schmerzenden Nippel mit seinem Mund zu kosten. Mit seiner Zunge und den Zähnen bearbeitete er ihn, und sie schob eine Hand in sein Haar und hielt ihn da.

„So gut", murmelte er, dann ging er zu ihrer anderen Brust über, bog ihren Rücken über seinen Arm, sodass sie nichts anderes tun konnte, als sich an ihm festzuhalten, während seine Zunge über sie glitt, und dann saugte er sie weiter ein, saugte so hart, dass es wehtat.

Er hob seinen Kopf und nahm wieder ihren Mund in Besitz, berauscht davon, sie haben zu müssen, während sich sein muskulöses Bein zwischen ihre schob. Sie war in der Empfindung verloren, heiß und feucht und bereit.

Sie riss ihren Mund von seinem. „Nimm mich", flehte sie halb, halb forderte sie es.

Mehr Ermunterung brauchte er nicht. Er öffnete ihre Jeans und riss sie herunter, ihr Höschen gleich hinterher, und schob seine Finger zwischen ihre heißen, feuchten Schamlippen, während er sie weiter küsste. Sie fummelte nach dem Knopf an seiner Jeans, und ihre Finger zitterten, während er sie liebkoste und dann seine Finger in sie hineingleiten ließ. Es war so lange her, viel zu lange. Sie wimmerte, als ihre Knie weich wurden.

Er ließ ihren Mund los und verteilte heiße Küsse an ihrem Kiefer und seitlich ihren Hals hinunter, dann ließ er sie so lange los, dass er sie in seinen Armen umdrehen konnte, bis ihr Rücken an seiner Brust war. Er legte seine große Hand auf ihre Brust, während er die Seite ihres Halses küsste, hinauf zu ihrem Ohr, wo seine Zunge an der empfindlichen Muschel entlangfuhr.

„Jared, zieh dich aus." Sie versuchte, sich in seinen Armen umzudrehen, doch er legte seinen anderen Arm um ihre Taille und hielt sie fest.

Seine Worte liefen heiß über ihre Haut. „Ich will erst mit

dir spielen. Wenn ich nur das eine Mal habe, will ich, dass es nicht gleich vorbei ist." Er bezog sich auf seinen Dr Rein-raus-und-weg-Status, doch plötzlich wollte sie viel mehr als nur ein einziges Mal.

„Du kannst ..." Sie beendete den Satz nicht, als seine Hand erneut zwischen ihre Beine tauchte. Ihr Kopf fiel gegen seine Schulter, als die Gefühle sie überwältigten. Er war überraschend auf sie eingestimmt, während er mit ihr spielte und seine andere Hand ihre Brust streichelte. Er streichelte sie fest, dann leicht, dann in neckenden Kreisen, während sie atemlos stöhnte, bis sich all ihre Wahrnehmung auf den einen Punkt konzentrierte, bei dessen Berührung ihr der Atem stockte, während sie immer erregter wurde, sich in seinem Rhythmus bewegte, bis an den Rand der Erlösung. Dann hörte er auf und hielt sie fest. Sie packte seinen Arm, versuchte, ihn dazu zu bringen, sich zu bewegen, doch er schmunzelte nur und knabberte an der Seite ihres Halses. „Mit dir hat man Spaß." Dann nahm er seine Arme von ihrem Körper.

Sie drehte sich um, um ihn anzusehen, hin- und hergerissen zwischen Frustration und einem verzweifelten Verlangen nach mehr. Sie packte sein Hemd und zog es ihm aus, betrachtete die goldene Haut und die Muskeln, die wahrscheinlich wegen der körperlichen Arbeit, die er mochte, so definiert waren. Sie fuhr mit ihren Händen über seine Brust und ließ Küsse vom Hals zu seinen Schultern regnen, weiter hinab zu seiner Brust und dem Hauch von Haaren, die zu der Beule in seiner Jeans führten. Sie kniete sich vor ihn und küsste seine harte Wölbung durch seine Jeans.

Er zog sie wieder hoch. „Nicht so schnell."

Er küsste sie erneut, zog sie an sich, seine Hände glitten zu ihrem Po und drückten vorsichtig zu. Sie stöhnte ganz hinten in ihrer Kehle, denn es tat noch etwas weh, weil sie heute so oft darauf gefallen war, doch sie mochte auch das Gefühl seiner warmen Hände. Er küsste sie weiter, während er sie zum Bett lenkte. Ihre Kniekehlen stießen gegen die Matratze. Er unterbrach den Kuss und schubste sie ein wenig, sodass sie auf ihrem Rücken landete. Sie stützte sich auf ihre Ellbogen, weil sie weiter auf die Matratze rutschen wollte, doch seine großen Hände auf ihren Hüften hielten sie zurück.

„Leg dich einfach hin", sagte er mit rauer Stimme.

Sie ließ sich auf die Matratze sinken und streckte die Hände nach ihm aus. „Komm her", schnurrte sie. „Zieh die Jeans aus."

„Erst will ich, dass du kommst", sagte er und spreizte ihre Beine.

„Jare–" Ihr stockte der Atem, als er sich hinkniete, sie an den Bettrand zog und ihre Beine auf seine Schultern legte. „Oh!" Sein heißer Mund nahm sie mit einem intimen Kuss und begann, sie in den Wahnsinn zu treiben. Seine Lippen und seine Zunge brachten sie wieder und wieder an den Rand. Sie wand sich und bäumte sich auf, während er sie hart drängte und dann wieder langsamer machte, sie mit einer sanften Berührung vom Rand wegzog, und die Erlösung, die sie so brauchte, immer außer Reichweite hielt.

„Hör nicht auf!", keuchte sie atemlos.

Er hob seinen Kopf, sah ihr in die Augen und leckte seine Lippen. „Du schmeckst so gut."

„Ich bin so nah dran."

Er grinste. „Ich weiß." Er drehte sich um und küsste die Innenseite ihres Oberschenkels. „Du warst schon dreimal ganz nah dran."

„Ja!" Sie packte seine Haare und drückte ihn dorthin zurück, wo sie ihn haben wollte. Er schmiegte sich an sie, und sie stieß ein langes Stöhnen aus. Der lange Anstieg begann erneut, während sein Mund sie verzauberte. Sie hob ihre Hüfte, offen und gierig. Er gehorchte und steigerte die Lust, indem er mit einem Finger in sie eindrang. „Ja!", stöhnte sie, als alles in ihr sich anspannte. Dann zog er sich zurück.

Sie stützte sich auf die Ellbogen und sah ihn finster an. „Ich werde schreien, wenn du nicht–"

Er rieb einen Finger über ihre harte Klitoris und sie schnappte nach Luft. „Du wirst mir danken, wenn ich es dir endlich gebe."

„Bitte", flehte sie und reckte ihm die Hüfte entgegen. Sie

hatte einen Mann noch nie zuvor angefleht, sie zu nehmen, doch bei ihm fühlte sie sich verzweifelt.

Träge fuhr er mit seinen Fingern über ihre Scham, immer am Rand der Stelle entlang, wo sie ihn brauchte. „Bitte was?"

„Bitte gib es mir."

„Es dir geben ..." Er küsste einen Punkt zwei Zentimeter von der Stelle entfernt, wo sie ihn brauchte. „Was genau?"

„Lass mich kommen!" Sie krallte ihre Hand in sein Haar und zog ihn an sich. Er saugte langsam, und elektrische Ladungen strahlten vom Zentrum ihrer Welt aus und breiteten sich in ihre Beine bis zu ihren Zehenspitzen aus. Sie ließ ihn los und ließ ihre Arme an ihre Seiten sinken. Er machte weiter, und die sanften Wellen der Lust breiteten sich in ihr aus und ließen sie leise stöhnen, während sie in einem Lustnebel dahinglitt. Dann stieß er seine Finger in sie und streichelte sie von innen, während er sich an ihr labte. Sie verkrampfte sich, als sie wieder dem Höhepunkt entgegen steuerte, und fürchtete halb, er könnte erneut aufhören, doch er intensivierte seine Bewegungen, seine Finger stießen zu, während sein Mund sich hart auf sie presste. Sie explodierte mit einem scharfen Schrei, während er weitermachte, sie jede letzte Welle ihrer Lust ausreiten ließ, bis sie nichts mehr hatte.

Sie bekam nur vage mit, dass er ihre Beine von seinen Schultern nahm.

„Bist du schon bereit, mir zu danken?", fragte er und klang ein wenig zu selbstzufrieden.

Sie stöhnte halb, halb lachte sie. „Nein."

„Nein?", echote er. Sie hörte das Geräusch seines Reißverschlusses, dann fiel seine Jeans zu Boden.

„Du hast mich viel zu sehr in der Luft hängen lassen." Sie holte scharf Luft, als er sie mit einer großen Hand fest zwischen den Beinen umfasste.

„Du brauchst wohl jemanden, der dir Manieren beibringt."

Sie konnte nicht antworten. Sie war schon wieder heiß, schon wieder erregt, nur von seinem festen Griff.

Er ließ sie los. „Ich werde wohl viel Mühe mit dir haben, oder?"

„Nein, du hast schon viel getan." Sie stützte sich wieder auf die Ellbogen und betrachtete zum ersten Mal seine ganze, nackte Pracht, während er am Fußende des Bettes stand. Er war umwerfend, bestand nur aus gemeißelten Muskeln und goldener Haut von seinen breiten Schultern und der schönen Brust bis hin zu seiner schmalen Taille, den breiten, muskulösen Beinen und einer riesigen Erektion. Sie überlegte es sich schnell anders. „Doch. Du solltest dir so richtig Mühe machen."

Sie stand vom Bett auf, wollte ihn auch berühren. Er zog sie gegen all diese köstliche, nackte Pracht und küsste sie leidenschaftlich, während seine Hände sie liebkosten. Sie zog sich weit genug zurück, um seine dicke Erektion mit einer Hand packen zu können, und spürte, wie er noch dicker wurde. Er hob den Kopf. „Em, warte."

Sie ignorierte ihn und streichelte ihn. „Vielleicht wirst du ja mir danken."

„Verdammt, *warte*. Ich will dich zu sehr."

Sie streichelte ihn weiter. Er packte ihr Handgelenk, hielt ihre Hand fest. „Kondom", presste er zwischen den Zähnen hervor.

„Ich bin vorbereitet!", verkündete sie, eilte zu ihrem Koffer und zog eine ganze Schachtel daraus hervor. Sie riss sie auf und warf ihm eins zu, dann kam sie zum Bett zurück.

„Komm her", sagte er, während er es sich überrollte. Er stand immer noch neben dem Bett.

Sie ging geradewegs zu ihm, nicht sicher, was er beabsichtigte, und es war ja auch egal. Sie wollte alles von ihm.

Er zog den Holzstuhl vom Schreibtisch herbei, stellte ihn mitten ins Zimmer, setzte sich darauf und machte eine Lockbewegung in ihre Richtung.

Sie stand vor ihm. „Und was jetzt?"

Er setzte ein Lächeln auf. „Bereit für alles. Mir gefällt das. Siehst du, das ist der Grund, weswegen ich wollte, dass du dankbar für deinen Orgasmus bist."

„Dankbar!"

Er packte sie bei der Hüfte und zog sie näher, ihre Brüste

jetzt auf Höhe seines Gesichts. „Ich werde dich so dankbar machen, dass du mir die ganze Nacht danken wirst."

Das Lachen erstarb in ihrer Kehle, als er plötzlich ihren Nippel in seinen Mund saugte, so hart, dass er ihr ein lautes Stöhnen entlockte, während es zwischen ihren Beinen wieder zu pochen begann. Seine andere Hand umfasste ihre andere Brust und zwickte dann ihren Nippel fest zwischen Finger und Daumen. Sie schrie auf, weil die Lust sie scharf durchfuhr. Er ließ los, bewegte seinen Mund an ihre andere Brust und saugte vorsichtig, während seine Finger zwischen ihre Beine glitten und sie wieder und wieder streichelten. Sie rieb sich an seiner Hand. „Jared, nimm mich. Bitte."

Er hob seinen Kopf und schenkte ihr ein langsames, sexy Lächeln. „Das Bitte gefällt mir. Okay, aber ich will auch ein Dankeschön."

Sie ignorierte das, denn ihr schmerzhaftes Verlangen überdeckte alles andere. Sie manövrierte sich auf seinen Schoß, und er hob sie an der Hüfte hoch und positionierte sich an ihrem Eingang, dann ließ er sie langsam sinken. Seine Größe dehnte sie, füllte sie so vollkommen aus und linderte die Sehnsucht, die sie schon so lange gespürt hatte, dass sie mit jeder Zelle ihres Körpers die Dankbarkeit spürte. Sie schlang ihre Arme um seinen Hals, sah in seine grünen Augen und gab ihm ein von Herzen empfundenes „Danke dir".

Er küsste sie und knabberte an ihrer Unterlippe. „Ich danke *dir*, Darling." Dann bewegte er sich, ließ sie langsam an seiner Länge hinauf und hinunter reiten, sandte Wellen der Lust durch sie hindurch. Sie fuhr mit ihren Händen an seinen Armen hinauf und hinab, liebte es, wie seine Muskeln sich unter ihren Händen anfühlten, während er sie langsame, tiefe Stöße, durch die sie nur immer mehr wollte, reiten ließ. Ihr Atem stockte, als der Orgasmus auf sie zuraste. Er hielt sie fest, bevor sie den Höhepunkt erreichte, zog sie bis zum Anschlag auf sich, und ihr Körper packte ihn mit festem Halt.

Sie schlug auf seine Schulter. „Bitte, danke, bitte."

Er schmunzelte, dann senkte er seine Zähne in ihren Hals. Das heizte sie noch mehr an. Ihre Hüfte zuckte, und er ließ sie los, ließ sie ihn hart reiten, während sie ihrer Erlösung entgegenraste. Seine Hände packten ihren Po, während er sie mit den schmutzigsten Worten, die sie je gehört hatte, anfeuerte, sie ins Fieber trieb und ihre Welt sich auf diese tiefe Stimme konzentrierte und die Erlösung, die so frustrierend weit entfernt war. „Jare", sagte sie verzweifelt.

Dann stieß er plötzlich nach oben, gab ihr genau den Winkel, den sie brauchte und ließ sie aufschreien, während sie heftig kam. Ihr Körper bebte vor Lust in einer endlosen Welle, dann sank sie gegen ihn. Doch er war noch nicht fertig. Seine Hände wanderten an ihre Hüfte, und er gab ihr noch mehr, als er zustieß, um selbst zu kommen. Sie stöhnte und hob ihren Kopf, als die Nachbeben sie mit unerträglich intensiven Wellen der Lust erschütterten und sie zu einem weiteren Höhepunkt brachten, während er erschauerte und mit einem gutturalen Stöhnen kam und sie fest an sich presste.

Sie versuchte, zu Atem zu kommen, während sie darauf lauschte, wie sein Herz in seiner Brust hämmerte.

Ein paar Augenblicke später löste er seinen Griff und küsste ihre Haare. „Ich glaube, einmal ist nicht genug", sagte er mit heiserer Stimme.

„Ich brauche definitiv mehr", ächzte sie.

Er umarmte sie fest. „Danke."

Jared zog sich seine Boxershorts an und nahm das Hoteltelefon, um ihnen beim Zimmerservice Abendessen zu bestellen, während er versuchte, so zu tun, als wäre das, was gerade geschehen war, keine große Sache. Das war das, was Emily von ihm erwartete. Spaß für ein einziges Mal. Sie hatte ein wenig Spaß in ihrem Leben verdient, und er war froh, dass er es war, der ihn ihr gab.

Nur, dass jetzt auch sein Herz beteiligt war, roh und exponiert.

Sie zog den weißen Hotelbademantel an und strahlte. „Bestell auch Champagner!", bat sie. „Mir ist nach feiern."

Er ergänzte die Bestellung und legte auf. Dann zog er sich

schnell an, denn er wollte derjenige sein, der die Tür für den Zimmerservice öffnete. Außerdem gefiel es ihm, dass sie nur den Bademantel trug.

Sie ging zu ihm und legte ihre Arme um seinen Hals. „Warum denn so ernst? Ich dachte, du bist Mr Fun Time."

„Dr Fun Time."

Sie fuhr ihm am Nacken durch die Haare. „Ich hatte Spaß. Du auch?"

Er zwang sich zu lächeln. „Hatte ich."

Sie wirbelte herum und drehte sich langsam, ihre Hände in einem Freudentanz gen Himmel gehoben. Er rang mit dem Wirbel tiefer Emotionen in ihm, denn darauf war sie nicht aus.

„Du brauchst Musik", sagte er und schaltete den Radiowecker auf dem Nachtschränkchen ein. Er war bereits auf einen Top-Vierzig Popsender eingestellt.

Sie lachte. „Ich liebe dieses Lied!" Sie tanzte im Kreis und bewegte ihre Schultern und Hüften derart sinnlich, dass es ihn anzog. Er packte sie um die Taille und riss sie an sich, um sich an ihr zu reiben. Sie hob ihre Arme über den Kopf, während sie erotisch vor ihm tanzte. Er bewegte sich im Rhythmus mit ihr.

„Ooh, Baby!", rief sie.

Er merkte, dass er lächelte. „Gefällt dir das?"

„Ich liebe es!"

Er schob wieder sein Bein zwischen ihre und packte ihren Po, ließ es zu, dass sie sich an ihm rieb. Ihre Wangen wurden rot, doch sie machte mit.

„Du bist ein großartiger Tänzer", sagte sie ihm, als das Lied endete.

„Das lag nur an dir." Für ihn blieb es meist bei langsamen Tänzen, doch das Reiben lag ihm im Blut. Es folgte ein weiterer schneller Song, und sie packte seine Hand und wirbelte darunter herum.

„Weißt du", sagte sie und ließ seine Hand los, um sich an seiner Vorderseite zu reiben, wodurch er steinhart wurde, „wir haben das Zimmer das ganze Wochenende also-o-oo–"

„Also möchtest du, dass ich Dr Zweimal-rein-raus-und-weg spiele."

Sie grinste schelmisch. „Oder viermal." Sie tanzte einen Kreis um ihn.

„Du machst mich fertig."

Sie kam wieder vorne an und warf ihre Arme um seinen Hals. „Mit dir macht es so viel Spaß. Bist du so bei allen Schwestern? Alle müssen sich für den Orgasmus bedanken?"

Das klang wie eine Fangfrage. Frauen gefiel es nie, von anderen Frauen zu hören. Und, ja, das war genau das, was er immer tat. Hielt sie zurück, bis der Orgasmus sie mit explosiver Macht traf. Jede einzelne Frau verließ sein Schlafzimmer mit einem breiten Lächeln. Nur, dass er diese Frau hier nicht gehen lassen wollte.

Er drehte die Frage um. „War er es denn wert?"

„Ja!" Sie gab ihm einen schmatzenden Kuss auf die Lippen. „Mach das mit dem Bein noch mal." Sie begann, sich an ihm zu reiben. Er schob sein Bein zwischen ihre und gab ihr die Reibung, die sie brauchte. Sie schloss ihre Augen, während ein kleines Lächeln ihre Lippen umspielte.

„Warst du bei Angel auch so?" Er bereute seine Worte in der Sekunde, als sie aus seinem Mund gekommen waren.

Sie riss ihre Augen auf und blieb stehen. „Was?"

Er trat zurück und schob beide Hände in sein Haar. „Ach, egal."

Sie stemmte ihre Hände in die Hüften. „Nein, lass uns darüber reden. Offensichtlich macht es dir immer noch was aus, dass wir mal zusammen gewesen sind. Möchtest du wissen, wie es mit Angel war? Es war großartig. Er ist verspielt und lustig und steht auf Dirty Talking."

Er wollte das *nicht* wissen. Er kniff sich in die Nasenwurzel und schloss die Augen. „Tut mir leid. Ich hätte das nicht ansprechen sollen."

„Möchtest du auch wissen, wie mein Ex war?"

Er nahm seine Hand herunter. „Nein!"

„Er war egoistisch und kam immer, bevor ich auch nur in der Nähe eines Orgasmus' war. Jetzt glücklich? Jetzt weißt du, wie du im Vergleich dastehst, also sag mir auch, wie ich mich gemacht habe."

„Em–"

„Sag es mir!"

„Keine kann mit dir mithalten!", bellte er.

Sie starrten einander an. Er war sich nicht sicher, wer sich zuerst bewegt hatte, doch im einen Moment starrten sie einander noch finster an, im nächsten prallten sie aufeinander. Ihre Münder verschmolzen, während sie die Kleider des anderen packten, sie einander vom Leib rissen und dann in einem nackten Wirbel aus Armen und Beinen auf dem Bett landeten. Er rollte auf sie und nahm sie mit einem einzigen harten Stoß. Sie schnappte nach Luft, doch er konnte nicht langsamer machen, stieß wieder und wieder in ihre enge Hitze, ihr Stöhnen und das Keuchen machten ihn wild. Plötzlich verkrampfte sie sich um ihn und schrie auf, als sie über den Rand taumelte, nahm ihn mit sich, während er explodierte und mit einem langen, gedämpften Stöhnen in sie hineinpumpte.

Einen Moment lang hielt er inne, tief in ihr vergraben, wünschte sich, er könnte die ganze Nacht so bleiben. Endlich hob er den Kopf, um sie anzusehen. Sonst war er nie so grob, verlor nie so die Kontrolle. „Geht es dir gut?"

Sie lächelte, ihre Augen noch geschlossen. „Oh ja. Das Abendessen ist mir egal. Ich will nur dich, dich, die ganze Nacht."

Er küsste sie, und sie schlang ihre Arme um seinen Hals und erwiderte den Kuss mit leidenschaftlicher Hingabe.

Sein Herz schwoll an von etwas, das ihm den Atem nahm. Vielleicht waren es auch ihre wilden Küsse. So oder so, er war erledigt. Vollkommen verloren.

10
___

Emily bekam nicht genug von Jared. Er hatte definitiv das Lob verdient, das jede ihm hinterherwarf. Kein Wunder, dass die Frauen Schlange standen, um mit ihm zusammen zu sein. Sie hatte noch nie jemanden so sehr gewollt, wie sie ihn wollte. Wie ein unstillbarer Drang, der sie wieder und wieder an ihn warf. Sie war bei ihrem Zimmerservice-Abendessen auf seinen Schoß geklettert, denn sie wollte nicht eine Minute aufhören ihn zu berühren. Sie saßen mit ihrem Abendessen am Schreibtisch und Jared fütterte sie und ließ sie den Champagner trinken. Ihr war auf gute Weise schwindlig, und sie war so froh, dass sie sich dieses Wochenende voller Spaß gegönnt hatte.

Sie fuhr mit ihren Fingern durch sein weiches Haar. „Ich nehme die Pille, du musst dir also wegen vorhin keine Sorgen machen."

Er erstarrte. „Shit. Ich habe nicht … Ich habe noch nie …"

Sie küsste ihn. „Ist schon okay."

Er sah ihr in die Augen. „Es tut mir so leid. Ich habe mich mitreißen lassen. Ich habe nicht einmal daran gedacht bis jetzt. Ich verhüte immer. Immer."

Sie lächelte. „Gut. Ich auch." Sie küsste seinen Hals und kostete ihn. Er war ein wenig salzig, ein wenig süß. „Du schmeckst so gut."

„Du auch ... also, ähm ...”

Sie saugte an seinem Hals.

„Ah, Em.”

Sie hob ihren Kopf und lächelte. „Dieses Wochenende reite ich ohne Sattel.”

Er stöhnte und eroberte ihren Mund in grimmiger Entschlossenheit. Dann stand er mit ihr auf seinen Armen auf und trug sie zum Bett. Das Abendessen war vergessen.

Jared hatte den Morgen danach nie so bedauert wie den heutigen. Emily schlief nackt und an seine Seite geschmiegt. Sie war ein Feuerwerk, wenn sie erst einmal loslegte. So begeistert, so eifrig, ihm Lust zu bereiten, und immer willig, ob mitten in der Nacht oder ganz früh am Morgen. Er hatte sie mehrmals auf ungeahnte Höhen getrieben, genau, wie er es wollte. Er liebte es, dass sie so davon besessen war. Und jetzt war es vorbei.

Er machte sich nicht vor, dass sie dasselbe wollte wie er. Sie sagte ihm ständig, wie viel Spaß es mit ihm machte, und dass dieses Wochenende genau die erhebende Auszeit von ihrem Alltagstrott war, die sie gebraucht hatte. Er war sich nicht sicher, ob sie überhaupt wissen wollte, dass sein Herz sich eingeschaltet hatte. Es schien, als wäre sie wirklich glücklich mit ihrer Dr Rein-raus-und-weg-Erfahrung. Sein Ruf biss ihm diesmal wirklich in den Hintern.

Sie rührte sich und rieb mit einer Hand über seine Brust. „Mmm ...” Sie öffnete ihre sanften braunen Augen und schenkte ihm ein entspanntes, sexy Lächeln. „Bereit für mehr?” Sie schloss ihre Hand um seinen Schwanz, der schon von der Minute, in der er neben ihrem nackten Körper aufgewacht war, bereit gewesen war.

Er schob ihre Hand beiseite. „Mein Herz kann das nicht”, sagte er in schonungsloser Ehrlichkeit. Dann rollte er sich aus dem Bett und ging duschen.

Er war gerade unter die dampfende Brause getreten, als Emily ihm nackt und lächelnd folgte. Ende. Er war am Ende.

Sie schlang ihre Arme um seinen Hals und schmiegte sich an ihn. Nur noch einmal, sagte er sich, als er ihren Mund küsste. Ein einziges Mal noch. Ihr heißer kleiner Mund war auf seinem Hals, an dem sie knabberte und leckte. Er schob sie gegen die Duschwand und wurde der Aggressive. Sie stöhnte und wimmerte, wodurch er nur noch heißer wurde. Er konnte nicht warten. Hob sie einfach hoch und nahm sie an Ort und Stelle. Er verlor sich selbst. Es gab nichts als diese wunderbare Vereinigung, bei der er das Gefühl hatte, endlich, endlich angekommen zu sein. Als sie fertig waren, keuchend und aneinander geklammert, konnte er an nichts anderes denken, als dass er ihr irgendwie sagen musste, dass er mehr von ihr wollte. Doch ihm fehlten die richtigen Worte.

„Kannst du mich runterlassen?", fragte sie und atmete immer noch schwer. „Ich spüre meine Beine gleich nicht mehr."

Er stellte sie wieder auf ihre Füße. Ihre Knie gaben nach, doch er fing sie auf und hielt sie fest.

Sie lachte zittrig. „Siehst du, was du mit mir machst?" Ihre braunen Augen strahlten glücklich.

„Em." Er räusperte sich. „Emily ..." Er sprach nicht weiter, denn er war sich nicht sicher, wie er ihr sagen sollte, dass er bei ihr nicht nur der Typ sein wollte, mit dem man Spaß haben konnte.

Doch dann begann sie, ihn mit ihrem selbstzufriedenen Blick zu waschen, und er ließ sich ablenken. Und natürlich musste er das köstliche Schrubben erwidern, und sie begannen einander zu küssen und hörten nicht auf, bis das Wasser kalt wurde.

„Wir sollten uns abtrocknen", sagte sie.

Er folgte ihr aus der Dusche und nahm sich ein Handtuch. Sie hatte sich bereits in ein Handtuch gewickelt, und er vermisste den Anblick ihrer nackten Haut.

„Oh!", rief sie. „Das war mein Handy."

Er hatte es nicht einmal klingeln gehört. Er konnte sich nur auf sie konzentrieren.

Sie lief ins Schlafzimmer und war lange Zeit still. Er trat

aus dem Bad, während er sich die Haare trockenrubbelte. Sie war dabei, sich in Windeseile anzuziehen.

„Was ist denn los?", fragte er.

„Chris ist auf der PI. Sein Zustand hat sich verschlechtert." Mist. Das war die pädiatrische Intensivstation. Sie sah sich hektisch um. „Wo sind meine Schuhe?", schrie sie.

„Beruhig dich." Er holte ihre Schuhe aus der Ecke, wo sie sie hingestellt hatte.

„Wir müssen los. Jetzt. Sofort."

„Hab's verstanden." Er zog sich eilig an, raffte alles zusammen, was sie mitgebracht hatten und jetzt im Zimmer verteilt lag, und ging nach draußen.

„Ich hätte mir dieses Wochenende nie freinehmen dürfen", sagte sie, als sie vom Parkplatz fuhren. „Das wäre niemals passiert, wenn ich da gewesen wäre. Ich musste ja unbedingt ein Wochenende lang Spaß haben. Und jetzt schau, was passiert ist."

„Das ist doch nicht deine Schuld."

„Ich habe einen ernsten Job. Das bedeutet ein ernstes Leben. Keine leichtfertigen, spontanen Skiwochenenden. Keine Bettgeschichten mit Playboys."

„Ich werde nicht ... Em–"

„Er darf nicht sterben. Fahr schneller, Jared!"

Er fuhr viel zu schnell. Ein Teil von ihm wusste, dass, falls Emily ihren Patienten verlor, sie den Kontakt zu ihm ganz abbrechen würde. Ihr Herz war nicht involviert, nicht wie seins.

Jared setzte Emily am Krankenhaus ab und fuhr völlig elend nach Hause. Emily bedauerte ihr Wochenende bitterlich und sagte ihm, dass sie dumm gewesen war und dass das mit ihnen nie wieder passieren durfte. Er wusste nicht, was er tun sollte.

Er schleppte seinen bemitleidenswerten Hintern zum Sonntagabendessen und ließ alles über sich ergehen, hörte kaum die Unterhaltung, die um ihn herum floss. Etwas über

Kennedys neuen Rockstar-Klienten, was alle neugierig machte.

Er beendete sein Abendessen schweigend und wollte sich gerade schon entschuldigen und gehen, als die Unterhaltung ins Stocken geriet, als seine Mom fragte: „Jared, Angel, wie war denn euer Skiwochenende?"

Großartig. Hat mir die Seele geraubt. Er wusste nicht, wie er antworten sollte.

Angel antwortete für ihn. „Ich bin nicht gefahren. Jared ist mit Emily gefahren."

Jared warf Angel einen Blick über den Tisch zu, mit dem er ihm sagte *Schönen Dank auch.*

Angel formte mit den Lippen *Was?*

„Emily, die Frau, die zum Abendessen hier war?", fragte seine Mom, und ihre Stimme klang aufgeregt.

Jared hielt seinen Mund geschlossen. Er wollte nicht vor seinen Brüdern über Emily reden, die ihn nur gnadenlos damit aufziehen würden. Er hätte das genauso gemacht. Tatsächlich hatte er das schon bei mehreren Gelegenheiten.

„Die, um die ihr gekämpft habt?", fragte Luke grinsend. „Interessant. Also ... mach's nicht so spannend, habt ihr's getan?"

„Halt die Klappe", blaffte Jared.

„Hat er nicht", sagte Nico. Luke nickte.

„Nun, das wissen wir nicht sicher", sagte Vince. „Vielleicht ist er einfach nur diskret."

Seine Brüder lachten schallend.

Ihre Mom räusperte sich laut. „Gentlemen, diese Konversation ist unpassend, besonders vor Damen." Sie deutete auf ihre Schwiegertöchter, die alle versuchten, angemessen peinlich berührt zu wirken. „Jared, möchtest du sie zum Abendessen einladen? Wir könnten es an einem Freitag oder Samstag stattfinden lassen, damit es etwas intimer ist. Ich könnte backen–"

„Nein!", blaffte Jared. Seine Mom machte gerne italienische Hochzeitskekse, die, bis jetzt, für drei Hochzeiten gesorgt hatten, nachdem seine Brüder und deren Freundinnen sie gegessen hatten. Es war irgendwie unheimlich.

Seine Brüder tauschten alle verschwörerische Blicke aus und grinsten.

„Achte auf deinen Ton", sagte sein Stiefvater, Vinny. Seine Familie achtete sehr auf Respekt und Manieren.

„Entschuldige, Mom", sagte Jared. „Ich meinte Nein, danke." Er sah in Angels mitleidige Augen und fühlte sich ein wenig besser. Wenigstens würde Angel ihn nicht wegen Emily aufziehen.

„Das Wochenende ist also nicht gut gelaufen?", fragte Angel beiläufig.

Jared knirschte mit den Zähnen. „Es *ist* gut gelaufen."

„Wenn es gut gelaufen ist, warum dann dieses lange Gesicht?", fragte Vince.

Jared sah sich am Tisch um zu seiner ganzen Familie, die ihn mit einer Mischung aus kaum verhohlenem Amüsement (seine Brüder minus Angel) ansahen und Mitleid (seine Mom, seine Schwägerinnen und Angel).

„Hast du sie zu sehr geärgert?", fragte Luke. „Du überschreitest oft deine Grenzen." Er drehte sich zu seiner Verlobten, Kennedy, um. „Habe ich dir nicht gesagt, dass er Training braucht, um sensibler zu werden?"

Kennedy nickte und drehte sich zu Jared um. „Hat sie gesagt, dass sie dich nicht wiedersehen möchte?"

„Weiß nicht." Er knibbelte das Etikett von seinem Bier und zerknüllte es in der Hand.

„Was soll das heißen, weiß nicht?", fragte Kennedy. „Warum weißt du das nicht? Hast du sie um ein weiteres Date gebeten?"

Jared warf Luke einen vielsagenden Blick zu. Luke hob seine Hände, als wäre er hilflos, diese Frau zu kontrollieren. Alle starrten ihn weiterhin an, also platzte Jared heraus: „Sie hat Schuldgefühle, dass sie übers Wochenende weggefahren ist, weil einer ihrer Patienten auf der PI gelandet ist. Das ist die pädiatrische Intensivstation."

Angel erstarrte, seine Bierflasche auf halbem Weg zu seinem Mund. „Oh. Das tut mir leid. Das ist schrecklich."

Jared starrte auf den Tisch. „Ja."

„Sie ist vermutlich nur ein bisschen betroffen ", sagte Angel. „Gib ihr etwas Zeit."

Jeder stimmte dieser Einschätzung zu, was überhaupt nicht hilfreich war. Denn das wahre Problem, so stellte er fest, war er. Emily kannte seinen Ruf und wollte sich nach ihrem Ex nicht wieder verbrennen. Er war jemand, mit dem man für ein Wochenende Spaß haben konnte. Das wars.

Jared erhob sich und nahm sein Geschirr. „Ich fahre jetzt. Danke fürs Essen."

Er ging zur Küche. Angel tauchte an seiner Seite auf, als er gerade die Teller in die Spülmaschine stellen wollte. „Ihr müsst euch aussprechen."

Jared verkniff sich eine sarkastische Erwiderung für Mr Gefühle-Ausdiskutierer. Er wusste, dass Angel nur versuchte zu helfen. Er richtete sich auf. „Danke, aber das ist nicht so einfach."

„Gib ihr die Sicherheit, dass du sie nicht betrügen wirst", sagte Angel. „Das ist für sie ein heißer Punkt."

Jared schnaubte. „So gerne ich ja mit dir über die Frau rede, mit der wir beide geschlafen haben, ich fahre jetzt." Seine vorige, brillante Idee, sich einen Rat von Angel zu holen, war vergessen. Jetzt war alles einfach nur ätzend. Er ging zur Haustür.

„Gib ihr mehr Zeit, in der ihr Spaß habt", rief Angel. „Mach sie mürbe."

Spaß. Jared verzog das Gesicht und war besonders wütend, weil Emily gesagt hatte, dass es mit Angel Spaß im Bett gemacht hatte. Er drehte sich um. „Das will sie nicht. Sie möchte einfach nur zurück in ihr Leben."

„Himmel, du kannst doch nicht aufgeben. Lass es einfach geschehen."

Jared drehte sich um und zog die Haustür auf. Wenn es so einfach wäre, würde er sich jetzt nicht so höllisch schlecht fühlen.

„Ich werde mit ihr reden", sagte Angel.

Jared knallte die Tür zu und drehte sich auf der Stelle um. „Wage es ja nicht. Das ist ..." Er beendete den Satz nicht. *Merkwürdig und unangemessen, wenn ihr früherer, idealer Lieb-*

haber das tat. Himmel, das Ganze war so verzwickt. „Ich kriege das schon hin."

Angel ging zu ihm und senkte seine Stimme. „Ich fühle mich verantwortlich. Ich habe dich zu ihr gedrängt. Ich habe wirklich gedacht, dass sie gut für dich ist."

„War sie auch", sagte er über den Kloß in seiner Kehle.

„Und ich dachte, du wärst gut für sie."

Er schluckte kräftig. „Bin ich nicht."

Angel sah nachdenklich drein. „Gib ihr Zeit. Ich weiß, da ist was zwischen euch."

„Das weißt du nicht! Du hast uns noch nicht einmal zusammen gesehen."

„Doch, habe ich, beim Sonntagsessen und beim Kochkurs. Sie strahlt, wenn du in der Nähe bist. Und du bekommst ganz sanfte Augen." Er schob einen Finger gegen ihn. „Ich krieg das wieder hin, Jare. Gib die Hoffnung nicht auf."

„Du wirst gar nichts tun! Ich möchte keine Überraschungen, nicht, dass sie plötzlich beim Sonntagsessen auftaucht und, um Gottes willen, denk nicht einmal daran, Mom und ihre Voodookekse ins Spiel zu bringen."

Angel lächelte breit. „Das ist doch mal eine Idee."

„Nein! Du willst ja auch nicht, dass ich mich in deine Sache mit Julia einmische."

Angels braune Augen blitzten. „Das wirst du nicht tun!"

„Werde ich doch, wenn du dich nicht raushältst!"

„Streiten sie schon wieder?", rief Vince, der im Flur auftauchte, begleitet vom Murmeln männlicher Stimmen.

„Es wird nicht gewettet!", protestierte seine Mom.

Angels Miene gefror. Er wandte sich ab.

Jared bekam ein schlechtes Gewissen. „Ah, Ang, tut mir leid. Ich hätte nicht–"

Angel kehrte zur Familie zurück und zeigte ihm über die Schulter noch den Mittelfinger. Vince schüttelte den Kopf in Jareds Richtung.

Jared ging und fühlte sich wie der große Versager. Zuerst bei Emily und jetzt bei Angel.

11

Emily bekam Chris nicht aus dem Kopf. Nicht nur konnte sie nicht aufhören, an diesen zerbrechlichen, kleinen Körper zu denken, der auf die PI verlegt worden war, während sie weg gewesen war und die schönste Zeit ihres Lebens genossen hatte, doch auch, weil es sie zu sehr daran erinnerte, wie vor zwei Jahren ihr Patient Jaden gestorben war. Jaden war auch in der PI gelandet, als sie nicht da gewesen war. Drei Tage später war er gestorben.

Sie hatte Chris besucht, sobald sie zurückgekommen waren. Sie war nicht überrascht gewesen, dass Chris' Dad, Tony, Wache an Chris' Seite gehalten hatte. Chris war für seinen Dad das Zentrum der Welt. Er war ein Einzelkind, und seine Mom war bei seiner Geburt gestorben.

„Hi, Tony", sagte sie vorsichtig.

Er blickte auf, sein braunes Haar war strähnig, seine Augen gerötet und lagen tief in dunklen Höhlen. „Emily", sagte er mit rauer und belegter Stimme, als hätte er schon eine Weile nicht mehr gesprochen, „du bist wieder da."

„Natürlich. Ich werde täglich nach ihm sehen."

„Das wirst du? Um wie viel Uhr?"

„Immer, wenn ich eine Pause machen kann."

„Hier, setz dich auf meinen Platz. Er wird von dir hören wollen."

Tony stand auf und stellte sich ans Fußende von Chris' Bett, während sie sich auf den Stuhl neben dem Bett setzte. Chris schlief, sein kleiner Körper sah zart und zerbrechlich aus. Sie hielt seine knochige Hand und sprach trotzdem mit ihm. „Hey, Kumpel. Ich bin's, Emily. Du kannst dich entspannen. Wir kümmern uns gut um dich. Dein Dad ist hier und passt auch auf dich auf." Sie hörte ein ersticktes Schluchzen und sah, dass Tony Tränen über die Wangen liefen und er eine Hand auf seinen Mund presste. Sie wusste, dass es die Hölle auf Erden war zu sehen, wie sein einziges Kind litt. Sie wandte sich Chris wieder zu. „Sie haben die Weihnachtsbeleuchtung in der Stadt angebracht. Wir werden auch welche in deinem Zimmer anbringen, weiße Lichterketten, die funkelt wie Sterne. Oder Schneeflocken. Du weißt schon, jede Schneeflocke ist einzigartig und was ganz Besonderes. Wie du." Sie schluckte den Kloß in ihrem Hals herunter. „Olivia hat dir ein Freundschaftsband gemacht und–"

„Er wird nicht allein sein, wenn er geht", sagte Tony mit heiserer Stimme.

Sie nickte, sah Tonys gerötetes, tränennasses Gesicht an, bevor sie sich wieder zu Chris umdrehte. Sie wusste, was er meinte. Tony hatte schon einmal gesagt, dass Chris' Mutter im Himmel auf ihn warten würde. „Das stimmt, Chris. Alle Leute, die du liebst, werden immer für dich da sein." Auch ihr Hals schnürte sich zu, und sie konnte nicht weitersprechen. Sie drückte Chris' Hand sanft und stand auf.

Sie bedeutete Tony, sich wieder zu setzen.

„Geh nicht", sagte er. „Ich möchte jetzt nicht allein sein, und Chris hat dich immer geliebt."

„Okay." Wie konnte sie dazu Nein sagen? Sie blieb noch eine Weile, bis sie zurück zur Arbeit gerufen wurde. „Es tut mir leid, ich muss wirklich gehen, aber ich komme zurück."

Tony nickte ernst und nahm seine Wache neben dem Bett seines Sohnes wieder auf. „Wir werden hier sein."

Es war nun schon eine Woche, und Chris kämpfte, doch er verlor immer wieder das Bewusstsein.

Jared hatte ihr mehrmals geschrieben und sogar versucht, mit ihr in der Krankenhauscafeteria zu Mittag zu essen, doch sie hatte ihn abblitzen lassen. Sie kam einfach nicht mit all dem klar. Es war nicht so, dass sie nichts für ihn empfand. Wenn sie sich gegenüber ehrlich war, empfand sie sogar zu viel. Als sie sich für ein Wochenende Spaß mit ihm erlaubt hatte, hatte sie unbeabsichtigt auch ihr Herz geöffnet und war dafür mit den Neuigkeiten über Chris geschlagen worden. Ganz offensichtlich war sie für solch ein sorgenfreies Leben nicht geschaffen. Und Chris hatte für ihren Egoismus bezahlt.

Sie machte sich nicht vor, dass sie irgendwie Wunder bewirken konnte, doch sie wachte über ihre Patienten und war schnell darin, auf Veränderungen zu reagieren, ob es nun zum Besseren oder zum Schlechteren war. Oft schon hatte diese schnelle Reaktion viel bewirkt. Sie hatte sich Chris' Akte angesehen, und auch wenn man dem Krankenhaus nicht vorwerfen konnte, ihn vernachlässigt zu haben, hatte die Station ihrer Meinung nach nicht schnell und entschieden genug reagiert. Sie hatten nicht so schnell gehandelt wie sie, wenn sie da gewesen wäre.

Am Freitagabend fuhr sie erschöpft nach Hause, wo sie ihren ehemaligen Ehemann, Michael, auf der Türschwelle auf sie warten sah. Es waren keine Reporter da, keine Kameras, nur er mit einer goldenen Schachtel, um die ein blaues Band gebunden war. Er trug einen grauen Wollmantel über seinem Anzug. Da sie zu ausgelaugt war, um sich zu streiten, zu aufgewühlt für eine Konfrontation, schenkte sie der goldenen Schachtel kaum Beachtung. Erst als sie näherkam, erkannte sie, dass es Godiva waren. Ihre Lieblingspralinen. Endlich einmal hatte er etwas richtig gemacht.

„Hi, Emily", sagte er, als sie bei ihm angekommen war. „Die sind für dich."

Sie nahm die Schachtel und brach in Tränen aus.

„Was ist denn los?", fragte Michael und führte sie zur Treppe, damit sie sich setzen konnte. „Sind das Tränen der Freude oder der Trauer?"

Darauf weinte sie nur noch heftiger. Sie waren drei Jahre verheiratet gewesen, und er hatte immer noch keine Ahnung, ob sie glücklich oder traurig war.

Er legte einen Arm um sie. „Habe ich die falsche Schokolade besorgt? Meine Assistentin hat gesagt …"

Sie schlug sich die Hände vors Gesicht und schluchzte. Doch sie weinte nicht seinetwegen. Nicht wirklich. Es war einfach nur der Tropfen gewesen, der das Fass zum Überlaufen gebracht hatte, um ihrer Trauer für Chris freien Lauf zu lassen.

„Was kann ich tun?", fragte er.

Sie weinte weiter, fühlte sich nicht in der Lage, irgendetwas zu erklären.

„Okay", sagte er und saß einfach mit ihr da, einen Arm um sie gelegt.

Sie weinte, bis sie keine Tränen mehr hatte, dann lehnte sie sich erschöpft an seine Seite.

„Möchtest du darüber reden?", fragte er.

Sie schniefte. „Einer meiner Patienten … Er … Ich bin mir nicht sicher, ob er es schaffen wird."

„Habe ich dir nicht gesagt, du musst dir für diesen Job ein dickeres Fell zulegen?"

Ihr Kiefer verkrampfte sich. Er hatte immer gesagt, dass sie zu sensibel war. Doch sie war gut in ihrem Job, *weil* sie so viel für ihre Patienten empfand. Das würde er niemals verstehen, denn der Mann hatte keine Emotionen.

Sie richtete sich auf. „Warum bist du hier?"

„Ich wollte dich sehen."

„Warum?"

„Meine Therapeutin meint, dass du vielleicht eine Entschuldigung brauchst, bevor du an eine Versöhnung denken kannst."

„Im Ernst?"

„Es tut mir leid, falls ich dir mit irgendeiner meiner … Handlungen … Schmerz bereitet habe."

„Du hast mich betrogen, Michael."

„Ich weiß. Es tut mir leid."

„Du hast mich in der Presse gedemütigt."

„Das war nicht meine Absicht. Die Presse ist ein bisschen durchgedreht. Ich habe keine Kontrolle darüber."

Sie erhob sich.

„Warte!" Auch er erhob sich. „Ich habe mich geändert. Ich kann damit zufrieden sein, mir nichts außerhalb unserer Beziehung zu suchen. Was immer für dich am angenehmsten ist."

Ja, klar. „Danke für die Schokolade."

„Wenn du mit mir verheiratet wärst, müsstest du nicht mehr auf der Krebsstation arbeiten. Dieser Job bringt dich noch um."

„Hilfreich wie immer", sagte sie, dann marschierte sie zur Tür. Sie blieb stehen und sah sich noch einmal zu Michael um, der dastand und sie beobachtete. „Ich habe jemanden kennengelernt. Komm nicht wieder her."

Und damit betrat sie ihr Apartment. Nicht, dass sie glaubte, mit Jared würde noch etwas passieren. Sie war einfach nur am Ende. Ihr Leben war am Ende. Das Letzte, was sie noch gebrauchen konnte, war eine weitere Komplikation. Sie wollte Michael einfach nur loswerden.

Sie wartete ein paar Minuten, um zu sehen, ob er ihr folgen oder an die Tür klopfen würde, doch er musste wohl gegangen sein. Sie atmete erleichtert auf und machte sich über die Schokolade her. Dann goss sie sich ein Glas Wein ein, um sich etwas zu entspannen. Kurz darauf ließ sie sich mit einer massiven Zuckerüberdosis aufs Sofa fallen.

Sie wachte auf, als am nächsten Morgen ihr Handy klingelte. Sie nahm es vom Tisch und stellte fest, dass sie für ihre Samstagsschicht nicht nur verschlafen hatte, sondern, dass sie auch mehrere Anrufe und Nachrichten von ihren Freundinnen Charlotte und Megan hatte.

Ist das gephotoshopped?, fragte Charlotte in einer Nachricht neben einem Bild, das aussah wie sie und Michael, die sich aneinander kuschelten. Jemand musste wohl ein Foto gemacht haben, als sie sich letzten Abend an seine Seite gelehnt und er seinen Arm um sie gelegt hatte. Man konnte nicht erkennen, dass sie weinte. Der Winkel ihres Gesichts und ihr Körper sahen einfach nur so aus, als lehnte sie sich in seine Umarmung. Mist.

Sie antwortete ihren Freundinnen und rannte dann unter die Dusche, um sich fertig zu machen. Sie konnte sich damit jetzt nicht auseinandersetzen. Ihre Patienten brauchten sie. Offensichtlich spann Michael immer noch für die Presse Geschichten über sie zusammen. Sie war sich sicher, dass da jetzt lauter Dinge über eine mögliche Versöhnung standen. Der Skandal war einfach zu saftig, um irgendeine Spekulation darüber ungenutzt zu lassen. Jetzt würde sie noch einmal etwas dazu sagen müssen. Vielleicht sollte sie wirklich über die Sache mit der einstweiligen Verfügung nachdenken. Er hatte sie nicht verletzt, aber definitiv belästigte er sie. Sie war sich nicht sicher, wie sie das angehen sollte. Mann! Sie hatte furchtbare Kopfschmerzen, weil sie sich so viele Gedanken machte und gestresst war.

Sie warf ein paar Ibuprofen ein, spülte sie mit Orangensaft herunter und nahm einen Müsliriegel, um ihn auf dem Weg zur Arbeit zu essen. Sie musste Michael aus ihrem Kopf verdrängen und sich auf das konzentrieren, was wichtig war. Kinder verließen sich auf sie.

Als sie zur Arbeit kam, nahm sie sich die Geschenketüte für Jareds Besuch und wappnete sich gegen sein charmantes Lächeln. Sie war jetzt nicht in der Stimmung für diese verrückte Achterbahnfahrt. Ganz egal, wie aufregend die Fahrt war, sie würde nicht mit dem unvermeidbaren Absturz klarkommen.

Jared erschien am Samstag mit einem Wirrwarr von Emotionen, die sich seines Kopfes bemächtigt hatten, zu seinem Captain Huddle-Besuch. Er musste für die Kinder da sein und wusste, wie wichtig sein Besuch jetzt war, da einer ihrer Freunde schließlich auf der PI gelandet war. Zur gleichen Zeit stand er neben sich, weil er heute Morgen die Nachrichten gelesen hatte mit einem Bild, in dem Emily sich an ihren Ex kuschelte.

Im Ernst? Ausgerechnet der! Wenn er nur daran dachte, war er schon angepisst, vor allem, weil sie Jared gesagt hatte, dass sie jetzt ihre ganze Zeit ihren Patienten widmen musste. Er hatte nichts anderes getan, als ihr eine schöne Zeit zu bereiten. Ihr Ex hatte sie betrogen und gedemütigt. Die Frau war offensichtlich nicht bei Verstand, weil sie so wegen Chris trauerte. Sie mussten das besprechen, wie Angel es ihm von Anfang an gesagt hatte. Er hätte auf Mr Gefühle-Ausdiskutierer hören sollen. Er war sich nicht ganz sicher, was er zu Emily sagen sollte, doch er war sich sicher, dass ihm etwas einfallen würde. Versagen war keine Option.

Er entdeckte sie vor dem Schwesternzimmer, wo sie mit der Geschenketüte auf ihn wartete. Er ging rasch zu ihr und küsste sie auf die Wange. „Hey, Em."

„Ooh!", quietschte die Stimme eines jungen Mädchens.

Emily versteifte sich. Als Jared sich umdrehte, sah er die zehnjährige Olivia mit einem Tropf. Eine junge, blonde Schwester ging neben ihr her. „Captain Huddle hat Emily geküsst!", rief Olivia.

„Mach das nicht wieder", zischte Emily leise, bevor sie zu Olivia sagte: „Das ist nur, weil ich ihm besondere Geschenke für wohlerzogene Kinder gegeben habe."

„Captain Huddle und Emily sitzen auf'nem Baum", sang Olivia.

Jared schmunzelte. Ihm gefiel die Richtung, in die dieses Lied ging.

„Jetzt glücklich?", fragte Emily ihn. „Das werde ich mir jetzt ständig anhören dürfen."

„Und K-Ü-S-S-E-N", sang Olivia laut, bevor die Schwester an ihrer Seite sie sanft zum Schweigen brachte.

„Triff dich mit mir nach deiner Schicht", sagte er. „Wir müssen reden."

Sie rieb sich die Schläfe. „Ich bin dafür wirklich nicht in der Stimmung. Du hast ja keine Vorstellung–"

„Em–"

„Bitte nicht."

„Zuerst kommt die Liebe", sang Olivia etwas leiser.

Emily zeigte warnend auf Olivia, dann drehte sie sich zu Jared um und sagte ruhig: „Behandele mich einfach wie eine von deinen Schwestern. Okay? Mehr als das kriege ich im Moment nicht gebacken."

„Würde ich ja, wenn ich könnte. Glaub mir, das wäre

einfacher." Er beugte sich vor, und ihm entging nicht, dass ihre Wangen rot wurden. „Meinst du, ich wollte, dass das hier passiert?" Er war auf dem besten Weg, sich in die Frau zu verlieben, die Chemie zwischen ihnen nahm überhand - und was tat sie? Sich an ihren Ex kuscheln!

Sie schnaubte. „Tut mir leid, dass Angel zu sehr gedrängt hat."

Er schüttelte den Kopf. „So habe ich das nicht gemeint."

Emilys Lippen zuckten, und sie hob die Hand und berührte seine Mütze mit den Stacheln. Verdammt. Er vergaß ständig, dass er das Kostüm trug, wenn er in ihrer Nähe war.

„Dann kommt die Hochzeit", sang Olivia noch über ihre Schulter, dann verschwand sie um die Ecke.

„Nach deiner Schicht", sagte er und schob sich die Augenmaske hoch, um ihr direkt in die Augen zu sehen. „Ich werde dich abholen."

Sie zitterte. Gut. Zumindest wusste sie, dass er es ernst meinte, wenn er sagte, dass er mit ihr reden musste. Er schob die Augenmaske wieder herunter, wirbelte herum, und das Cape wehte hinter ihm her, als er zum ersten Zimmer ging. Im Stillen betete er für Chris in der PI. Das war das erste Mal, dass er nicht in Chris' Zimmer ging. Er schluckte und betrat das Zimmer der kleinen Candace.

„Mag hier jemand Schmetterlinge?", fragte er mit fröhlicher Stimme.

Emily würde sich nicht mit Jared nach ihrer Schicht treffen. Er war eine zu große Versuchung, selbst wenn er ein lächerliches Stachelschweinkostüm trug. Sie machte sich wieder an die Arbeit, drängte ihn aus ihrem Kopf, doch eine Stunde später begegnete sie ihm auf dem Gang.

Er beugte sich zu ihrem Ohr hinab, und seine sexy Stimme grollte: „Wir treffen uns nach deiner Schicht im Pausenraum."

„Nein."

„Na schön, ich werde dich treffen, dann fahren wir zu mir und unterhalten uns."

Sie sprach mit leiser Stimme. „Ich habe nicht die Absicht, mit dir nach Hause zu gehen, um mit dir zu reden." Dabei malte sie Anführungszeichen in die Luft.

Sein wütendes Gesicht wirkte weniger einschüchternd durch die Tatsache, dass er wie ein Stachelschwein gekleidet war. „Wir werden reden."

Sie hob eine Hand, um ihn zu unterbrechen, und machte sich wieder an die Arbeit. Sie musste sich ganz auf ihre Patienten konzentrieren, und genau das würde sie auch tun.

Als ihre Schicht endete, ging sie schnell am Pausenraum vorbei, wagte es nicht, nachzusehen, ob Jared da drin auf sie wartete, und ging mit pochendem Herzen zum Aufzug. Er konnte so hartnäckig sein.

Die Türen öffneten sich zu einem leeren Aufzug, und sie stürzte hinein und drückte auf den Knopf fürs Erdgeschoss. Sie atmete einmal tief ein, schloss die Augen und redete sich zu, sie solle sich beruhigen. Sie spürte ihn auf sich zukommen, ohne, dass sie die Augen wieder geöffnet hatte. Als sie es tat, blickte sie ihm direkt in die grünen Augen, als er auf den Aufzug zukam. Er trug dieses absurde Kostüm nicht mehr, nur ein blaues T-Shirt mit langen Ärmeln, das seine breiten Schultern betonte, dazu ausgewaschene Jeans. Er hatte eine Reisetasche dabei, die vollgestopft war. Und der entschlossene Blick in seinen Augen sagte *Jetzt hab ich dich*. Sie drückte wie wild auf den Knopf fürs Erdgeschoss. *Komm schon, komm schon.*

Die Türen begannen sich zu schließen, doch dann schob sich ein Fuß in einem Sneaker dazwischen, und sie öffneten sich wieder.

„Hallo, Emily", sagte er mit gefährlich leiser Stimme.

„Hi", quietschte sie.

Sobald sich die Türen schlossen, ließ er die Tasche fallen und näherte sich ihr, drängte sie gegen die Wand und keilte sie mit seinen Händen beiderseits ihrer Hüfte ein. Sie erhitzte sich überall. Es war, als könnte sie ihre Reaktion auf ihn nicht kontrollieren.

Sein Mund strich über ihr Ohr, während er fragte: „Was muss man denn tun, um sich mit dir unterhalten zu können?"

„Es gibt nichts, worüber wir reden müssten", sagte sie, und ihre Stimme klang unangenehm atemlos. *Krieg dich in den Griff. Du hast keine Zeit für so etwas.*

Seine grünen Augen sahen sie mit einem intensiven Blick an. „Ich habe dich mit deinem Ex gesehen."

„Das ist vorbei."

„Das sah ganz schön intim aus."

Sie starrte auf seinen Mund. Plötzlich wollte sie nichts mehr, als sich in seinen Küssen zu verlieren.

„Bist du mit ihm zusammen?", fragte Jared.

„Nein."

Seine große Hand berührte ihre Wange. „Gut. Du hast Besseres verdient."

„Wie dich?"

„Wie mich." Er küsste ihre Wange, seine Finger glitten in ihre Haare und hielten sie fest.

Ihre Lider schlossen sich flatternd. „Ich möchte nicht reden …" Sie schluckte, ihr fiel es schwer zu denken. Sie musste sich auf ihre Patienten konzentrieren. Jared war eine zu große Ablenkung. „Ich muss mich im Moment auf meine Arbeit konzentrieren."

„Die Arbeit ist für heute vorbei", sagte er, dann senkte er seinen Mund auf ihren.

Sein Mund ergriff von ihrem Besitz, seine Zunge drang ein. Sie gab nach und legte ihre Arme um seinen Hals, erwiderte den Kuss, als wäre er die letzte Rettungsleine in dem verzweifelten Höllenloch ihres Lebens.

Die Türen öffneten sich mit einem Ding.

Jared nahm seine Tasche und ihre Hand, führte sie zur Tür hinaus in Richtung Ausgang. Ihre Knie fühlten sich an wie Gelee. Sie war erregt und brauchte verzweifelt mehr.

„Zu mir?", fragte er, als sie nach draußen in die kalte Dezemberluft traten.

Sie zögerte, als ihr Verstand darum kämpfte einzugreifen. Sie würde das bereuen, nicht wahr?

Er nahm ihren Nacken, beugte sich vor und flüsterte in ihr Ohr: „Ich werde dir Manieren beibringen."

Sie sehnte sich schmerzhaft danach, als sie sich daran erinnerte, wie er sie dazu gebracht hatte, *bitte* zu flehen und ihm dann für einen Monsterorgasmus zu danken. Das Pochen zwischen ihren Beinen wurde stärker. Sie könnte den Stressabbau jetzt wirklich gebrauchen.

Sie sah ihm in die Augen. „Ja, bitte."

Er schmunzelte und nahm ihre Hand, führte sie zu seinem Haus.

~

Jared war hin- und hergerissen. Er wollte mehr über Emily und ihren Ex herausfinden, weswegen er wahrscheinlich angepisst sein würde, und er wollte seinen verdammten Mund halten, denn es sah so aus, als würde er Emily bald wieder in sein Bett bekommen. Die Hitze zwischen ihnen war nicht normal. Doch dann, bevor sie sein Haus überhaupt erreicht hatten, platzte er heraus: „Jetzt erzähl mir genau, warum dein Exmann seinen Arm um dich gelegt hatte."

„Das schon wieder?"

„Ja."

„Er ist vorbeigekommen–"

„Er ist vorbeigekommen!" Er blieb abrupt stehen. Ihm war gar nicht aufgefallen, dass das Bild bei ihr zu Hause aufgenommen worden war. „Hast du ihn zu dir *eingeladen*?"

„Nein."

„Er ist also einfach so aufgetaucht?"

„Ja."

„Und was dann?"

„Er hat mir Pralinen geschenkt, und ich habe geweint. Er hat mich getröstet. Und er hat sich entschuldigt."

Seine Hände waren zu Fäusten geballt, und er zwang sich, etwas locker zu lassen. „Em, sei ehrlich zu mir. Läuft da noch was zwischen dir und deinem Ex?"

„Nein, auf keinen Fall, niemals."

Er musterte sie einen Moment lang, und sie erwiderte den Blick, ohne zu blinzeln. Er glaubte ihr, trotz allem. Offensichtlich hasste sie ihren Ex nicht, wenn sie es zuließ, dass er sie tröstete. Die Tatsache, dass sie Jared von sich gestoßen hatte, als er versucht hatte, das gleiche zu tun, schmerzte mehr als er für möglich gehalten hätte.

Jared schluckte kräftig. „Ein Haufen Nachrichtensender behauptet, dass ihr kurz vor der Versöhnung steht."

„Wirst du jetzt mir glauben oder der Presse?", blaffte sie.

„Dir, aber–", er unterbrach sich. „Ich möchte nicht, dass du ihn noch einmal siehst", brachte er zwischen zusammengebissenen Zähnen hervor.

„Das ist ziemlich dreist von dir. Stellst hier einfach Regeln auf, nachdem wir nur einmal miteinander geschlafen haben."

„Fünfmal."

Sie warf ihre Hände in die Luft. „Und wenn schon!"

„Ruf mich, wenn er noch einmal auftaucht. Ich werde dafür sorgen, dass er begreift, dass du ihn nicht mehr sehen willst."

„Jared, nein", sagte sie mit erstickter Stimme. Sie wischte sich über die Augen. „Jetzt hast du mich wieder traurig gemacht. Ich dachte, du wolltest mir helfen, zu vergessen–"

Er küsste sie, als ihm klar wurde, dass er einen Fehler gemacht hatte, und sie erwiderte den Kuss leidenschaftlich. Emily brauchte es, dass er der Typ war, mit dem man im Bett Spaß haben konnte. Also würde er genau das sein. Sie konnten sich später noch unterhalten, sobald sie entspannter war, obwohl er ihr das nicht sagte. Sie schlang ihre Arme um seinen Hals und lehnte ihren ganzen Körper gegen ihn, daher wusste er, dass sie sich durch ihn besser fühlte. Er unterbrach den Kuss, nahm ihre Hand und führte sie in sein Haus.

Er hatte kaum die Tür geschlossen, da stürzte sie sich auch schon auf ihn. Er fing sie auf, drehte sie um und drückte sie gegen die Tür.

Ihre Münder verschmolzen miteinander, und alles wurde ein wenig verrückt. Ihre Hände waren überall an ihm, während er ihr die Hose und das Höschen herunterriss. Innerhalb von Minuten war er in ihr, obwohl er noch nicht einmal vollkommen ausgezogen war, und pumpte in sie hinein, während sie stöhnte und nach Luft schnappte und ihn weiter antrieb.

Sie kam schnell, und er ließ einfach los, nahm sich, was er

brauchte, bis er ausgelaugt war. Nur bei Emily verlor er so die Kontrolle. Er lehnte seine Stirn gegen ihre, und sie lächelte.

„Danke", sagte sie. „Ich musste den Stress irgendwie loswerden."

Er legte eine Hand an ihre Wange. „Ist das alles, was ich für dich bin?" Er hatte nicht vorgehabt, so schnell so ernst zu werden, doch jetzt war es raus. Er konnte einfach nicht die ganze Zeit *nur* der Spaßmacher für sie sein. Ganz egal, wie viel bequemer das wäre. Für sie beide.

Sie schloss die Augen und lehnte ihren Kopf zurück.

Er zog ihn heraus und stellte sie wieder auf ihre Füße, hielt seine Hände an ihren Armen, falls ihre Knie nachgaben. „Antworte mir."

Sie betrachtete sein Gesicht, und er starrte zurück, mit all den tiefen Gefühlen, die er empfand. „Es tut mir leid", sagte sie. „Ich habe mich nur zum ersten Mal in dieser Woche entspannt. Ich habe das nicht so gemeint."

Sie löste sich von ihm und ging Richtung Sofa, wo sie ihre Hose und das Höschen hingeworfen hatte. „Dann gehe ich wohl besser mal."

„Bleib."

Sie zog ihr Höschen an. „Warum?"

Er suchte nach den richtigen Worten. *Weil ich etwas empfinde. Wie für Jen, bevor sie mich fallengelassen hat. Nein, von seiner Ex wollte sie sicher nichts hören.*

„Um Stress abzubauen", platzte er heraus.

Sie lächelte. „Ich fühle mich jetzt ganz gut." Sie griff nach ihrer Hose, und er beeilte sich, sie aufzuhalten. Er warf sie beiseite, packte ihre Haare und küsste sie gierig. Sie schmolz gegen ihn. Er machte weiter, schob sein Bein zwischen ihre. Er wollte nur eines: Sie zum Bleiben zu bewegen. Sie war immer noch erregt und stöhnte bald und bewegte ihre Hüfte im Rhythmus gegen sein Bein. Er küsste sie weiter, während sie hinten in ihrer Kehle schnurrte, und als er spürte, wie sie sich kurz vor ihrem Höhepunkt verkrampfte, zog er sich zurück.

Wie wild stürzte sie sich auf ihn, verlor die Balance, und er fing sie auf.

„Also wirst du bleiben", sagte er. Sie würden sich später unterhalten. Viel später.

Sie nickte, ihre Wangen hochrot.

„Komm schon, ich werde dir was zum Mittagessen machen, bevor ich dich um den Verstand ficke. Nächstes Mal nehme ich dich auf dem Küchenschrank."

„J-ja. Das klingt gut."

Er schmunzelte. „Dachte ich's mir doch, dass dir das gefallen würde."

Nachdem Emily mit Jared zweimal auf belebende Weise der Venus gedient hatte, musste sie zu ihrem Weihnachtskochkurs, für den sie sich im Ludbury House in Clover Park angemeldet hatte. Sie überlegte schon, ob sie ihn ausfallen lassen sollte, weil Jared so eine angenehme Ablenkung von all ihren Sorgen war. Es war verdammt schwierig, für irgendetwas positiv zu empfinden, wenn ein Kind, an dem ihr etwas lag, so litt. Chris hatte mit der Chemo und der schmerzvollen Knochenmarkstransplantation schon so viel hinter sich. Doch es half ihr, damit besser klar zu kommen, wenn sie sich in ihrem Leben auf etwas Normales wie das Kochen konzentrierte. Zu ihrer Überraschung hatte auch Jared sich für den Kurs angemeldet.

„Im Ernst?", fragte sie. „Ich dachte nicht, dass du gerne kochst. Bis jetzt habe ich dich nur Schinken-Käse-Sandwiches machen sehen."

Er legte von hinten seine Arme um sie, schob ihre Haare beiseite und küsste sie seitlich auf den Hals. „Und was ist falsch an Schinken-Käse-Sandwiches?"

„Nichts. Ich dachte nur ..." Sie sprach nicht weiter, als er ihre Haare hob und sie im Nacken küsste, wodurch ihr ein Schauer die Wirbelsäule hinunterlief. „Du musst aufhören, mich zu berühren, sonst komme ich nie zum Kurs."

Er schmunzelte und ging zu ihrem Ohr über, fuhr mit seiner Zunge über die Muschel. „Das klingt fast wie eine Einladung."

Sie drehte sich in seinen Armen um. Er schenkte ihr ein kleines Lächeln, und seine warmen grünen Augen glänzten verschmitzt, Grübchen zeigten sich auf seinen stoppeligen Wangen. „Du versuchst aber nicht nur, mich von Josh fernzuhalten, oder doch?" Sie wusste, dass es ihm nicht gefallen hatte, dass der Barkeeper mit ihr geflirtet hatte.

Er kratzte sich am Kopf. „Wer ist Josh?" Er täuschte sie nicht eine Minute.

„Ja, okay. Lass uns gehen. Ich muss noch zu Hause vorbei, um mich umzuziehen."

Nachdem Jared seinen Truck an ihrem Apartmentkomplex geparkt hatte, drehte sie sich zu ihm um. „Warte hier, bin in einer Minute wieder da."

Sie eilte die Treppe hinauf und blieb abrupt vor ihrer Tür stehen. Da saß ein brauner Teddybär mit einem aufgenähten roten Herzen auf ihrer Fußmatte. Der konnte nicht von Jared sein, da er fast den ganzen Tag mit ihr zusammen gewesen war. Sie sah sich kurz um, ob Michael irgendwo zu sehen war, doch sie war allein. Sie hob ihn auf und bemerkte ein gefaltetes Papier, das an seinen Rücken geklebt war. Mit zitternden Fingern öffnete sie das kleine Stück Papier, auf dem in winzigen Großbuchstaben geschrieben stand: *Für Emily, eine sehr besondere Frau.*

Sie schluckte kräftig und stürmte in ihr Apartment. Das sah nicht wie Michaels Handschrift aus. Natürlich konnte es sein, dass seine Assistentin das für ihn geschrieben hatte, oder vielleicht war er auch geliefert worden, und der Verkäufer hatte das geschrieben. Sie setzte den Bären auf das obere Regal im Flurschrank, für den Fall, dass sie ihn als Beweisstück brauchte. *Beruhige dich.* Vielleicht war er doch von Jared. Es konnte ja sein, dass er ihn schon früher bestellt hatte. Oder von Josh. Oder … Michael war wirklich verzweifelt.

Schnell zog sie einen roten Pullover und einen schwarzen Rock an, außerdem eine schwarze Strumpfhose und flache Schuhe und hoffte, dass das fröhliche Outfit ihr dabei helfen würde, in die richtige Stimmung für den vorweihnachtlichen Kurs zu kommen. Sie redete sich gut zu, nicht in Panik zu verfallen. Es konnte sonst wer gewesen sein, der ihr den Teddybären geschickt hatte. Es musste nichts Schlimmes bedeuten. Sie versuchte, sich auf das Gute zu konzentrieren: Sie ging zu einem Weihnachtskochkurs. Plötzlich war ihr schwindlig, und sie setzte sich.

Kurze Zeit später stieg sie wieder in den warmen Truck. Jared hatte einen Sender mit Weihnachtsliedern eingestellt, wodurch sie sich warm und behaglich fühlte, trotz der Sorge, die sie sich über das Teddybärengeschenk und Chris machte.

Jared sah zu ihr hinüber. „Hey, geht es dir gut?" Er hatte ein überraschend gutes Gespür für ihre Stimmungen.

„Ja." Sie wollte ihm nicht von dem Teddybären erzählen. Vermutlich war es nichts. Und sie wollte auch nicht, dass er den Höhlenmenschen spielte und auf Michael losging. Sie hatte keinen Beweis.

Sie starrte aus dem Fenster, während Jared auf die Straße vor ihrem Apartmentkomplex fuhr, war immer noch ein wenig zittrig und fragte plötzlich unwillkürlich: „Hältst du mich für was Besonderes?" *Eine sehr besondere Frau.* Sie beobachtete seinen Gesichtsausdruck, hoffte irgendwie, dass er plötzlich grinsen und wissen würde, dass sie über das Geschenk sprach, dass es doch von ihm war und sie aufhören konnte, auszuflippen, doch er sah nur verwirrt aus und ein wenig unbehaglich.

Er räusperte sich. „Ähm, was meinst du mit besonders? Wie besonders?"

„Ach, egal."

„Sicher, du bist was Besonderes. Bin ich was Besonderes?"

Die Teddybärnachricht war nicht von ihm. Er verhielt sich, als hätte er noch nie jemanden für etwas Besonderes gehalten. „Klar."

„Fühlst du dich jetzt besser?"

„Nicht wirklich." Sie seufzte. „Ich mache mir immer noch Sorgen um Chris."

„Er hält sich doch ganz tapfer."

„Noch."

Der Frust und die Hilflosigkeit erfassten sie erneut und

zogen sie zurück an den finsteren Ort, an dem sie in Verzweiflung geriet. Jared griff nach ihrer Hand und drückte sie.

Ein paar Minuten später unterbrach er ihre besorgten und verzweifelten Gedanken. „Sieh dir die Lichter an."

Die Main Street in Clover Park war von weißen Lichtern erhellt, die um die altmodischen Straßenlaternen geschlungen waren und um die Bäume auf beiden Seiten der Straße.

„Es ist wunderschön", sagte sie.

„Ludbury House wird zu Weihnachten auch immer so geschmückt", sagte er.

Ein paar Minuten später kamen sie am Ludbury House an. Das weiße Haus war mit warmweißen Lichtern dekoriert, wie auch all die Bäume auf dem Grundstück, darunter eine perfekte, zehn Meter hohe Kiefer. Der schmiedeeiserne Zaun auf der vorderen Seite des Grundstücks war mit weihnachtlichem Grün und roten Samtschleifen geschmückt.

Jared nahm ihre Hand, als sie hineingingen, und hielt ihr die schwere Holztür auf. Ein großer Weihnachtsbaum, dekoriert mit weißen Lichtern und roten Schleifen, füllte das Foyer. Bunt eingepackte Geschenke mit goldenen Schleifen waren darunter gestapelt. Das Geländer der großen Treppe war ebenfalls mit Tannengrün geschmückt.

„Willkommen zurück im Ludbury House!", grüßte Hailey sie fröhlich. Sie trug einen grünen Elfenhut aus Samt mit falschen Elfenohren, die an die Seiten des Hutes genäht waren, und ein passendes grünes Samtkleid. Sie reichte auch ihnen beiden Elfenhüte.

Jared setzte seinen Hut auf. Er sah lächerlich niedlich aus. Es betonte das Grün in seinen Augen.

Haileys blaue Augen begannen zu leuchten, als sie von Jared zu Emily sah. „Seid ihr beide zusammen?"

Emily wusste nicht, wie sie darauf antworten sollte.

Jared antwortete für sie. „Ja." Er nahm Emily den Elfenhut aus ihrer verkrampften Faust und setzte ihn ihr auf den Kopf. Er sah sie auf seine Behauptung hin herausfordernd an. Nach dem Nachmittag, den sie außer Atem und keuchend gegen seinen harten Körper gepresst verbracht hatte, war es nicht so leicht, das zu leugnen.

Hailey klatschte in die Hände und unterbrach den Zauber. „Wunderbar!" Sie reichte Emily ihre Karte. „Für den Fall, dass ihr mich braucht."

Sie schaute auf eine cremefarbene Visitenkarte mit eingestanzten silbernen Glocken hinunter, auf der stand *Hailey Adams*, und darunter *Liebesjunkie*.

„Ich bin Hochzeitsplanerin", erklärte Hailey augenzwinkernd. „Geht schonmal nach hinten in die Küche."

Emily schob die Karte in ihre Handtasche, ihre Wangen brannten vor Scham. Sie wollte nicht, dass Jared diese Geste missverstand, denn sie wollte nie wieder heiraten. Sie wechselte rasch das Thema. „Ich frage mich, was wir wohl heute zu kochen lernen."

„Ich hoffe Nachtisch", sagte Jared. Er nahm ihre Hand und verflocht seine Finger mit ihren, während er mit ihr in die Küche ging. „Fühlt sich an, als wären wir zusammen, richtig?"

Sie wollte jetzt *nicht* darüber diskutieren. Sie war sich immer noch nicht sicher, wie es hatte passieren können, dass sie sich ein zweites Mal auf ihn eingelassen hatte, nachdem sie ihren kleinen Wochenendausflug so sehr bereut hatte. Die einzige vernünftige Erklärung war der extreme Stress, unter dem sie stand, doch sie hatte das Gefühl, dass er nicht gerne als jemand bezeichnet wurde, mit dem man seinen Stress abbauen konnte. Als ihr das einmal rausgerutscht war, hatte er wütend gewirkt.

„Ho-ho-ho", sagte Shane, ihr Kochlehrer, und begrüßte sie winkend. Er trug einen Weihnachtsmannhut über seinen roten Haaren. „Ihr seid ja wieder da."

Emily winkte ihm und seiner Großmutter, Maggie, zu, die einen Elfenhut über ihren kurzen weißen Haaren und ein grünes Samtkleid trug, das ganz zu Haileys passte. „Ich bin der Elf, der immer zu einem Sprung bereit ist!", verkündete Maggie. „Oder sollte ich besser sagen, der einen Sprung in der Schüssel hat?" Sie schlug sich, zufrieden mit ihrem Scherz, aufs Knie.

Emily kicherte. Maggie sah mit ihrer zierlichen Größe und dem fröhlichen Auftreten wirklich wie eine glückliche Elfe aus. Ihr Blick fiel auf Julia, die in der Ecke still ihre Schürze umlegte. „Hi, Julia."

„Hi", sagte Julia mit leiser Stimme.

„Hey, Julia", sagte Jared. „Kommt Angel heute nicht?"

Sie nickte. „Doch, er kommt noch."

Auf dem Vorbereitungstisch aus Edelstahl mitten im Raum türmten sich Schokoladentafeln, Schokochips, Zucker, Mehl und Zuckerglasurtuben. Für sie sah das nach Nachtisch aus. Sie sah Jared an, der grinste.

„Zwei Paare haben uns für heute abgesagt, wir sind also heute Abend nur eine kleine Gruppe", sagte Shane. „Irgendwie scheint die Grippe umzugehen. Nehmt euch eure Schürzen."

Jared nahm sich eine Schürze für sich und eine für sie, und sie banden sie um.

In dem Moment kam Josh, der Barkeeper vom Garner's, mit einem Elfenhut herein. Er sah merkwürdig darin aus - der niedliche Hut zu seinem Flanellhemd über den zerrissenen Jeans ließ ihn aussehen wie einen toughen Biker mit Elffetisch.

„Ich hoffe wirklich, wir backen Tannenbaumkekse", sagte Josh grinsend.

„Elfenkekse!", rief Maggie.

Josh deutete auf seine Nase wie *ding, ding, ding, richtige Antwort!*

Julia kicherte, was Josh zu ermuntern schien, zu ihr zu gehen. „Nette Aussichten, was?" Er lächelte Julia an. „Wo ist denn dein Elfenhut?"

Sie schüttelte den Kopf. „Ich habe ihn abgenommen, um mir die Schürze umzubinden."

Josh sah zu den Schürzen hinüber, entdeckte ihren Hut und holte ihn ihr. Dann setzte er ihn auf ihren Kopf und strich ihr die Haare aus dem Gesicht hinter ihre Ohren. Julia lief rosa an. „Anbetungswürdig", erklärte Josh, wodurch das Rosa ihrer Wangen leuchtend rot wurde.

„Hübscher Hut", blaffte eine Stimme von der Tür aus. Als Emily sich umdrehte, sah sie Angel in seiner schwarzen

Lederjacke hereinmarschieren, als wollte er jemandem in den Hintern treten.

Jared stieß einen leisen Pfiff aus.

Julia nahm schnell den Hut ab.

Hailey folgte Angel dicht auf den Fersen. „Dein Freund ist da, Julia!", verkündete sie.

Julia sah zu Josh und dann zu Angel. „Wir sind nur *Freunde*."

„Ja", brachte Angel zwischen zusammengebissenen Zähnen hervor. „Beste Freunde."

„Oh." Hailey blickte zu Josh, der lächelte und Julia ansah, die schon wieder furchtbar rot wurde. Hailey drückte Julia eine Karte in die Hand. „Ruf mich an. Ich kann dir dabei helfen."

Angel sah zufrieden mit sich selbst aus. Josh auch.

„Danke", sagte Julia. Sie warf einen Blick auf die Karte, stieß einen entsetzten Laut aus und sah sich dann im Raum nach all den neugierigen Gesichtern um. „Ich stecke die mal eben in meine Handtasche." Sie schoss in die Ecke und stopfte sie in die Tasche.

„Gut, dann also", verkündete Maggie. „Heute Abend machen wir Nachtisch."

„Ja!", sagte Jared und schlug mit der Faust in die Luft.

Maggie lachte. „Wir fangen mit meinem weltberühmten Buttertoffee an, einem einfachen Rezept, während Shane alles für den traditionellen Bûche de Noël vorbereitet. Falls ihr nicht wisst, was das ist, das ist ein Kuchen in der Form eines Holzscheits. Das ist um einiges mehr Arbeit, aber letzten Endes lohnt es sich."

„Wenn man in der Küche Qualität haben will, darf man nichts überstürzen", sagte Shane.

„Man sollte nichts Gutes überstürzen", sagte Maggie augenzwinkernd. „Habe ich recht, die Damen?"

Julia errötete.

Emily meldete sich zu Wort. „Langsam ist gut."

Josh warf ihr von der anderen Seite des Raumes einen vielsagenden Blick zu, und Jared legte seinen Arm um ihre Schultern. Es gab doch nichts Besseres als Höhlenmenschengehabe, um eine Frau in Fahrt zu bringen. Nicht, dass Jared wirklich viel tun musste, um sie in Fahrt zu bringen. Den Rest des Kurses über berührte er sie unentwegt, während sie gemeinsam an ihrem Nachtisch arbeiteten – er drückte ihr mal die Hand, streichelte ihr kurz über den Rücken, schob ihr die Haare über die Schultern, berührte ihren Arm. Sie hatte das Gefühl, dass er für den Abend noch mehr auf Lager hatte, obwohl sie wusste, dass es eine schlechte Idee wäre, die Nacht mit ihm zu verbringen. Sie musste für Abstand sorgen, bevor sie sich zu sehr an ihn gewöhnte. Sie kannte schließlich seinen Ruf. Und wenn sie noch ein Wochenende mit ihm verbrachte, würde sie ihn damit auf die falsche Idee bringen. Es war eine einmalige Sache, die Spaß machte. Okay, eine fünfmalige Sache.

Plus noch zwei. Ach, was auch immer.

Sie bemühte sich, sich wieder auf den Kurs zu konzentrieren. Mehrere Stunden später war ihr Weihnachtsbaumstamm fertig. Im Grunde war es ein dünner Schokoladenkuchen, der wie eine Biskuitrolle aufgerollt wurde, nur, dass sie statt Gelee eine dünne Sahnefüllung aufgetragen hatten. Sie überzogen das ganze Ding mit Schokoladenguss, benutzten die Zinken einer Gabel, damit es aussah wie Baumrinde, und dekorierten ihn dann mit Stechpalme und Beeren aus Zuckerguss. Der, den sie und Jared gemacht hatten, war grässlich und schief, hauptsächlich, weil Jared die ganze Zeit rumgealbert hatte und es ihr schwergefallen war, sich zu konzentrieren. Angels und Julias war am Ende perfekt. Josh hatte mit Maggie gearbeitet, und auch ihrer war perfekt, obwohl obendrauf viel zu viel Sahne war, weil Maggie süchtig nach Schlagsahne war. Ständig deutete sie an, wozu man Sahne sonst noch gebrauchen konnte, woraufhin Josh lachen musste und die anderen bei der Vorstellung von Rentnern im Bett unbehaglich herumzappelten.

Der Kurs war zu Ende, und Jared holte ihre Jacke und half ihr hinein. Dass er sich so gentlemanlike benahm, überraschte sie, bis ihr plötzlich klar wurde, dass er eigentlich insgesamt sehr gute Manieren hatte. Sie fragte sich, ob er wohl anbot, sie nach Hause zu fahren, oder sie noch einmal zu sich nach

Hause einlud. So, wie er sie ständig berührt und sie den ganzen Kurs über angelächelt hatte, und ausgehend von der Tatsache, dass sie immer noch ein wenig neben sich stand wegen des Teddybären, neigte sie dazu, mit ihm nach Hause zu gehen.

~

Jared sah zu Angel hinüber, der Josh finster anstarrte, weil der ganz unverhohlen mit einer errötenden Julia flirtete, als alle sich fertig machten, um den Kochkurs zu verlassen.

„Nur eine Minute", sagte er zu Emily.

Er war etwas besorgt, dass Angel sich mit Josh anlegen könnte. Angel hatte diesen mörderischen Blick aufgesetzt, den er immer hatte, bevor er mit der Faust ausholte. Es musste schon einiges passieren, bis sein Stiefbruder dieses Wutlevel erreichte, doch wenn er erst einmal da war, war es nicht leicht, ihn wieder runterzuholen.

Er packte Angel am Ärmel seiner Lederjacke und zog ihn fort. „Hey, wie geht's?"

„Was?", blaffte Angel.

„Wie geht's? Ist alles gut?"

Angel seufzte. „Ich hatte nicht vor, ihn anzurühren."

Jared stupste ihn am Arm an. „Gut."

Angel schubste zurück. Kräftig. „Ja, gut." Seine Aufmerksamkeit wanderte zu Julia zurück, die leise etwas zu Josh sagte und den Kopf schüttelte. Angel wollte in ihre Richtung gehen, doch Jared hielt ihn mit einer Hand an seiner Schulter zurück. Angel schüttelte ihn ab und wollte gerade schon hinübermarschieren, als Josh Julia zunickte, lächelte, sich umdrehte und ging.

„Sie hat sich selbst darum gekümmert", sagte Jared leise.

Angel nickte einmal. „Der Typ ist ein Idiot."

„Er hat sich nur wie ein Typ verhalten. Man kann ihm nicht vorwerfen, dass er es versucht hat." Jetzt konnte er das locker sagen, da *er* derjenige war, der es mit Emily trieb.

Angel verzog das Gesicht. „Wie läuft's mit Emily?"

Er musste unwillkürlich lächeln. „Großartig." Er sah zu

Emily hinüber, die jetzt mit Maggie plauderte. Emily lächelte, und es machte ihn froh, sie so glücklich zu sehen. Er hatte sich wirklich Sorgen gemacht, weil es mit ihr so bergab gegangen war, seitdem Chris auf der PI gelandet war. So, als hätte sie sich zu einer verzweifelten Kugel zusammengerollt. Irgendwie, als er sie im Aufzug geküsst hatte, hatte er sie geradewegs in sein Bett gezogen. Er war sich immer noch nicht sicher, wie das so schnell passiert war. Er hatte nicht geplant, dass das passierte. Er war nicht so gut in Beziehungsdingen.

„Ihr habt also über alles geredet?", fragte Angel.

Jared drehte sich zu ihm zurück. „Wie? Oh. Mehr oder weniger."

„Habt ihr überhaupt geredet?"

Jared gefiel die Überheblichkeit nicht von ausgerechnet dem Typen, der überhaupt nicht zur Sache kam. „Und wie läuft es mit Julia?"

„Halt die Klappe." Angel marschierte zu Julia, sagte etwas zu ihr und sie nickte und ging mit ihm los.

Emily kam zu ihm, und sie gingen zu viert zum Ausgang.

„Emily", sagte Angel, „ich habe deinen Ex in den Nachrichten mit diesem merkwürdigen Antrag gesehen. Was ist passiert?"

„Oh Mann", sagte Emily. „Er hat mir vor meinem Apartmentkomplex einen Antrag gemacht. Ich musste ihn und die Presse abwimmeln."

Jared blieb stehen. „Was? Das hast du mir gar nicht erzählt."

„Ich habe mich darum gekümmert", sagte Emily.

Jared knirschte mit den Zähnen. „Wann ist das alles passiert?"

„Sofort, nachdem ich vom Garner's nach Hause kam. An dem Abend, als wir was trinken waren."

„Vor drei Wochen!", blaffte er.

Angel und Julia tauschten einen unbehaglichen Blick aus.

„Ja", sagte Emily. „Ich schätze, das war vor drei Wochen."

Jared bemühte sich, nicht auszurasten. „Und dir ist nicht in den Sinn gekommen, mir das zu erzählen?"

Verdammt. Emily hätte wirklich in Gefahr sein können. Sie hatte ihm nicht gesagt, dass ihr Ex ihr nachstellte. Er hatte keine Ahnung gehabt, dass der Typ mehrmals bei ihr gewesen war.

„Du hast nicht gefragt", sagte Emily ruhig.

„Woher hätte ich denn wissen sollen, was ich fragen muss?", blaffte Jared. Es war lächerlich, wie wenig sie miteinander sprachen. Das lag an ihm. Das war genau der Grund, weswegen er in Beziehungen nichts taugte. Er kam einfach mit all diesem Gerede über Gefühle nicht klar. „Du musst eine einstweilige Verfügung erwirken", ergänzte er.

„Ich habe darüber nachgedacht", sagte Emily, „ich glaube nicht, dass er mir wehtun wollte."

„Du solltest dich wirklich um eine bemühen", sagte Angel. „Nur, um sicher zu sein. Nimm das nicht auf die leichte Schulter. Er scheint ein wenig neben der Spur zu sein."

„Ganz ehrlich glaube ich nicht, dass er so etwas noch einmal tun wird", erwiderte Emily mit einem Blick auf Jared. „Nach dem letzten Mal habe ich ihm gesagt, dass ich jemanden kennengelernt habe."

„Und warum hast du mir das nicht erzählt?", fragte Jared. Das war für ihn alles neu, und er hätte nichts davon erfahren, wenn Angel und seine mitfühlenden Fragen nicht gewesen wären.

„Du hast nicht gefragt!", schoss Emily zurück.

„Bis später", sagte Angel und führte Julia zur Tür hinaus.

„Ich habe dich gefragt, ob es dir gut geht", sagte Jared und fand, dass er wenigstens dafür Punkte verdient hatte.

„Es ging mir ja auch gut."

„Und warum hast du mir nicht erzählt, dass er immer wieder bei dir zu Hause auftaucht?"

„Weil ich mich darum gekümmert habe. Im Ernst. Vergiss es einfach."

Er knirschte mit den Zähnen, war wütend auf sie, aber auch wütend auf sich, weil er so auf Sex versessen gewesen war, dass er mit ihr nicht so vernünftig reden konnte, wie Angel es konnte. „Tut mir leid, dass ich nicht Mr Gefühle-Ausdiskutierer bin wie andere Leute."

Sie sah ihn genervt an. „Nicht das schon wieder."

„Ich bin einfach nicht gut in Gefühlsdingen", sagte er defensiv.

„Das ist in Ordnung. Ich will eh nur deinen Körper." Sie stürmte zur Tür hinaus.

Er folgte ihr und fühlte sich, als hätte er gerade einen Schlag in die Magengegend gekommen. Das war genau das, was er vermutet hatte, und die Wahrheit tat weh.

Er ging mit ihr zurück zu seinem Truck, still und wütend. Nachdem sie drinsaßen, stellte er den Motor an und stellte die Standheizung an. Dann saß er einfach nur da und suchte nach Worten, die ihr hätten sagen können, wie viel mehr er wollte als das.

Ihre behandschuhte Hand streichelte seine Haare. „Hey. Das war nur ein Scherz, dass ich nur deinen Körper will. Ich mag dich wirklich. Sei nicht wütend."

Er drehte sich um, um sie anzusehen. „Du magst mich."

„Sicher. Mit dir hat man viel Spaß. Und ich denke, ich brauche Spaß in meinem Leben."

„Also geht es doch nur um meinen Körper."

„Komm schon. Das war nur ein Scherz!" Sie gab ihm einen verspielten Schlag auf die Schulter.

Er schnaubte. „Manchmal steckt in Scherzen aber auch ein wahrer Kern."

Sie wackelte mit dem Finger in seine Richtung. „Ich weiß, was du da tust."

Er packte ihren wackelnden Finger. „Was tue ich denn?"

„Du fischst nach Komplimenten."

„Ich–"

„Okay, ich werde mitspielen. Deine Augen haben ein umwerfendes Grün." Sie kam seiner Nase ganz nahe und sah ihm in die Augen.

„Em", sagte er, sein Blut sackte rasch von seinem großen Kopf in seinen kleinen Kopf.

„Du schmeckst wie eine würzige Süßigkeit", sagte sie und fuhr mit ihrer Zunge über seine Unterlippe, dann schob sie sie in seinen Mund, um noch einmal zu kosten. Er stöhnte und nahm ihren Hinterkopf, küsste sie lang und tief, konnte sich nicht zurückhalten. Und dann zog er sie auf seinen Schoß, sodass sie rittlings auf ihm saß. Sie stieß mit ihrer Scham gegen ihn, und der Rest war nur noch heiß und verschwommen.

Es war ihm egal, dass sie auf einem Parkplatz waren.

Es war ihm egal, dass er über seine Gefühle hätte reden sollen.

Er wollte sich nur ganz tief in ihr vergraben.

„Em", brachte er hervor, und das eine Wort war sowohl Befehl als auch Bitte.

„Ja", sagte sie, öffnete schnell seine Jeans und befreite ihn. Er schob ihren Rock hoch und stellte fest, dass sie darunter noch mehr Kleidung trug. „Zerreiß einfach die Strumpfhose", sagte sie an seinem Mund.

Das war leicht, so wie sie über ihm saß. Er schob ihr Höschen beiseite und versank mit einer schnellen Bewegung im Himmel.

12

Emily war sich nicht sicher, wie es gekommen war, dass sie letztendlich das ganze Wochenende in Jareds Haus verbracht hatte, doch irgendwie schien sie nicht aufhören zu können, mit ihm zu schlafen. Nach dem Sex im Truck – so etwas hatte sie noch nie zuvor getan – war er geradewegs zu seinem Haus gefahren, wo sie etwas von ihrem Baumkuchen aus dem Kurs aßen. Dann wurde Jared kreativ, bemalte sie mit der Sahne, leckte sie ab und nahm sie direkt dort, auf dem Küchentisch, wobei er sagte, sie sei sein Festmahl. Vermutlich hätte sie danach gehen sollen, doch sie war müde gewesen, und er hatte sie nach oben ins Bett getragen – seine starken Arme waren so warm um sie gewesen. Er hatte sie in zufriedene Behaglichkeit eingelullt.

Jetzt war es Morgen, und sie wusste, dass sie wirklich gehen musste. Sie hatten einander das Hirn rausgefickt, und jetzt hieß es zurück in die Wirklichkeit. Sie erinnerte sich plötzlich an den merkwürdigen Teddybären und zögerte einen Moment, nach Hause zu gehen, da sie sich nicht sicher war, was vielleicht wieder auf ihrer Türschwelle auf sie wartete. Es war nur ein Teddybär, sagte sie sich. Harmlos. Vermutlich irgendein Nachbar, der für sie schwärmte. Nur, dass ihrem Bauchgefühl ihre scheinbar vernünftige Erklärung überhaupt nicht gefiel. Sie presste ihre Finger an ihre Schläfen. Was sollte sie denn tun, aus Angst zu Jared ziehen? Sie war noch nicht bereit für eine ernsthafte Beziehung, und sie wusste sehr gut, dass auch ihm nicht daran gelegen war. Er hatte ihr von Anfang an gesagt, dass er Beziehungsprobleme hatte, und sein Ruf in der Damenwelt hatte geradezu epische Ausmaße angenommen. Wohlverdient, aber dennoch. Sie wäre dumm, wenn sie glaubte, dass er es ernst mit ihr meinte.

Sie sah zur Seite, stellte fest, dass seine Augen geschlossen waren, und kletterte aus dem Bett.

Seine Hand kam unter der Decke hervorgeschossen und packte ihr Handgelenk. „Nicht so schnell."

„Ah!", schrie sie.

Er zog sie auf sich. Sie waren immer noch nackt, weil sie mitten in der Nacht miteinander geschlafen hatten. „Ich will dich", sagte er und sah ihr in die Augen.

„Ich weiß."

Er umfasste ihren Hintern und drückte zu. „Sehr."

„Ich weiß. Ich muss trotzdem gehen."

Er drückte sie gegen seine Härte. „Jede Nacht. Ich will dich jede Nacht in meinem Bett."

„Du kannst mich nicht jede Nacht haben."

Er schob seine warme Hand in ihre Haare und küsste sie, sie schmolz gegen ihn. Immer, wenn er sie küsste, überstimmte ihr Körper ihr Gehirn.

Er unterbrach den Kuss. „Ich werde dich nicht betrügen", sagte er aus heiterem Himmel.

„Jared, wir haben ja keine feste–"

„Doch, fest. Das will ich. Wir sollten fest zusammen sein."

„Ich weiß nicht einmal, wie dieses Wochenende passiert ist."

Er küsste sie erneut und sah ihr in die Augen. „Es ist wie ... ich habe dir doch von Jen erzählt–"

„Stopp!" Sie versuchte, sich wegzurollen, doch er zog sie zurück. „Ich will nicht von deinen anderen Frauen hören", sagte sie zwischen ihren Zähnen hindurch.

„Ich spreche ja gar nicht über Sex!"

Sie begann zu pochen, als sie das Wort „Sex" aus seinem Mund hörte. Es war lächerlich, wie sehr sie ihn wollte, doch sie wollte nicht über Jen oder irgendeine andere Frau aus seiner Vergangenheit reden.

Er stöhnte. „Em … du machst es mir so schwierig, mich aufs Reden zu konzentrieren."

„Was hab ich denn getan?" Er musste das Verlangen in ihren Augen gesehen haben. Das Verlangen übertraf alles andere. Sie küsste seinen Hals und atmete ihn ein, wie Seife und Apfelkuchen und alles Gute in der Welt. „Wir reden später."

Er rollte sich auf sie und stieß hinein. Sie stöhnte laut und hakte ihre Beine um seine Taille. Sie war bereits erregt, wie er sehr wohl wusste.

Er sah ihr in die Augen. „Dieses Wochenende ist passiert, weil ..." Er zog ihn fast ganz raus und stieß dann wieder tief zu, woraufhin sie nach Luft schnappte. „... du mir nicht widerstehen kannst."

„Ich – ich ..." Sie konnte nicht sprechen, während er fest und schnell und tief in sie hineinstieß. Sie spürte, wie sie wieder diese Höhe erklomm. „Bitte."

Er zog ihn wieder fast ganz raus. „Lass mich einfach rein." Sein Stoßen passte auf verrückte Weise zu seinen Worten.

Sie schrie. „Du bist doch schon drin."

Er stieß immer wieder hart zu, und sie krallte ihre Nägel in seinen Rücken. „Mehr."

„Oh-oh-oh." Wieder zog er ihn heraus, und sie packte seine Schultern, um ihn zurückzuziehen. Er rammte wieder in sie hinein, und ihr stockte der Atem. „Du kannst nicht weiter rein."

Er stieß weiter zu, und sie hob ihre Hüfte, um ihn tiefer aufzunehmen. Sie stöhnten beide. „Ich spreche von Gefühlen", sagte er heiser, während er tief in ihr vergraben war.

„Fick mich einfach!" Sie melkte ihn mit ihren inneren Muskeln.

Er machte weiter, und sie erlebte einen Orgasmus von epischen Ausmaßen, der sie bis ins Mark erschütterte und weiter und weiter ging, während er für seine eigene Erlösung zustieß.

Als er ihn schließlich herauszog, versuchte sie zu entkommen, doch er war über ihr, seine Hände und sein Mund dominierten sofort alle ihre heißen Stellen, und sie gab wieder nach.

Er ließ sie erst los, als ihr tatsächlich alles wehtat vom Sex. Sie hatte nicht einmal gewusst, dass das passieren konnte. Sie konnte kaum gehen.

„Das ist was Schönes", sagte er mit einem breiten Grinsen von einem Ohr zum anderen, als er sah, wie sie durchs Zimmer humpelte, ihre Kleidung einsammelte und sie anzog.

Sie drehte sich um und sah ihn wütend an. „Das ist nicht lustig." Ihr taten Muskeln weh, von denen sie nicht einmal gewusst hatte, dass sie sie besaß.

Jared lief durch den Raum dorthin, wo sie stand, gab ihr einen kurzen Kuss und zog sie dann zurück zum Bett, wo er sie sofort mit dem Gesicht nach unten auf die Matratze drückte.

„Ich dachte, du kannst nicht mehr", sagte sie. Außerdem war sie mittlerweile ganz angezogen und trug bereits ihren Pullover und den Rock (ohne die zerrissene Strumpfhose) vom Abend zuvor.

„Ich bin Arzt, lassen Sie mich durch!", sagte er, dann begann er eine köstliche Massage. Seine großen warmen Hände entspannten und erregten sie, während er sich von ihrem Hals zu ihren Schultern und zum Rücken vorarbeitete. Dann kam er zu ihrer Hüfte, massierte sie über dem Rock und dann um ihren Hintern. Seine Hände verließen sie einen Moment, und sie wollte gerade schon protestieren, dass sie mehr wollte, als er ihren Rock an ihrer Hüfte hinaufschob und sich an intimeres Territorium machte. Sie ließ ihn tun, was immer er wollte, denn alles, was er tat, fühlte sich wundervoll an.

Er ließ seinen Zauber den ganzen Weg hinunter an ihren Beinen bis zu ihren Zehen wirken und schickte sie dann fort. Sie ging merkwürdig berauscht, sowohl euphorisch als auch erschöpft, weil sie ausgelaugt und wunderbar behandelt worden war. Sie fürchtete, süchtig nach diesem Gefühl zu werden. Süchtig nach ihm.

Sie wusste, dass sie sich nicht zu ihm hingezogen fühlen

durfte. Er meinte es nicht ernst mit dir. Das war nicht seine Art. Oder doch? Er hatte mitten in dieser diffusen, lusterfüllten Zeit etwas über Gefühle gesagt. Aber das war nur Schlafzimmergerede. Richtig?

Sie ging nach draußen zur Einfahrt, wo Jared ihren Wagen abgestellt hatte, eine sehr sichere Volvo Limousine. Er hatte den Wagen spät am vorigen Abend vom Krankenhausparkplatz geholt, damit sie bequem nach Hause fahren konnte – eine weitere Bekundung seiner guten Manieren. In ihrem Kopf herrschte ein wirres Durcheinander nach all dem, was letzte Woche passiert war – dass sie ein ganzes zweites Wochenende mit Jared geschlafen hatte, dass Chris in der PI um sein Leben kämpfte, und dann das merkwürdige Geschenk. Sie war zu überwältigt und erschöpft, um in all dem irgendeinen Sinn zu erkennen.

Als sie nach Hause kam, blieb sie abrupt an ihrer Tür stehen und hob ihre Hand an den Mund. Ein Bouquet fröhlich gelber Tulpen lag auf ihrer Fußmatte. Das war ihre Lieblingsblume, doch nicht das, was Michael für gewöhnlich schickte. Er schickte immer Rosen. Ihr Herz raste, als sie den Strauß aufhob und die kleine Karte mit den winzigen Großbuchstaben las: *Du bist sehr hübsch. Ich möchte dich öfter sehen.* Die Formulierung klang seltsam in ihren Ohren. Unvertraut. Vielleicht ein Teenager in ihrem Apartmentkomplex, der sie gerne beobachtete? Sie erschauerte.

Sie sah sich rasch um, bemerkte niemanden und betrat eilig die Wohnung. Sie rief Jared an. „Hast du mir Blumen geschickt?"

„Em? Geht es dir gut?"

„Ja. Nein. Hast du mir Blumen geschickt?"

„Nein. War eine Karte dabei?"

„Ja! Ich weiß schon, dass man nach einer Karte schauen muss!"

„Okay, jetzt beruhig dich erstmal. Sag mir, was da steht."

Sie sagte es ihm und erzählte dann auch von dem Teddybären.

„Das gefällt mir nicht", sagte er mit scharfem Ton. Sie

fühlte sich ein wenig besser, dass sie nicht ohne Grund ausflippte.

Sie warf die Blumen in den Müll, hielt inne und holte die Karte als Beweis wieder heraus, für den Fall, dass ihr Bewunderer sich als Mörder herausstellte. Ja, sie flippte wirklich aus. „Vielleicht habe ich einen heimlichen Verehrer hier im Apartmentkomplex. Vielleicht ist es ein Teenager, der für mich schwärmt."

„Du solltest die Polizei rufen, damit das aktenkundig wird. Soll ich zu dir kommen?"

„Nein, mir geht es gut", sagte sie, obwohl sie aufgewühlt war. Sie wollte nicht zu abhängig von Jared werden. Er würde nicht bleiben. Das wusste sie.

„Ich komme jetzt zu dir", sagte er und beendete das Gespräch.

～

Am Montagmorgen verabschiedete Emily sich von Jared, als der zu einem Meeting ins Krankenhaus fuhr. Sie hatten letzte Nacht im Bett nur geschlafen und, auch wenn es ungewohnt war, sie hatte wirklich so gut geschlafen wie lange nicht. Etwas an seiner ruhigen Art, seinen lockeren Scherzen ließ sie entspannen, obwohl sie so viel Stress in ihrem Leben hatte. Am Abend zuvor war er mit ihr zur Polizei gefahren, wo sie Chief O'Hare die merkwürdigen Geschenke gezeigt hatten. Der Beamte hatte einen Bericht geschrieben, sie aber darauf hingewiesen, dass die Polizei nichts tun konnte, es sei denn, derjenige würde ihr gegenüber handgreiflich werden oder ihr drohen. Wenigstens gab es jetzt einen Bericht. Jared bot ihr an, bei ihr zu Hause zu bleiben (oder sie bei ihm), solange sie wollte, bis sie sich wieder sicher fühlte, doch sie wusste, dass das ein Fehler wäre. Zu ernst, zu schnell für beide.

Eine Stunde später brach sie zur Arbeit auf und drehte sich noch einmal um, um sicherzugehen, dass sie die Tür auch richtig zugezogen hatte, da erstarrte sie. Ein Zettel klebte an ihrer Tür, auf dem stand – in roter, wütend hingekritzelter Schrift –: *NUTTE*.

Sie hielt die Luft an, das grässliche Wort erschreckte sie. Jemand wusste, dass Jared die Nacht bei ihr verbracht hatte. Es war das erste Mal gewesen, dass er über Nacht geblieben war. Das hieß, dass es entweder jemand war, der im Apartmentkomplex wohnte, oder jemand versteckte sich in der Nähe, um sie zu beobachten. Würde Michael wirklich so weit gehen? Versuchen, sie zu erschrecken und dann herbeigeeilt kommen, um sie zu retten? War es jemand, den sie kannte oder irgendein durchgeknallter Fremder?

Sie nahm den Zettel und fuhr mit dem neuesten Beweisstück geradewegs zum Clover Park Polizeirevier, wo sie es dem diensthabenden Officer übergab. Von da an wurde der Tag immer schlimmer. Als sie zur Arbeit kam, teilte man ihr mit, dass Chris jetzt künstlich beatmet wurde und ins Koma gefallen war. Ein Teil von ihm hatte diese Welt bereits verlassen. Es schien, als wäre der Tod nicht weit entfernt.

Der Tag war grässlich, während sie sich durch ihre Arbeit kämpfte und mehrmals zur PI ging, um nach Chris zu sehen. Tony, Chris' Dad, bat sie jedes Mal zu bleiben. Sie tat, was sie konnte, besuchte ihn so oft es ging, rief den Krankenhausseelsorger, um Tony zu trösten, brachte ihm etwas zu essen. Es war eine ganz, ganz furchtbare Sache, wenn Eltern ihr Kind auf dem Sterbebett sehen mussten.

Als sie Feierabend hatte, war sie verwirrt und gereizt. Und fand Michael vor ihrer Tür.

Sie schrie entsetzt auf.

„Emily! Was ist denn los?"

Sie wäre beinahe gestolpert, als sie herumwirbelte und zur Treppe zurück lief. Ihr Herz pochte ihr bis zum Hals. Sie raste die Treppe hinunter und zurück zu ihrem Volvo.

„Emily, warte!"

Ihre Hände zitterten, doch sie schaffte es, die Wagentür zu öffnen. Sie hörte Schritte, als Michael die Treppe herunterkam und versuchte, sie einzuholen. Der Gurt ihrer Handtasche verfing sich an der Tür, als sie versuchte einzusteigen, und sie zerrte wie wild daran.

„Ich wollte dich doch nur sehen", sagte Michael. Sie blickte auf, und er stand bereits am Fuß der Treppe. *O Gott.*

Warum hatte sie diese einstweilige Verfügung nicht beantragt? Sie befreite die Handtasche, knallte die Tür zu und schloss sich ein. Dann ließ sie den Motor an und kreischte, als laut an die Fenster geklopft wurde.

Michael stand da und sah sie mit einem seltsam entschlossenen Gesichtsausdruck an.

„Verschwinde!", schrie sie durch das geschlossene Fenster, dann legte sie den Rückwärtsgang ein und fuhr schnell rückwärts. Michael sprang zurück. Sie fuhr eilig vom Parkplatz und raste, als wäre der Teufel persönlich hinter ihr her, geradewegs zum Polizeirevier.

Dort stürmte sie herein und sprudelte dem diensthabenden Beamten gegenüber heraus, was gerade passiert war. Er fuhr zu ihrem Apartment, um dort nachzusehen, und sie wartete mit seiner Sekretärin, Linda, einer netten Frau um die sechzig mit lockigen roten Haaren, auf dem Revier. Fünfzehn Minuten später berichtete der Beamte, dass niemand vor ihrem Apartment war.

„Er war da", sagte sie zu Linda. „Ich bin doch nicht verrückt."

Linda lächelte sie freundlich an. „Liebes, kann ich jemanden für Sie anrufen, bei dem Sie bleiben können?"

Sie kniff die Augen fest zu, als Tränen aufzusteigen drohten. Sie wusste, dass sie jetzt nicht allein sein sollte. Sie nickte.

Jared war keine zehn Minuten später da und stellte keine Fragen.

Jared wachte früh am nächsten Morgen mit einer nackten Emily in seinem Bett auf. Sie hatten immer noch nicht über alles geredet, doch sie hatte ihn angerufen, als sie jemanden gebraucht hatte, und das musste etwas bedeuten. Er musste wenigstens versuchen, die Worte herauszubekommen. Für ihn war sie mehr als nur Sex. Viel mehr. Er schmiegte sich von hinten an sie und begann, ihren Hals zu küssen. Ein paar Minuten später schob sie ihr Bein zwischen seine und griff nach hinten, um mit ihren Fingern durch sein Haar zu streichen.

„Deinetwegen bin ich sexsüchtig", sagte sie, und ihre Stimme war noch ganz rau vom Schlafen. „Ich bin gerade erst aufgewacht und will dich schon wieder so sehr."

Vielleicht war er ein wenig zu gut in dem, was er tat. Er versuchte, ihr seine Gefühle verständlich zu machen, doch das Ganze heizte sich immer zu sehr auf. Im wahrsten Sinne des Wortes. Vielleicht sollte er die andere Richtung einschlagen. Hände weg. Sie rieb ihren wohlgeformten Hintern gegen seine Erektion, und er stöhnte und hielt sie fest an sich.

Okay, Hände weg war also *keine* Option. Sollte er das L-Wort herausplatzen? Denn je mehr er mit ihr zusammen war, desto mehr fühlte es sich richtig an. Doch was, wenn sie das L-Wort nicht erwiderte? Dann wäre er mit Sicherheit am A.

„Ich habe dir gesagt, ich will dich jede Nacht", sagte er mit leiser Stimme an ihrem Ohr. „Und jetzt bist du hier."

Sie nahm den Arm herunter. „Das war Zufall. Ich hatte gestern einen grässlichen Tag."

Er fuhr mit einer Hand an ihrem Bein auf und ab, versuchte, alles etwas zu beruhigen, damit er zusammenhängend sprechen konnte. „Ich möchte nicht nur mit dir schlafen. Ich meine, du weißt schon, auch richtig schlafen."

Sie nahm seine Hand und hob sie an ihre Brüste. „Mach das, was du so gut kannst."

Er bewegte seine Hand nicht. „Wir sollten zu Abend essen. Wie bei einen echten Date." *Wie in einer Beziehung.* Obwohl er das Wort „Beziehung" nicht wirklich herausbekam. Wenigstens konnte er jetzt daran denken.

Sie drehte sich in seinen Armen um, um ihn anzusehen. „Ich möchte nicht Abendessen gehen. Mir gefällt das hier besser." Sie nahm seinen Kopf, zog ihn herunter und küsste ihn. Er erwiderte den Kuss, und sein Körper drängte ihn, sie zu nehmen. Nein, er musste sie erreichen.

Er zog sich zurück. „Ich will dir etwas sagen ..." Und dann kam nichts. Verdammt. Er hatte immer noch nicht die richtigen Worte. Er hatte Angst, zu viel preiszugeben, und dann hinge es im Raum und konnte nicht zurückgenommen werden.

Sie legte einen Arm und ein Bein um ihn. „Was?"

„Ich habe, naja ..." *Viele Gefühle. Vielleicht von der L-Sorte.* „Du weißt doch, was ich dir von Jen erzählt habe?"

Ihre braunen Augen blitzten ihn an. „Würdest du bitte aufhören, immer von deiner Ex zu erzählen!"

„Ich versuche, dir meine Gefühle zu erklären!"

„Und wozu brauchst du dann sie?"

„Weil ich mit ihr zusammengelebt habe, und dann ist sie gegangen, und das war schwierig. Aber ich möchte es noch einmal riskieren. Mit dir."

Sie machte große Augen. „Versuchst du, mir zu sagen, dass du es ernst meinst mit mir?"

„So ernst wie eine Herzattacke."

„Ich dachte ... Ich schätze ... Ich dachte, wir haben einfach Spaß?"

Er rollte sich auf den Rücken und starrte zur Zimmerdecke.

„Jare, ich werde nie wieder heiraten."

„Wer spricht denn von Heirat?" Obwohl er das überraschend ungern hörte.

Sie setzte sich auf. „Entschuldige. Ich habe mich falsch ausgedrückt. Ich meine bloß, dass ich nicht wieder etwas Ernstes mit einem Mann anfangen möchte."

„Also liegt es nicht nur an mir."

„Genau."

Er sah sie an, und ihre Schönheit, mit dem glänzenden braunen Haar, das ihr über die nackten Schultern fiel, verschlug ihm fast den Atem. Ihre schönen vollen Brüste, die er so dringend berühren wollte. „Okay", sagte er langsam. „Was bedeutet das also für uns?"

Sie seufzte. „Ich weiß nicht. Ich dachte, du hättest mich irgendwann über."

Er runzelte die Stirn. „Und was wenn nicht?"

Sie schwieg.

„Warte." Er setzte sich auf. „Du meinst, dass irgendwann

du mich leid bist. Das ist, was du eigentlich zu sagen versuchst."

Sie wandte sich ab. „Leg mir nicht irgendwelche Worte in den Mund. Ich versuche nur, praktisch zu sein."

„Ach ja? Praktisch ist ätzend."

Ihr Ausdruck wurde weicher, als sie sich zu ihm zurückdrehte. „Mach es nicht komplizierter als nötig. Okay?" Sie küsste ihn und streichelte über seine Schultern und die Brust, das erregte ihn.

„Em … Ich …" Er hielt den Atem an, als ihre Hand tiefer wanderte. Er übernahm mit wilder Leidenschaft, die ihr sagte, was seine Worte nicht konnten. Sein Mund eroberte ihren, als er sie unter sich rollte. Er hob seinen Kopf. „Du wirfst den Fehdehandschuh, und ich hebe ihn auf."

Ihre Wangen wurden rot. „Es gibt keinen Fehdehandschuh. Ich möchte nur, dass alles locker bleibt. Okay?"

Er knabberte an ihrer Unterlippe. „Ich werde dich schon rumkriegen." Sie stöhnte, als er sich an ihrem Körper hinunter arbeitete, sie dabei küsste und kostete.

„Jare?", fragte sie mit atemloser Stimme. „Hast du gehört, was ich gesagt habe?"

Er erreichte ihren Bauch. „Spreiz deine Beine für mich, Darling."

Das tat sie. Er war verloren. Sie auch. Es gab nichts als diese Frau und was sie ihn empfinden ließ, und das war wahnsinnig gut.

13

Emily arbeitete in stiller Verzweiflung vor sich hin, als sich Chris' Zustand im Laufe der nächsten Tage weiter verschlechterte. Selbst Jared konnte sie nicht aus ihrer depressiven Stimmung holen, obwohl er es versuchte, jeden Abend zu ihrem Apartment kam, ihr Essen brachte, mit ihr fernsah, sie im Arm hielt. Sie konnte ihn nicht abweisen, auch wenn es ein Fehler war, ihn so nah an sich ranzulassen. Sie war zu verzweifelt, und seine ruhige Anwesenheit brachte sie zur Ruhe.

Am Donnerstagabend starb Chris.

Sie bekam den Anruf von der diensthabenden Schwester, die wusste, dass sie es erfahren wollte. Es war keine Überraschung. Das Kind hatte seit Jahren gelitten, und dennoch erschütterte die Nachricht sie. Jared war bei ihr, als sie den Anruf bekam.

Er legte seine Arme um sie, bot ihr seinen Trost an. „Was kann ich tun?"

„Ich muss jetzt einfach allein sein."

„Bist du dir sicher?"

Sie zog sich zurück und wischte sich hastig über die Augen, wischte die paar Tränen, die entkommen waren, beiseite. „Bitte."

„Em, du musst da nicht allein durch. Ich vermisse ihn

auch. Er war ein guter Junge." Seine Stimme brach, und sie konnte es nicht ertragen, dass sie beide verzweifelten. „Ein wirklich gutes Kind."

„Ich brauche Abstand." Sie ging ins Schlafzimmer und schloss die Tür hinter sich.

Ein paar Augenblicke später hörte sie, wie die Haustür geöffnet und leise geschlossen wurde.

Sie schluchzte unkontrolliert, bis sie keine Tränen mehr hatte und ihre Augen trocken waren und schmerzten. Dann verkroch sie sich unter der Decke, denn sie wusste, dass sie am nächsten Tag für die anderen Patienten zurück zur Arbeit musste. Es erschütterte die Kinder immer, wenn ein anderes Kind von der Station starb. Wenigstens fühlte sie sich zu Hause endlich wieder sicher. Seitdem sie bei der Polizei gemeldet hatte, dass Michael bei ihr zu Hause aufgetaucht war, hatte es auch keine Geschenke mehr gegeben. Sie hatte nichts mehr von Michael gesehen oder gehört.

Als sie am Freitag zur Arbeit kam, traf sie Tony, Chris' Vater. Er war am Boden zerstört. Seine Kleidung war zerknittert, seine Haare zerzaust und seine Augen waren rot, weil er so viel geweint hatte.

„Er ist nicht mehr da", brachte er erstickt hervor, dann brach er zusammen und schluchzte.

Sie führte ihn behutsam zum Pausenraum und setzte sich mit ihm aufs Sofa. Die beiden Schwestern, die gerade Pause machten, gingen schnell, um ihnen Privatsphäre zu geben.

„Ich habe nichts mehr", sagte Tony. „Chris war meine ganze Welt."

„Das tut mir so leid."

„Er war so ein guter Junge. Ich habe alles für ihn getan. Wenn nur seine Mom nicht gestorben wäre." Der Mann ließ seinen Kopf in die Hände sinken und schluchzte weiter. „Warum nur?", jammerte er. „Warum konnte es nicht mich treffen?"

Emily wusste nicht, was sie sagen sollte. Es gab nie einen guten Grund dafür, dass ein Kind eine schlimme Krankheit bekam. Es war unfair, schlicht und einfach. „Es tut mir so leid", sagte sie immer wieder, als er seine Wut und seinen Frust darüber, wie unfair alles war, herausließ.

Endlich beruhigte er sich so weit, dass er sagen konnte: „Erzähl mir von ihm. Über deine Zeit mit ihm."

„Er hat Baseball geliebt. Er kannte jede Statistik der Yankees."

„Das war unser Team. Ich habe ihn mit zu den Spielen genommen, bevor er … bevor es ihm zu schlecht ging."

„Er hat oft von dem Autogramm erzählt, dass du ihm von Derek Jeter besorgt hast."

„Jeter ist wirklich klasse", sagte er und wischte sich die Augen mit dem Handrücken ab.

Sie sprach noch eine Weile über ihre Erinnerungen an Chris, und Emily gestand, dass sie gern an dem Wochenende, an dem er in die PI gekommen war, da gewesen wäre.

„Ich wünschte auch, du wärst da gewesen", sagte Tony. „Du warst sein Glücksbringer. Wegen dir hat er weitergekämpft."

„Ich bin mir sicher, dass er das getan hat, weil er stark war. Nicht meinetwegen."

Seine Stimme wurde hart. „Es war auf jeden Fall nicht gerade hilfreich, dass du nicht für ihn da gewesen bist."

„Es tut mir so leid", sagte sie. „Ich fühle mich immer noch schlecht deswegen."

Seine Augen füllten sich erneut. „Jetzt ist es zu spät." Er brach wieder in Tränen aus, und sie versuchte, ihn so gut es ging zu trösten. Er hing an ihrem Arm. Sie war wirklich spät dran für ihre Schicht, und sie wusste, dass sie nach den anderen Patienten sehen musste, doch Tony hielt ihren Arm so fest.

„Ich muss zurück zur Arbeit", sagte sie vorsichtig. „Soll ich dir einen Priester oder einen Seelsorger rufen?"

„Ich will nur dich. Du bist diejenige, die ihn am besten kannte. Dir lag was an ihm. All diesen anderen Menschen ist es scheißegal, dass wir die beste Seele auf Erden verloren haben." Seine Stimme wurde wütend, seine Finger gruben sich schmerzhaft in ihren Arm. „Warum warst du nicht für ihn da?"

„Du tust mir weh."

Er ließ sie los und begann, in dem kleinen Raum auf und ab zu gehen, murmelte vor sich hin.

„Tony, es tut mir so leid. Ich weiß, dass es solch ..." Sie sprach nicht zu Ende, als sie den Blick in seinen Augen sah. Er blieb stehen und starrte sie wütend an, wobei die Vene an seiner Stirn vortrat.

„Warum warst du an dem Tag nicht auf deinem Posten?", polterte er.

Schuldgefühle überwältigten sie. Sie wünschte, sie wäre da gewesen. „Sie haben alles für ihn getan", sagte sie ruhig.

Er marschierte zu ihr und baute sich direkt vor ihr auf. „Womit warst du denn beschäftigt, das so viel wichtiger war, als ein Leben zu retten!", schrie er, und Speichel rann aus seinem Mund.

Sie trat vorsichtig einen Schritt zurück. „Ich rufe dir jetzt jemanden."

„Chris hat dich gebraucht!", schrie er. „Und du warst nicht da!"

„Ich–"

Ihre Vorgesetzte, Jane, steckte ihren Kopf zur Tür herein. „Ist hier drin alles okay?" Tony eilte zur Tür und hätte Jane beinahe umgestoßen, als er nach draußen stürmte. Emily atmete zitternd ein.

„Der Mann muss mit einem Psychologen reden", sagte Jane. „Du weißt doch, wir sollen sie rufen, wenn wir einen Patienten verlieren."

„Ich dachte, ich könnte ihm helfen", sagte sie mit leiser Stimme. Sie schüttelte den Kopf. „Es schien ihm immer besser zu gehen, als er mit mir gesprochen hat."

„Das ist nicht unser Job", sagte Jane. „Du kannst nicht für jeden alles sein."

„Der Mann hat gerade seinen Sohn verloren!", sagte Emily kopfschüttelnd. „Da sollen wir einfach gehen und verlangen, dass ein Fremder ihn tröstet? Ich kannte Chris besser als sonst jemand hier. Tony wusste das, und er hat mich gebraucht."

„Für manche Trauernde reicht das nicht. Manchmal brauchen sie professionelle Hilfe, um damit klarzukommen."

Emily schüttelte den Kopf und machte sich dann an die Arbeit, sie wusste, dass sie ihren Patienten und ihren Familien gegenüber niemals so distanziert sein konnte.

Als sie endlich mit ihrer Schicht fertig war, fühlte sich jeder Nerv wund an. Sie ging zum Parkplatz und blieb abrupt stehen. Jared stand neben ihrem Wagen. Sie konnte jetzt nicht mit noch mehr emotionaler Aufruhr umgehen.

„Em", sagte er und streckte ihr seine Arme entgegen. „Komm her."

Ihre Augen füllten sich mit Tränen, und sie biss sich auf die Lippe. Sie musste nach Hause, bevor sie zusammenbrach.

„Willst du mit zu mir kommen?", fragte er. „Ich kann uns was zu essen bestellen. Oder ich komme mit zu dir?"

„Ich kann nicht", sagte sie schluchzend.

Er zog sie in eine feste Umarmung, und sie schluchzte an seiner Fleecejacke, während er ihr die Haare streichelte. Nach ein paar Augenblicken sprach er leise: „Wenn du nicht möchtest, dass ich zu dir komme, hast du jemand anderen, den du anrufen kannst? Eine Freundin? Familie?"

Sie zog sich zurück. „Ich sagte dir doch, ich muss nur allein sein."

„Du solltest aber jetzt nicht allein sein."

Sie drängte sich an ihm vorbei und öffnete die Wagentür. „Du verstehst das nicht." Sie stieg ein und fuhr davon.

Die Trauer war überwältigend, und die Schuldgefühle und die Frage, was sie hätte tun können, was sie hätte tun sollen, brachte sie fast um. Der arme Tony. Er war derjenige, der wirklich litt. Sie war nicht da gewesen, als ihr Patient sie am meisten gebraucht hatte, und jetzt war er nicht mehr da.

Jared fuhr am nächsten Morgen zu seinem üblichen samstäglichen Captain Huddle Besuch. Die Kinder brauchten ihn jetzt mehr denn je. Er traf Emily, die dunkle Ringe unter ihren braunen Augen hatte, ihre helle Haut war ganz fahl. Er machte sich Sorgen um sie. Sie hatte ihn ausgeschlossen, hatte in ihrer Trauer scheinbar jeden ausgeschlossen.

„Fühlst du dich gut?", fragte er und drückte seine Hand an ihre Stirn, untersuchte sie automatisch. Kein Fieber.

Sie schob seine Hand beiseite. „Ich habe nicht sehr gut geschlafen." Sie reichte ihm die Geschenketüte. „Danke, dass du gekommen bist. Das ist wichtig für die Kinder."

„Natürlich." Er schob seine Augenmaske hoch. „Wie geht–"

„Emily!", schrie eine männliche Stimme.

Sie drehten sich zu einem etwas über dreißigjährigen stämmigen Mann mit wildem Blick in den Augen um. Seine dunkelbraunen Haare waren ungepflegt, seine Kleidung zerknautscht, als hätte er darin geschlafen.

„Wer ist das?", fragte Jared, der sofort in Alarmbereitschaft war. Der Mann hatte etwas Unberechenbares an sich, das ihn misstrauisch machte.

„Das ist Chris' Dad", sagte Emily ruhig. „Ich kümmere mich darum. Er muss nur reden. Die Beerdigung ist morgen Mittag."

Er sah zu, wie Emily auf den Mann zuging. Sie war nur zwei Schritte gegangen, als der Mann eine Waffe zog.

Jared sprang sofort vor. „Lassen Sie die Waffe fallen!", schrie er, während er Emily zu Boden stieß und auf den Mann zuging.

Jetzt zeigte die Waffe auf ihn, als er das Handgelenk des Mannes packte und ihn zu Boden warf. Seine Schulter brannte, während er mit dem Mann rang, bis er ihn im Griff hatte und es ihm gelang, ihm die Waffe aus der Hand zu entwinden. Er stieß die Waffe über den Linoleumboden und hielt beide Handgelenke des Mannes, während er ihn mit einem Knie auf der Brust am Boden festhielt. „Ruf die Sicherheit!"

Nur wenige Augenblicke später kam der Sicherheitsdienst, legte dem Mann Handschellen an und führte ihn davon.

„Jared", sagte Emily mit einer Stimme, die weit entfernt klang, „du blutest. Er hat dich angeschossen. Wir müssen dich zur Notaufnahme bringen."

Jemand kam mit einem Rollstuhl.

Er starrte den Rollstuhl an. „Mir geht's gut." Dann blickte er an sich hinunter und bemerkte die Blutlache am Boden. Das Brennen in seiner Schulter war jetzt ein dumpfer Schmerz. Emily drückte eine Kompresse gegen seine Schulter. In seinem Adrenalinrausch hatte er den Schuss weder gehört noch gespürt. Er hatte sich nur darauf konzentriert, den gefährlichen Mann von Emily fernzuhalten.

Er sah sie an. „Mir geht's gut. Wirklich. Verdammt, ich habe das Kostüm ruiniert."

Ihre Stimme zitterte. „Du hast mich gerettet. Ich fasse es nicht, dass du dein Leben für mich riskiert hast."

„Das musste ich einfach", sagte er noch, dann wurde ihm schwindlig, und er konnte nicht mehr reden. Jemand schob ihn in den Rollstuhl. Er musste doch mehr Blut verloren haben, als ihm bewusst gewesen war, denn er verlor das Bewusstsein. Auf einer Liege in der Notaufnahme kam er wieder zu sich, bandagiert, sein Arm in einer Schlinge. Emily saß an seiner Seite, hielt den Hut und die Maske seines Kostüms.

„Was ist passiert?", fragte er.

„Jared!" Ihre Augen glänzten vor Tränen.

„Wein doch nicht, ich bin okay." Er verzog das Gesicht, denn seine Schulter schmerzte höllisch. „Wie schlimm ist es?"

„Die Kugel steckt noch drin. Sie werden dich gleich röntgen, um zu sehen, wo sie steckt."

„Okay."

„Oh, Jared!" Sie begann zu schluchzen. Er wünschte sich, er hätte sie in den Arm nehmen können, doch wegen des grässlichen Schmerzes in seiner Schulter hatte er Angst, sich zu bewegen.

„Es bringt Unglück, vor einem Patienten zu weinen", sagte er stattdessen.

Sie wischte sich die Augen trocken und biss sich auf die Lippe während sie nickte. Es gefiel ihm, dass sie sich seinetwegen zusammenriss. Vermutlich tat sie das für alle ihre Patienten, denn sie dachte immer nur daran, was für sie am besten war. Dadurch liebte er sie nur noch mehr. Whoa. Das tat er wirklich. Er musste es sie wissen lassen. Sie brauchte jemanden, der am Ende des Tages für sie da war, nachdem sie für alle anderen dagewesen war.

„Em, ich … Ähm … Ich …" *Verdammt.* Warum bekam er die Worte nicht heraus?

„Was ist?", fragte sie. „Was brauchst du?"

„Wir sind jetzt so weit, Sie zum Röntgen zu bringen", sagte eine Schwester. Erleichtert atmete er auf. Er brauchte mehr Zeit, um sich zu überlegen, was er sagen sollte. Und eine Sicherheit, dass sie genauso empfand.

Kurz darauf stand fest, dass er operiert werden musste, denn die Kugel steckte in seinem Gelenk fest. Er hatte verdammtes Glück gehabt. Sie hatte nur knapp seine Arterie verpasst. Er hatte bereits für Montagnachmittag einen Termin für eine Arthroskopie bei einem guten Chirurgen. Sie fuhren ihn in ein Privatzimmer, damit er mit der Polizei reden konnte. Emily war auch da.

„Was haben sie gesagt?", fragte sie.

„Nur eine kleine Arthroskopie." Er würde all seinen Patienten neue Termine geben müssen. Er hatte jeden Mittwoch drei bis vier OPs. „Ich kann mindestens einen Monat nicht arbeiten. Meine Patienten–"

„Jetzt bist du der Patient", sagte sie mit Bestimmtheit. „Die Notfälle werden jemand anderem zugeteilt, und der Rest muss eben warten." Sie schob sein Haar zurück und küsste seine Stirn. „Danke, dass du mir das Leben gerettet hast."

„Ich habe dir doch gesagt, dass ich der Idiot bin, der sich immer in jede Gefahr stürzt. Was ist mit dem Typen mit der Waffe passiert?"

„Er ist jetzt beim Psychologen. Die Rechtsabteilung des Krankenhauses hat sofort eine einstweilige Verfügung erwirkt, damit er sich von mir und dem Krankenhaus fernhält. Er ist nicht bei Verstand, aber ich kann da nichts tun, als mit ihm zu fühlen. Ich will keine Anzeige erstatten."

„Er wird dennoch für das bezahlen müssen, was er getan hat. Er hat jeden in Gefahr gebracht, als er im Krankenhaus die Waffe entsichert hat. Was, wenn er einen Patienten getroffen hätte?"

„Warum bist du so ruhig?", fragte sie.

„Ich weiß nicht. Vielleicht der Blutverlust. Vielleicht bin ich es einfach nur gewohnt, mit Notfällen umzugehen. Ich lebe für diesen Scheiß."

„Oh, Jared", sagte sie schluchzend.

„So wie du redest, könnte man meinen, ich müsste sterben." Er warf dem Polizeibeamten, der geduldig neben ihnen wartete, einen flehenden Blick zu.

„Ich bin Officer Kent. Eastman P.D. Können wir kurz reden?"

Emily nahm Jareds Hand und ignorierte den Polizeibeamten vollkommen. „Ich werde dich wieder gesund pflegen. Das ist das geringste, was ich tun kann."

Er lächelte. „Das klingt wirklich gut."

Jared beantwortete die Fragen des Polizisten, beschrieb, was passiert war, so gut er sich daran erinnern konnte. Der Polizeibeamte wandte sich Emily zu. „Mr Messina hat ausgesagt, dass er nicht vorhatte, auf sie oder sonst jemanden zu schießen. Er wollte, dass Sie zusehen, wie er sich selbst tötet. Das war sein Plan."

Jareds Kiefer verkrampfte sich. Der Mann wollte, dass sie mit seinem Tod auf ihrem Gewissen weiterlebte.

„Er wollte, dass ich leide, weil ich nicht für Chris dagewesen bin", sagte Emily leise.

„Sind Sie sicher, dass Sie keine Anzeige erstatten wollen?", fragte der Polizist.

Emily zögerte und starrte zu Boden, ihre Stirn gerunzelt, als versuchte sie, sich zu entscheiden.

Er beobachtete sie einen Moment, als ihm etwas in den Sinn kam. „Denkst du gerade an diese merkwürdigen Geschenke?"

Sie hob ihren Blick zu seinem, ihre Lippen überrascht geöffnet. „Ja."

„Was für Geschenke?", fragte Officer Kent. Er war bei der Polizei in Eastman, nicht Clover Park, deswegen wusste er nichts von Emilys Stalker.

Emily berichtete kurz.

Officer Kent nickte. „Solche Leute benutzen oft Großbuchstaben, damit man ihre Schrift nicht erkennt. Machen Sie sich keine Sorgen. Wir werden es herausfinden. Vielleicht finden wir Fingerabdrücke."

Emily nickte. „Okay, wenn es Tony war, werde ich Anzeige erstatten. Das ging weit über die Trauer eines Vaters hinaus."

Der Officer dankte ihnen beiden und ging.

Jared dachte, dass Tonys Verhalten auch so schon weit über die normale Trauer eines Vaters hinausgegangen war – der Blick in seinen Augen war erschreckend gewesen, zugleich wild und tödlich ruhig. Doch Jared ließ es für den Moment auf sich beruhen, denn es gab noch weitere Anklagepunkte gegen Tony. Zurzeit war er eine Gefahr sowohl für sich als auch für andere, doch er war in der psychiatrischen Abteilung hinter Schloss und Riegel. Jetzt lag ihm nur etwas daran, dass Emily an seiner Seite war, genau da, wo sie hingehörte.

~

Emily schob Jareds Rollstuhl zur Krankenhaustür hinaus und wurde von einem Schwarm Reporter empfangen. Ihr ehemaliger Mann, Michael, stand im Anzug direkt davor und wartete offensichtlich auf sie.

Michael eilte zu ihr und nahm sie in den Arm. „Emily, Gott sei Dank geht es dir gut."

Sie wehrte sich gegen seine Umarmung, ihr Herz donnerte gegen ihren Brustkorb. „Fass mich nicht an!" Sie wusste immer noch nicht, ob Michael für die anonymen Geschenke und die gemeine Nachricht verantwortlich war.

„Verschwinde", knurrte Jared, und Michael ließ die Arme sinken.

Emily schaute sich wie wild nach einem Fluchtweg um. Jared sah sie über die Schulter an und zuckte bei der Bewegung zusammen. „Bist du okay da hinten?"

Sie stellte sich neben ihn und flüsterte in sein Ohr: „Was, wenn Michael diese gruseligen Geschenke vor meine Tür gelegt hat?"

Jared kniff die Augen zusammen und drehte sich gerade zu Michael um, als ihr Ex laut genug sagte, damit alle Reporter es hören konnten: „Ich danke Ihnen, Dr Reynolds, dass Sie meiner Emily geholfen haben. Wir sind Ihnen beide für Ihre Heldentat sehr dankbar."

Emily stellte sich hinter Jareds Rollstuhl, und ihre Hände umklammerten die Griffe für den Fall, dass sie schnell entkommen mussten.

Die Presseleute kamen näher und schossen ihre Fragen los:

„Kannten Sie den Angreifer?"

„Dr Reynolds, können Sie uns erklären, was passiert ist?"

„Ging es bei der Schießerei um eine Dreiecksgeschichte?"

„Dreiecksgeschichte!", polterte Jared. „Emily ist mit mir zusammen."

„Ich habe mich Emily nie näher gefühlt", sagte Michael und schob seine Brust vor. Er stellte sich vor Jared. „Und ich bin mir sicher, dass sie zustimmen würde–"

Jared schob seinen Fuß vor und traf Michaels Kniekehle, worauf der nach vorne stolperte. Die Kameras filmten alles.

Emily zog Jareds Rollstuhl zurück, als Michael wieder auf die Füße sprang und sich auf Jared stürzen wollte, seine Wangen vor Wut rotgefleckt.

Emilys Schutzinstinkt durchrauschte sie plötzlich. „Es reicht!"

Alle schwiegen.

Michael richtete seine Krawatte und schien sich wieder unter Kontrolle zu haben, während er sein freundliches Lächeln für die Kameras wieder aufsetzte.

Emily sprach laut und deutlich. „Ich habe meine Ehe vor zwei Jahren beendet, und es wird niemals eine Versöhnung geben. Was Michael getan hat, ist unverzeihlich."

„Ich habe mich doch entschuldigt", sagte Michael und sah erst zu ihr und dann zu der Presse.

Emily hob eine Hand. „Folgendes müssen Sie wissen. Dr Jared Reynolds ist ein wahrer Held, der sich für meine Sicherheit und die der Kinder auf der Station und unserer Angestellten geopfert hat."

„Können Sie uns mehr über den Angreifer sagen?", fragte ein Reporter.

„Bei ihm handelt es sich um einen trauernden Vater, der vor Kurzem seinen Sohn verloren hat", sagte sie. „Mehr werde ich aus Rücksicht auf die Familie nicht sagen. Wenn Sie mich jetzt bitte entschuldigen würden, ich werde unseren Helden hier gesund pflegen."

Sie beugte sich vor und küsste Jared auf die Wange. Er grinste triumphierend. Ein Blitzlichtgewitter folgte, als die Kameras den Moment festhielten. Einige der Bilder würden es sicherlich auch in die Nachrichtensendungen schaffen. Sie fuhr ihn zu ihrem Auto und, obwohl einige Reporter ihnen folgten, gab sie keinen weiteren Kommentar ab. Wenn ihre Vergangenheit mit den Skandalen ihres Ex-Mannes sie eines gelehrt hatte, dann die Erfahrung, wie man mit der Presse umging.

Michael blieb zurück und sah ihnen hinterher.

Eine kurze Fahrt später hielt Emily vor Jareds Haus an, wo mehrere Autos bereits in der Einfahrt und vor seinem Haus parkten. „Kennst du diese Autos?" Sie fürchtete, dass noch mehr Presse vor seinem Haus kampierte.

„Die Kavallerie ist da", sagte er lächelnd. „Ich habe vorhin zu Hause angerufen, um ihnen zu sagen, dass es mir gut geht. Ich bin der Zweitjüngste, also wollen sie mich wahrscheinlich bemuttern."

Plötzlich wurde ihr bewusst, dass er sie überhaupt nicht brauchte. Sie hatte sich vorgestellt, dass sie ihn wieder gesund pflegen würde. Das war das Mindeste, was sie tun konnte, nachdem er sein Leben für sie riskiert hatte.

„Dann lasse ich sie mal einfach machen", sagte sie und stellte sich hinter einen silbernen Tesla.

Jared drehte sich zu ihr um. „Bitte bleib."

„Bist du dir sicher?"

„Ich bin mir sicher."

Bald schon hatten sie Jared ein Lager auf dem Sofa eingerichtet mit einem Glas Wasser und hausgemachter italienischer Suppe mit Fleischbällchen und Endivien.

„Das ist ein sehr heilendes Rezept", verkündete Mrs

Marino, und dann bestand sie darauf, dass auch Emily davon aß. Sie setzte sich an Jareds Seite und nahm ihre Suppenschüssel.

Seine Familie – seine Eltern und all seine Brüder und Schwägerinnen – bombardierten ihn mit Fragen, sprachen durcheinander und sorgten für ein lautes Chaos. Jared nahm es locker und schien im Gegenteil sogar zu genießen, das Zentrum der Aufmerksamkeit zu sein, als er ihnen seine Version der Geschichte erzählte, die genau genommen ziemlich bescheiden war, deswegen musste sie ihn mehrmals unterbrechen, um jeden wissen zu lassen, wie tapfer er wirklich gewesen war.

„Wussten wir doch, dass du unser Retter in der Not bist", rief Vince. „Verdammt, Jared, ich weiß nicht, was wir getan hätten, wenn ..." Er sprach nicht zu Ende und wischte sich über die Augen. Alle schwiegen. Seine Frau, Sophia, legte ihre Arme um ihn und umarmte ihn von der Seite.

„Oh nein", sagte Jared und unterbrach die Stille. „Ich komme aus allem raus."

„Wie lange wirst du die Schlinge tragen?", fragte Luke.

„Ich habe am Montag einen OP-Termin–"

„OP!", rief Angel. „Das klingt ernst."

„Ja", stimmten alle zu.

Jared nahm einen Löffel voll Suppe. „Ist nur eine Arthroskopie. Zwei kleine Schnitte. Danach muss ich mich nur einen Monat davon erholen."

Seine Familie wuselte noch eine Weile um ihn herum, bis Jareds Lider schwer wurden und er aufs Sofa zurücksank.

„Wir sollten gehen", sagte Mrs Marino. „Bleibst du bei ihm?", fragte sie Emily.

„Ja."

„Gut. Ich bin mir sicher, als Krankenschwester weißt du genau, was zu tun ist." Sie umarmte Emily und überraschte sie damit, denn schließlich war sie der Grund dafür, dass Jared beinahe getötet worden war.

„Das alles tut mir sehr leid", sagte Emily.

„Muss es nicht", sagte Mrs Marino. „Das war alles nicht deine Schuld. Du bist einfach ein guter Mensch, der in eine schwierige Situation geraten ist. Ruf mich an, wenn du etwas brauchst."

„Okay", brachte sie über den Kloß in ihrer Kehle hervor.

Jeder seiner Brüder kam zu ihr, um ihr seine Visitenkarte mit der Handynummer darauf zu geben. Sein ältester Bruder, Gabe, bestand darauf, dass sie sich bei ihm meldete, um die juristischen Schritte mit ihm zu besprechen. Er wollte dafür sorgen, dass Mr Messina nie wieder jemanden in eine solch gefährliche Situation brachte.

Nachdem alle gegangen waren und das Haus still war, drehte sie sich zu Jared um. Er war eingeschlafen, halb zur Seite gekippt. Vorsichtig legte sie ihn in eine bequemere Position, nahm eine Decke und legte sie über ihn.

Dann setzte sie sich auf den Boden neben ihn und erlaubte sich endlich, all den Schrecken zu empfinden – die Angst um ihr eigenes Leben und dass es für Jared knapp gewesen war –, und brach in Tränen aus. Als alle Tränen vergossen waren, schlug sie ihre Beine unter und lehnte ihre Wange an Jareds Bein. Sie musste ihm nahe sein.

Wieder dachte sie an Tony. Dass er sie hatte leiden lassen wollen, weil sie für Chris nicht da gewesen war. Normalerweise hätte sie sich das zu Herzen genommen, doch sie war es leid, sich für Dinge die Schuld zu geben, über die sie keine Kontrolle hatte. Sie hatte nicht wissen können, dass Chris auf der PI landen würde. Sie musste sich selbst gegenüber nachsichtiger werden. Sie war kein schlechter Mensch. Wie Jareds Mom gesagt hatte - sie war einfach ein guter Mensch, der in eine schwierige Situation geraten war. Sie wollte es wirklich glauben. Sie *musste* es glauben. Manche schwierigen Situationen, wie das Arbeiten mit todkranken Kindern, hatte sie freiwillig akzeptiert, manche waren ihr aufgezwungen worden, wie ihr Ex und dessen Skandal. Jedenfalls war es Zeit zu glauben, dass sie Glück verdient hatte.

Sie schloss die Augen, als die Erschöpfung des Tages sie einholte und sie in den Schlaf driftete.

Erschrocken fuhr sie hoch, als ihr Handy klingelte, und sie sprang auf, um den Anruf anzunehmen, bevor er Jared weckte. Sie durchwühlte ihre Handtasche und meldete sich rasch. „Hallo?"

„Spreche ich mit Emily Maguire?", fragte eine unbekannte männliche Stimme.

Sie packte das Handy fester und hielt ihre Stimme leise. „Wer ist da?"

„Officer Kent. Wir haben uns vorhin unterhalten."

Erleichterung durchströmte sie. Sie hatte ihn in ihrer Erschöpfung nicht sofort erkannt. „Oh, ja. Hallo."

„Wir mussten erst gar nicht die Fingerabdrücke vergleichen. Mr Messina hat von Ihnen gesprochen und von den Geschenken, die er Ihnen gemacht hat. Seine Beschreibung passt zu den Beweisen, die Sie uns übergeben haben."

Sie biss sich auf die Lippe, war merkwürdig erleichtert und traurig, und ihr Herz wurde schwer. Der Krebs hatte ihn kaputtgemacht. Oder vielleicht war er schon zuvor gebrochen gewesen. Wie auch immer, es war beunruhigend.

Der Officer fuhr fort. „Sie müssen ein paar Dokumente unterzeichnen, wenn Sie aufs Revier kommen. Mr Messina ist bis auf Weiteres in der psychiatrischen Abteilung untergebracht, wo er keine Gefahr mehr für Sie darstellt."

„Okay, danke. Ich komme morgen vorbei."

Sie beendete das Gespräch, und in dem Moment wurde ihr alles klar. Das Leben war zu kurz, und das einzige, was zählte, war, dass man die Liebe mit beiden Händen packte, wenn dieses seltene, wahre Ding unerwartet zuschlug, ganz egal, welches Risiko für sein Herz man damit einging.

Als sie sich umdrehte, stellte sie fest, dass Jareds grüne Augen offen waren und sie anstarrten.

~

„Was ist passiert?", fragte Jared, als Emily zum Sofa zurückkehrte.

Sie spielte mit der Decke herum. „Möchtest du dich aufsetzen?"

„Ich kann das schon." Er brachte sich in eine sitzende

Position und zuckte zusammen, als seine Schulter bei der Bewegung schmerzte.

„Lass es langsam angehen", sagte sie. „Langsam und vorsichtig. Ich hole deine Medikamente."

Er seufzte. Es war Zeit für mehr Schmerzmittel. Natürlich würde sie sich gut um ihn kümmern. Sie war Krankenschwester. Aber wer zum Teufel war das am Handy gewesen? Das sollte besser nicht ihr Ex gewesen sein. Er hätte ihm am liebsten die Fresse poliert. Selbst, wenn er vor Schulterschmerzen das Bewusstsein verlieren würde, wäre es das wert.

Sie kehrte zurück, und er schluckte die Pillen. „Wer war das eben am Telefon?", fragte er.

Sie setzte sich neben ihn aufs Sofa und nahm seine unverletzte Hand. „Die Polizei. Officer Kent hat bestätigt, dass Tony diese Geschenke vor meine Tür gelegt hat. Ich werde Anzeige erstatten. Morgen unterschreibe ich die Unterlagen."

„Es ist vorbei", sagte Jared und drückte ihre Hand. „Von jetzt an wird alles ganz einfach."

Sie lächelte ihn an. „Nach diesem Tag kann ich es nicht fassen, dass du immer noch das Gute daran siehst."

„Du bist das Gute daran", sagte er mürrisch.

„Oh, Jared", sagte sie, und ihre Stimme stockte bei seinem Namen. „Ich habe an unserer Beziehung bemerkt–"

„Wir haben jetzt eine Beziehung?" Er musste das fragen, denn dieses wichtige Gespräch über ihre Gefühle hatten sie noch nie geführt.

„Wenn du das willst. Ich jedenfalls schon."

„Mehr war dazu also nicht nötig, wie? Ich musste nur eine Kugel für dich einstecken."

Sie sah zärtlich zu ihm auf. „Ich musste erkennen, warum du dein Leben für mich riskiert hast."

Er hob eine Braue. „Ach ja? Und was denkst du warum?"

„Weil du mich liebst." Sie lächelte süß.

„Bist du dir sicher?" *Und liebst du mich auch?*

„Deswegen hast du immer von Jen geredet, der ersten Frau, die du geliebt hast. Deswegen hast du gesagt, dass dein Herz das nicht kann, als ich am Skiwochenende noch mehr mit dir … Dein Herz war involviert. Ich war nie einfach nur eine Bettgeschichte für dich."

Er schnaubte. „Für die Erkenntnis hast du aber lange gebraucht."

Sie lächelte. „Du bist nicht gerade leicht zu lesen, besonders, wenn man an deinen Ruf denkt."

„Dafür bist du leicht zu lesen. Du wolltest mich nur für meinen Körper."

Sie lachte und begann dann unerwartet zu weinen.

„Hey, tut mir leid", sagte er. „Ich scheine mit meinen Scherzen immer zu weit zu gehen."

„Nein, ist schon in Ordnung. Ich liebe dich für mehr als deinen Körper, das verspreche ich dir."

„Und wofür liebst du mich?", fragte er und bemühte sich um Komplimente.

„Ich liebe dich für dein gutes Wesen, dein Mitgefühl, deine Bereitschaft, anderen zu helfen, deine Rücksichtnahme–"

„Wow. Ganz zu schweigen von meinem Bizeps."

„Den liebe ich auch." Sie küsste seinen Bizeps.

„Ich liebe dich." Er küsste sie zärtlich. „Und ich bin froh, dass wir beide lange genug am Leben geblieben sind, um das festzustellen. Gott, Em. Ich hätte es nicht verkraftet, wenn dir etwas passiert wäre."

„So geht es mir mit dir."

Er sah in ihr schönes Gesicht hinunter und wusste tief in seinem Inneren, dass es das war, worauf er in seinen Jahren als Junggeselle gewartet hatte. Die Frau, bei der er das Gefühl hatte, endlich zu Hause zu sein. „Nach meiner OP werde ich noch viel mehr Pflege brauchen."

Sie lächelte, und ihre Augen glänzten vor unvergossenen Tränen und Liebe. Das war ihr jetzt glasklar. „Ich werde da sein."

Er legte einen Arm um sie, und so blieben sie lange Zeit, hielten einander so gut sie mit seiner Verletzung konnten. Ein Gefühl der Ruhe hüllte ihn ein. Nur wahre Liebe konnte das mit einem Mann anstellen.

14

————

Emily fuhr in der darauffolgenden Woche fröhlicher Stimmung zur Marino-Reynolds Heiligabendfeier bei Gabe zu Hause. Jareds OP war gut verlaufen, und er war wieder sein normales, witzereißendes, humorvolles, sexy Ich. Sie hatte sich vorgenommen, sich die Woche über um ihn zu kümmern, doch weil seine Familie und Jared selbst darauf bestanden hatten, dass sie zumindest ein paar Stunden arbeitete, um ihre Patienten nicht ganz aus dem Blick zu verlieren, hatte sie diese Gelegenheit genutzt. Wenigstens hatte sie so Zeit gefunden, ihm noch ein Weihnachtsgeschenk zu besorgen.

Nach mehreren Meeresfrüchte-Gängen – Miesmuscheln, Spaghetti mit Muscheln, Shrimps Marsala und sogar gebackenem Aal – war die Familie für den Nachtisch in die große Küche gegangen. Ihren Hund, Fred, hatte das Festmahl nicht sonderlich gelockt, denn er war in der Ecke viel zu sehr damit beschäftigt, auf einem Rinderknochen herumzukauen, den er als vorzeitiges Weihnachtsgeschenk bekommen hatte.

Emily war ein wenig überrascht, dass es nach all den Gängen nur ein einziges Dessert gab – eine große Platte mit halbmondförmigen Keksen, die mit Puderzucker bedeckt waren. Mrs Marino bot sie Emily als erste an, da sie der Gast war. Sie nahm einen und beobachtete dann, wie Mrs Marino mit breitem Lächeln auch Jared einen anbot. Er aß ihn in zwei Bissen.

Alle jubelten und Emily sah sich fragend um.

„Italienische Hochzeitskekse", erklärte Sophia, obwohl Emily keine Ahnung hatte, warum es an Heiligabend Hochzeitskekse gab. „Sie hat dich auch dazu gebracht, die italienische Hochzeitssuppe zu essen. Das war die heilende Suppe mit Fleischbällchen bei Jared zu Hause."

Emily zog die Brauen zusammen. „Jetzt bin ich verwirrt. Hat das was mit Lukes Verlobung zu tun?"

„Nein", sagte Luke mit breitem Grinsen und legte einen Arm um seine Verlobte Kennedy.

„Jetzt gibt es noch eins zu tun", sagte Jared und ging vor ihr auf ein Knie.

Emily schlug sich eine Hand vor den Mund, während ihre Augen sich mit Freudentränen füllten.

„Wo ist der Ring, Doc?", fragte Vince.

Jared verzog das Gesicht. „Den besorge ich später."

Sophia eilte zu ihnen und versuchte, ihren abzunehmen. „Er sitzt fest!", jammerte sie. „Meine Finger sind zu sehr geschwollen." Sie war jetzt in der fünfzehnten Schwangerschaftswoche, wie Vince ihnen vorhin mitgeteilt hatte, und hatte ihre Morgenübelkeit überwunden.

Kennedy versuchte es als nächste und zog ihren beeindruckenden Diamantverlobungsring vom Finger.

„Hey!", protestierte Luke. „Das ist deiner."

„Ist doch nur für kurze Zeit", erwiderte Kennedy.

Jared versuchte, ihn an Emelys Finger zu stecken, doch er war zu klein.

Lily ging zu Jared, der immer noch auf einem Knie war. Sie zog ihren zierlichen Diamantring vom Finger, reichte ihn Jared und lächelte sie beide an. „Ich habe noch einen anderen Ring." Sie deutete auf einen kleinen Ring mit einem Türkis an ihrer anderen Hand. „Der hat Nikos Mom gehört, und er bedeutet mir mehr als jeder Diamant."

Das war wichtig, das wusste Emily, denn Nikos Mom war gestorben, als er noch ein Kind gewesen war, und Lily war die schwerreiche Spencererbin.

„Aww, Lil", sagte Nico. Sie ging zu ihm, und er legte seine Arme um sie und küsste ihr rotes Haar.

Jared hielt Emily den Diamantring entgegen. „Darf ich für dich der Typ sein, der gut für dich ist?"

„Das war er schon immer!", warf Angel ein.

„Ignorier ihn einfach", sagte Jared und warf Angel einen finsteren Blick zu. „Wichtigtuer."

Sie grinste und flüsterte: „Wirst du für mich trotzdem der Typ sein, mit dem ich auch Spaß haben kann?"

„Ja." Er senkte die Stimme. „Fünf und niemals fertig."

Sie grinsten einander an.

„Ähm, Jare, du hast sie noch nicht richtig gefragt", erinnerte Angel.

„Emily, wirst du mich heiraten?", fragte Jared feierlich.

Sie nickte durch die Tränen. Er schob ihr den Ring an den Finger. Dann fiel sie auf die Knie und umarmte ihn.

„Pass auf, die Schulter", ächzte Jared.

„Tut mir leid!", rief sie. „Ich liebe dich so sehr."

„Ich dich auch", sagte Jared, und dann küssten sie einander.

„Verdammt, Ma, es macht mir Angst, wie effektiv diese Kekse sind", stellte Vince fest.

„Was ist denn mit den Keksen?", fragte Emily und wischte sich die Tränen von den Augen.

Jared und sie standen auf. „Das ist irgend so ein Voodoo-Zauber, den meine Mom in diese italienischen Hochzeitskekse packt. Jeder meiner Brüder und ihre Freundinnen haben sie gegessen und am Ende geheiratet."

„Außer uns", sagte Zoe und deutete mit einem Daumen auf ihren Mann, Gabe. „Wir sind schwanger geworden."

„Und was darf es für dich sein, Angel?", fragte Mrs Marino.

Angel fuhr sich mit einer Hand durchs Haar. „Ach, ich bin die Ausnahme, die die Regel bestätigt."

„Nicht, wenn ich etwas dazu zu sagen habe", sagten Mrs Marino und Jared gleichzeitig.

„Pass auf, Angel!", rief Vince. „Sie haben es beide auf dich abgesehen."

„Versuchen können sie es ja", schmunzelte Angel.

Alle lachten. Dann versammelten sie sich um sie und Jared, gratulierten ihnen und begrüßten sie in der Familie. Es fiel ihr schwer, sich zusammenzureißen, so überwältigt war sie von all der Liebe, die sie umgab. Sie weinte weiter und entschuldigte sich für ihre Tränen, bis Angel sie unterbrach.

„Hey, entschuldige dich nicht für deine Gefühle", sagte Angel. „Wir sind alle wahnsinnig glücklich, dass du dich freust, Teil unserer Familie zu sein. Und wenn sich das in Tränen zeigt, ist das okay für uns alle. Richtig, Leute?"

Die Frauen stimmten zu. Die Männer grinsten. „Richtig, Heiliger Angel", sagte Vince.

„Nur Angel", sagte Jared. „Er ist kein Heiliger."

„Er ist auch kein Engel", warf Emily kichernd ein.

Jared beugte sich zu ihrem Ohr hinunter. „Aber ich bin der einzige, mit dem du unartig sein darfst."

„Ooo-hoo-hoo!", johlte Luke. „Jared macht unartige Dinge."

„Ich hoffe wirklich, dass ihr beide nun nicht mehr streitet", sagte Mrs Marino und sah zu Jared und Angel.

„Worauf wollen wir dann jetzt wetten?", fragte Nico.

„Wer als nächstes schwanger wird, Emily, Kennedy oder Zoe!", verkündete Vince, worauf sich ein Murmeln unter den Männern ausbreitete, als sie die Frauen im Raum begutachteten, die möglicherweise empfängnisbereit waren.

„Das ist unangemessen", war Mr Marino zu hören, und das Bieten der Brüder verstummte.

Emilys Wangen brannten. „Gott, das war alles so eine Überraschung, ich – ah!"

Jared hatte sie aus dem Raum gezerrt. Er führte sie um die Ecke ins Wohnzimmer, wo er sie küsste, als erotische Erinnerung daran, mit wem sie von jetzt an all ihre sündige Zeit verbringen würde, oder vielleicht auch nur, wer als nächstes schwanger werden würde. Sie wusste es nicht, und es war auch egal. Alles, was zählte, war er.

Er drückte seine Stirn gegen ihre. „Ich freue mich so, dass du ja gesagt hast", sagte er mit erstickter Stimme.

Sie brach erneut in Tränen aus. „Natürlich habe ich ja gesagt."

Er wischte ihre Tränen mit dem Daumen beiseite und küsste sie erneut. „Ich werde gut für dich sein, das verspreche ich."

„Das weiß ich. Das warst du immer."

Er küsste sie erneut. Der Kuss erhitzte sich, wurde fordernder. Und dann war sie an der Wand, und er drängte sich gegen sie. Sie konnte es nicht fassen, wie sehr sie ihn wollte, obwohl sie wusste, dass seine ganze Familie nur wenige Meter entfernt war.

Er stellte sich anders hin und küsste ihren Hals. „Ich wünschte, wir wären jetzt allein."

„Ich auch."

„Nach den Geschenken." Er hatte ihr gesagt, dass sie die Geschenke um Mitternacht öffneten, also hatten sie noch eine ganze Nacht danach. Er hob ihren Kopf und sah ihr in die Augen. „Alles, was ich mir zu Weihnachten wünsche, bist du", sagte er mit heiserer Stimme.

„Jared", sagte sie mit Necken in der Stimme, „ich hatte ja keine Ahnung, dass du so gut mit Worten umgehen kannst." Der Satz kam geradewegs aus einem beliebten Weihnachtslied.

Er zog verspielt an einer Locke ihres Haares. „Ich dachte, all mein „mmm" und „ähm" und mein Gerede über Jen waren ziemlich eindeutig. Es war doch offensichtlich, dass ich dich von ganzem Herzen liebe und eine feste Beziehung wollte."

„Ja, das habe ich gleich verstanden."

Er lachte. „Ich hatte da so eine Ahnung, als du um deinen Orgasmus gebettelt hast."

„Schh! Sprich leise!"

Er hob einen Mundwinkel. „Was gibst du mir dafür?"

Sie grinste. „Was immer du willst."

Er hob ihre Hand mit dem geliehenen Verlobungsring und küsste ihre Finger. „Ich habe alles, was ich will."

„Na, da sieh dich mal einer an, Mr Romantik! Ich gerate ins Schwärmen!"

„Dr Romantik, wenn ich bitten darf."

„Der Spitzname gefällt mir um einiges besser als dein alter."

„Mir auch." Er sah sich um. „Wo ist nur ein Lagerraum, wenn man einen braucht?"

Sie warf ihre Arme um seinen Hals und küsste ihn leidenschaftlich. Er riss seinen Mund von ihrem los und flüsterte drängend in ihr Ohr: „Ich kann nicht warten. Komm mit."

Sie nickte. Er legte einen Finger an den Mund, damit sie leise war. Sie folgte ihm durch eine Tür in der Nähe, die in einen Keller führte, der zu einer Männerhöhle mit Heimkino und Billardtisch umgebaut worden war. Er führte sie zum Billardtisch, schaltete das Licht aus und kehrte zu ihr zurück.

„Wir müssen absolut leise sein", flüsterte er, als er ihren Rock an ihrer Hüfte hinaufschob.

„Du wirst meine Laute dämpfen müssen", sagte sie und schob ihre Strumpfhose und ihr Höschen herunter, bevor sie seine Hose und seine Boxershorts über seine Beine herunterzog, dann nahm sie ihn in die Hand. Er stöhnte und drehte sie herum, beugte sie über den Tisch.

„So?", fragte er und legte eine Hand über ihren Mund, während er in sie hineinstieß.

„Ja!", schrie sie halb erleichtert gegen seine Hand.

Er stöhnte leise, und die einzigen Geräusche waren ihre aneinanderklatschenden Körper, ihr ersticktes Keuchen und dann ein leises gutturales Stöhnen, das beide ausstießen, als sie gemeinsam über den Rand fielen.

Danach war es ihr unangenehm. Sie rückte nervös ihre Kleidung wieder zurecht. „Meinst du, sie merken es? Wir hätten warten sollen."

„Oh nein. Die sind alle damit beschäftigt, sich in der Küche zu unterhalten. Niemand wird überhaupt bemerkt haben, dass wir weg waren."

Sie machten sich rasch wieder auf den Weg nach oben, kamen durch die Tür, die ins Wohnzimmer führte, und Fred fing an, wie verrückt zu bellen. Unglücklicherweise waren Jareds Brüder und Schwägerinnen alle im Wohnzimmer um den Weihnachtsbaum versammelt. Wenigstens waren Mr und

Mrs Marino nicht da. Wahrscheinlich kümmerten sie sich noch um den Abwasch.

„Na, bisschen Druck abgebaut?", fragte Angel grinsend.

Alle lachten. Emily war es entsetzlich peinlich. „Jared hat mir Billard beigebracht."

„Hat er eingelocht?", fragte Luke.

„Wer hat als erster gestoßen?", fragte Gabe.

„Hast du auch den Queue poliert?", fragte Vince.

„Emily hatte den Money-Ball", verkündete Jared. „Und das reicht jetzt."

Seine Brüder lachten und klopften ihm auf den Rücken.

„Jared!", rief Emily, die all dieses Necken nicht gewohnt war.

„Das heißt, dass du gewonnen hast", sagte er mit ernstem Gesicht.

Sie glättete ihr Haar. „Oh."

Seine Brüder lachten und zogen Jared weiter auf, und sie gesellte sich zu den Frauen in der Nähe.

„Die sind unerträglich, findest du nicht auch?", fragte Sophia.

„Ja", sagte Emily und war froh, jemanden auf ihrer Seite zu wissen.

„Aber auch so unwiderstehlich", sagte Lily seufzend und sah zu Nico hinüber.

„Absolut", sagte Emily, woraufhin alle Frauen lachen mussten. Jared sah ihr in die Augen und zwinkerte. Sie musste unwillkürlich lächeln. Er war wirklich zu hundert Prozent unwiderstehlich, zu hundert Prozent der Zeit. Nur gut, dass sie ihn heiraten würde. Sie würde nie genug von ihm bekommen.

Nach weiteren Getränken, Keksen und einer lustigen Wichtelrunde mit Juxgeschenken, die hin und her gereicht wurden, war endlich Mitternacht und Zeit für die richtigen Geschenke. Emily konnte es nicht abwarten, Jared ihres zu geben. Sie hatte auch eins für Vince.

„Öffne meins zuerst", sagte Jared zu Emily.

Sie fand eine kleine Samtschachtel und erwartete einen Ring. Es war ein Schlüssel.

„Das ist der Schlüssel zu meinem Haus", sagte er. „Ich möchte, dass du bei mir einziehst. Am liebsten gestern."

Sie lachte. „Das werde ich. Jemand muss ja nach deiner Schulter sehen."

„Und auch nach ein paar anderen Körperteilen", sagte er und wackelte mit den Brauen.

„Mal ein bisschen langsam da drüben", rief Vince.

„Hier, jetzt mach meins auf", sagte sie und reichte ihm eine große, flache Schachtel. „Für dich habe ich auch eins, Vince." Sie gab Vince eine identische Schachtel. „Öffnet sie gleichzeitig."

Vince hob eine Braue. „Das muss ja was ganz Spezielles sein, wenn ich dasselbe bekomme wie Jare."

Sie nickte und lächelte. Vince riss seine Verpackung als erster auf. Jared war etwas langsam, da er nur mit einer Hand arbeiten konnte. Sie half ihm, damit die Überraschung nicht ruiniert wurde.

Vince öffnete die Schachtel und schob das Papier beiseite, um ein nagelneues Captain Cuddle T-Shirt mit einem großen C auf der Vorderseite zu entdecken. Er schloss den Deckel der Schachtel sofort wieder. Sein Hals und seine Ohren wurden rot.

„Was ist es?", fragte Sophia.

Jared warf einen Blick auf sein eigenes T-Shirt mit einem großen H.

„Was ist das?", fragte Nico.

„Unsere geheime Identität", verkündete Jared. „Vince verkleidet sich als Stachelschwein aus Moms Huddle-Cuddle Büchern, um die pädiatrische Onkologie im Krankenhaus zu besuchen."

Die Männer lachten herzhaft. Die Frauen beendeten das mit einem scharfen Blick.

„Cool", sagte Luke.

„Gut gemacht", sagte Nico.

„Ich bin ein Igel aus dem Buch", sagte Jared. „Ich werde dich hin und wieder begleiten, Vince."

„Cool", sagte Vince. Seine Ohrenspitzen wurden sogar

noch leuchtender rot. „Danke, Emily. Das war wirklich … ähm …"

„Sehr gut überlegt", ergänzte Sophia.

„Ja", sagte Vince.

„Gern geschehen", erwiderte Emily. Sie drehte sich zu Jared um. „Ich werde dir noch eine kleine spitze Nase nähen, damit du wirklich ein Igel bist."

Jared sah ein wenig unbehaglich aus. „Ach. Das ist doch nicht nötig."

„Was?", sagte Emily herausfordernd. „Bist du etwa zu cool, um einen echten Igel zu spielen, Captain Huddle?"

„Oh, kein Problem ", sagte Jared. „Ich bin cool genug."

„Ja, das ist er", sagte Vince. „Er ist unser Retter in der Not."

Emily küsste Jared. „Er ist *mein* Retter in der Not."

EPILOG

Jared und Vince tauchten in voller Montur bei ihrem Krankenhausbesuch am Neujahrstag auf. Jareds Arm steckte immer noch in einer Schlinge, deswegen war es ganz hilfreich, dass sein Bruder die Bücher trug. Zumindest war es das, was er Vince sagte. Er hatte gemerkt, dass Vince eine Ausrede gebraucht hatte, um wieder Captain Cuddle sein zu können, nachdem Sophia sich mittlerweile besser fühlte.

Emily lächelte sie beide an, küsste sie auf die Wange und reichte Jared die Geschenketüte. „Auf geht's, Captains!"

„Hey, gibt es hier noch Platz für zwei mehr?", rief eine Stimme.

Sie drehten sich um. „Angel!", rief Jared und sagte dann mit leiser Stimme: „Julia."

„Sind sie jetzt zusammen?", flüsterte Vince laut.

„Schh", machte Emily.

Angel und Julia kamen an ihrer Seite an. Beide trugen kein Kostüm.

„Als ich Julia von eurer Arbeit hier erzählt habe", sagte Angel, „wollte sie mitmachen."

„Das ist eines der Dinge, die ich mir fürs neue Jahr vorgenommen habe", erklärte Julia. „Dass ich mehr rausgehe und was tue."

Angel sah ihr fragend in die Augen, und sie wandte schnell den Blick ab.

„Also, ähm, was können wir tun?", fragte Julia.

„Ihr könntet da rüber gehen und mit den Kindern Bilder malen", bot Emily an. „Die Kunsttherapeutin hat über die Feiertage frei. Ich hole euch die Sachen."

Sie ging an den Schrank und holte Papier und einen Eimer mit Stiften. „Sie schlägt ihnen immer erst was vor, was sie malen könnten, womit sie sich aber auch selbst ausdrücken sollen. Wie zum Beispiel, malt, wie eure Familie aussieht, oder male deinen Lieblingstag."

Angel meldete sich zu Wort und wandte seinen Blick nicht von Julia ab. „Da Neujahr ist, könnten wir versuchen … einen Neuanfang zu malen."

„Das klingt nach einer guten Idee", sagte Julia sanft.

Jared, Vince und Emily sahen einander vielsagend an und überschlugen sich dann, dem zuzustimmen.

„Fantastisch!", sagte Jared gleichzeitig, als Emily sagte: „Absolut!"

„Auf geht's, mach sie klar!", rief Vince.

Alle hielten inne und starrten ihn an.

„Was denn?", fragte Vince.

Jared schüttelte den Kopf, wodurch die Stacheln auf seiner Mütze wackelten. „Komm schon. Lass sie."

„Das versuche ich ja", sagte Vince.

Die beiden Brüder drehten sich gleichzeitig um, und ihre blauen Capes wehten hinter ihnen her, als sie zum ersten Zimmer marschierten. Angel und Julia gingen Seite an Seite in den Wartebereich und sprachen leise miteinander. Und Emily machte sich wieder an die Arbeit, denn sie wusste, dass ihre Patienten einen guten Neujahrstag haben würden, dank eines süßen Stachelschweins, eines anbetungswürdigen Igels, zwei bester Freunde und ihr.

Verpassen Sie nicht das nächste Buch in der Serie, *Eine verführerische Freundschaft*, Angels und Julias Geschichte.

Selbst Engel haben ihre Grenzen ...

Nach fünf Jahren des Trauerns um ihren Ehemann ist die Witwe Julia Turner wieder bereit zu daten. Sie vertraut ihrem alten Freund Angel Marino an, dass sie sich auf einer Online-dating-Seite angemeldet hat, und ist schockiert, als Angel am Abend ihres ersten Dates bei ihr zu Hause auftaucht und alles andere als freundlich aussieht.

Angel hegt schon seit der Uni heimlich Gefühle für Julia, und nachdem er in den letzten Jahren dem Versprechen an seinen verstorbenen besten Freund – nämlich auf sie aufzupassen – treu geblieben ist, kann er nicht tatenlos zusehen, wie sie einen anderen Mann datet. Zeit, sein Sexappeal spielen zu lassen für eine Verführung, die lange überfällig ist.

Abonniere meinen Newsletter & verpasse keine meiner Neuerscheinungen: kyliegilmore.com/DEnewsletter

WEITERE BÜCHER VON KYLIE GILMORE

Die Happy End Buchclub Reihe << Die Campbell Familie und ein Liebesromanbuchclub prallen aufeinander!

Hollywood Inkognito (Buch 1)

Ärger im Anzug (Buch 2)

Gewagtes Spiel (Buch 3)

Förmliche Vereinbarung (Buch 4)

Wenn der Bad Boy keiner ist (Buch 5)

Ein Störenfried zum Verlieben (Buch 6)

Schicksalsbegegnungen (Buch 7)

Eine Romantische Chance (Buch 8)

Ein sündhafter Flirt (Buch 9)

Ein unbequemer Plan (Buch 10)

Eine Happy End Hochzeit (Buch 11)

Die Clover Park Reihe << Brüder, für die die Familie an erster Stelle steht!

Das Gegenteil von wild (Buch 1)

Daisy schafft alles (Buch 2)

In den Falschen verguckt (Buch 3)

Ein Weihnachtsmann zum Küssen (Buch 4)

Vermieter küsst man nicht (Buch 5)

Nicht mein Romeo (Buch 6)

Bring mich auf Touren (Buch 7)

Clover Park Braut (Buch 7.5)

Gewagte Verlobung (Buch 8)

Retter in der Not (Buch 9)

Eine verführerische Freundschaft (Buch 10)

Ein Geschenk zum Valentinstag (Buch 11)

Raus aus der Tretmühle (Buch 12)

Die Rourkes Reihe << Prinzen, bei denen man ins Schwärmen gerät, und ebenso fantastische Prinzessinnen

Königlicher Fang (Buch 1)

Königlicher Hottie (Buch 2)

Königlicher Darling (Buch 3)

Königlicher Charmeur (Buch 4)

Königlicher Playboy (Buch 5)

Königlicher Spieler (Buch 6)

Abtrünniger Prinz (Buch 7)

Abtrünniger Gentleman (Buch 8)

Abtrünniger Schlitzohr (Buch 9)

Abtrünniger Engel (Buch 10)

Abtrünniger Fratz (Buch 11)

Abtrünniger Beschützer (Buch 12)

ÜBER DIE AUTORIN

Kylie Gilmore ist die USA Today Bestsellerautorin der Happy End Buchclub Reihe, der Clover Park Reihe, der Clover Park STUDS Reihe und der Rourke Reihe. Sie schreibt unterhaltsame Romanzen, die die LeserInnen zum Lachen und zum Weinen bringen und zu einem Glas Eiswasser greifen lassen.

Kylie lebt mit ihrer Familie, zwei Katzen und einem verrückten Hund in New York. Wenn sie nicht gerade schreibt, Kinder bändigt oder bei Autorenkonferenzen pflichtbewusst Notizen macht, findet man sie beim Stretching – bis ganz nach oben ins oberste Regal, um dort ihren geheimen Schokoladenvorrat zu erreichen.

Melden Sie sich für Kylies Newsletter an, damit Sie keine ihrer Neuerscheinungen verpassen. https://www.kyliegilmore.com/DEnewsletter

Mehr finden Sie auf Kylies Website https://www.kyliegilmore.com

www.ingramcontent.com/pod-product-compliance
Lightning Source LLC
Chambersburg PA
CBHW071259190726
48292CB00007B/2609